王叔晖 绘

西厢记

[元] 王实甫◎著

北京联合出版公司
Beijing United Publishing Co.,Ltd.

图书在版编目（CIP）数据

西厢记/（元）王实甫著. — 北京：北京联合出版公司，
2014.12（2017.8重印）
（中小学生必读丛书）
ISBN 978-7-5502-4031-5

Ⅰ. ①西… Ⅱ. ①王… Ⅲ. ①杂剧－剧本－中国－元代
Ⅳ. ①I237.1

中国版本图书馆CIP数据核字(2014)第258843号

西厢记

出版统筹：新华先锋
责任编辑：丰雪飞
封面设计：点石堂
版式设计：李小兰

北京联合出版公司出版
（北京市西城区德外大街83号楼9层 100088）
三河市祥达印刷包装有限公司印刷 新华书店经销
字数208千字 787毫米×1092毫米 1/16 20印张
2014年12月第1版 2017年8月第2次印刷
ISBN 978-7-5502-4031-5
定价：22.00元

目 录

西廂記

楔 子[1]

(外扮老夫人上开)[2]老身姓郑[3]，夫主姓崔，官拜前朝相国[4]，不幸因病告殂[5]。只生得个小姐，小字莺莺，年一十九岁，针黹女工[6]，诗词书算，无不能者。老相公在日，曾许下老身之侄，乃郑尚书之长子郑恒为妻。因俺孩儿父丧未满，未得成合。又有个小妮子[7]，是自幼伏侍孩儿的，唤做红娘。一个小厮儿[8]，唤做欢郎。先夫弃世之后，老身与女孩儿扶柩至博陵安葬[9]，因路途有阻，不能得去。来到河中府[10]，将这灵柩寄在普救寺内[11]。这寺是先夫相国修造

---

[1] 楔（xiē）子：在元代和明初，把放在一段戏的头一首曲子叫楔子。

[2] 外：元代杂剧中女主角叫正旦，男主角叫正末，其他角色加"外"，如外末。

[3] 老身：老年人自称，不分男女。

[4] 拜：授官；

　　前朝：这里之前一个皇帝在位时。

[5] 告殂（cú）：布告死讯。

[6] 针黹（zhǐ）女工：妇女从事的纺织、刺绣、针线等活计。

　　工：也写成红（gōng）。

[7] 小妮子：对婢女的称呼。

[8] 小厮（sī）儿：宋元时对小男孩包括儿子的称呼。

[9] 柩（jiù）：棺材。

[10] 河中府：治所在今山西省永济市。

[11] 普救寺：隋朝时就有，唐朝时曾扩建，成为名胜。

的，是则天娘娘香火院[1]，况兼法本长老[2]，又是俺相公剃度的和尚[3]，因此俺就这西厢下一座宅子安下[4]。一壁写书附京师去[5]，唤郑恒来，相扶回博陵去。我想先夫在日，食前方丈，从者数百[6]，今日至亲则这三四口儿[7]，好生伤感人也呵。

【仙吕】【赏花时】[8] 夫主京师禄命终[9]，子母孤孀途路穷[10]，因此上旅榇在梵王宫[11]。盼不到博陵旧冢[12]，血泪洒杜鹃红[13]。

今日暮春天气，好生困人[14]。不免唤红娘出来分付他。红娘何在？

---

[1] 则天：唐高宗李治的皇后，曾称帝，死后谥号则天皇后；

　　香火院：接受民间供奉的寺院。

[2] 长（zhǎng）老：庙里的住持。

[3] 相公：妻子对丈夫的尊称；

　　剃度：指和尚、尼姑断发，这里指不出家的人为出家的人出资买度牒。

[4] 安下：安置。

[5] 一壁：一边；

　　附：寄。

[6] "食前"二句：当年家道旺盛时，美味佳肴能摆到一丈见方，仆役的数量有好几百。

[7] 则：仅，只。

[8] 仙吕：宫调名，宫调就是乐律。元曲中有五宫四调：黄钟宫、正宫、南宫、仙宫、中宫，石调、越调、双调、商调；

　　赏花时：曲调名。

[9] 禄命：天命，人生运数。禄命终，指死亡。

[10] 穷：处境艰难窘迫。

[11] 旅榇（chèn）：没有埋入祖坟前临时寄存在外的棺材；

　　梵王宫：这里泛指寺院。

[12] 冢（zhǒng）：坟墓，旧冢代指家乡。

[13] 杜鹃：子规鸟，杜鹃红这里指子规鸟嘴上叫出的血。此处用来形容老夫人的悲戚心情。

[14] 困人：使人疲倦。

3

西厢记

(旦俫扮红见科[1]) (夫人云) 你看佛殿上没人烧香呵，和小姐闲散心耍一回去来。(红云) 谨依严命。(夫人下) (红) 小姐有请。(正旦扮莺莺上) (红云) 夫人著俺和姐姐佛殿上闲耍一回去来。(旦唱)

【幺篇】[2] 可正是人值残春蒲郡东[3]，门掩重关萧寺中[4]。花落水流红[5]，闲愁万种，无语怨东风[6]。(并下)

[1] 旦俫 (lái)：小旦，俫即俫儿，戏里扮演儿童的角色。

[2] 幺篇：幺是"後"的简写，幺篇就是后篇。

[3] 值：遇上；

蒲郡：即蒲州。

[4] 掩：关门；

重 (chóng) 关：一道道的门；

萧寺：梁武帝萧衍信佛，建了很多寺庙，后世就称寺院为萧寺。

[5] 红：指落花。

[6] 闲愁：无法排遣的愁思。

第一折[1]

（正末扮骑马引俫人上开）小生姓张名珙，字君瑞，本贯西洛人也[2]。先人拜礼部尚书[3]，不幸五旬之上因病身亡。后一年丧母。小生书剑飘零[4]，功名未遂[5]，游于四方。即今贞元十七年二月上旬，唐德宗即位[6]，欲往上朝取应[7]，路经河中府，过蒲关上[8]，有一人姓杜名确，字君实，与小生同郡同学，当初为八拜之交[9]，后弃文就武，遂得武举状元[10]，官拜征西大元帅，统领十万大军，镇守著蒲

---

[1] 折：元杂剧中的"折"相当于场，到明朝杂剧才正式分折。

[2] 本贯：原籍；

　西洛：即洛阳。唐开元年间以河南府为西京，洛阳为西京首府，故称洛阳为西洛。

[3] 先人：已死的父亲。

[4] 书剑飘零：书和剑都是书生的佩饰，这里代指文人随身物品。飘零是指四处流浪。

[5] 功名未遂：科举考试没有中第。遂：成功、如愿。

[6] 唐德宗即位：唐德宗即李适。

[7] 上朝：朝廷，京城。

　取应：朝廷开科取士，士子应选。

[8] 蒲关：蒲津关的简称。

[9] 八拜之交：结拜兄弟。

[10] 状元：进士及第的第一名称状元，第二名为榜眼，第三名为探花。

关。小生就望哥哥一遭，却往京师求进[1]。暗想小生萤窗雪案[2]，刮垢磨光[3]，学成满腹文章，尚在湖海飘零，何日得遂大志也呵！万金宝剑藏秋水[4]，满马春愁压绣鞍。

【仙吕】【点绛唇】游艺中原[5]，脚根无线，如蓬转[6]。望眼连天，日近长安远[7]。

【混江龙】向诗书经传[8]，蠹鱼似不出费钻研[9]。将棘围守暖[10]，把铁砚磨穿[11]。投至得云路鹏程九万里[12]，先受了雪窗萤火二十年。才高难入俗人机，时乖不遂男儿愿。空雕虫篆刻，缀断简残编[13]。

行路之间，早到蒲津[14]。这黄河有九曲[15]，此正古河内之地，你看好形势也呵！

---

[1] 却：再。

[2] 萤窗：晋人车胤勤用萤火虫读书的故事。

[3] 刮垢磨光：这里指读书时认真琢磨，去粗取精。

[4] "万金"句：说自己满腹经纶却功名未就，就像宝剑隐藏着耀眼的光芒；

　　秋水：比喻剑的光芒。

[5] 游艺：剧中指负笈游学。

[6] 蓬转：像蓬草一样四处飘飞。

[7] 日近长安远：用晋明帝司马绍的典故，用帝都遥远难及比喻功名难就。

[8] 诗书：本指《诗经》和《尚书》，这里泛指儒家经典；

　　经传：解释经典的著作。

[9] 蠹（dù）鱼：书虫，这里比喻自己像书虫一样埋头读书。

[10] 棘（jí）围：指考场。

[11] 铁砚磨穿：刻苦攻读，不取功名誓不罢休。

[12] 投至得：直等到；

　　云路：飞黄腾达的道路。

[13] "空雕虫"二句：是说白白地写作、研究诗文，却徒劳无益。

[14] 蒲津：即蒲关，在山西省永济市。

[15] 九曲：河道的弯曲很多。

【油葫芦】九曲风涛何处显，则除是此地偏[1]。这河带齐梁分秦晋隘幽燕[2]。雪浪拍长空，天际秋云卷；竹索缆浮桥，水上苍龙偃[3]；东西溃九州[4]，南北串百川。归舟紧不紧如何见[5]？却便似弩箭乍离弦[6]。

【天下乐】只疑是银河落九天[7]。渊泉、云外悬[8]，入东洋不离此径穿[9]。滋洛阳千种花[10]，润梁园万顷田[11]，也曾泛浮槎

[1]"九曲"二句：黄河的风涛哪里最显眼？只有这蒲郡一带；

　　则除：除非是，只有。

[2]带齐梁：像带一样围绕着齐梁大地；

　　分秦晋：黄河把秦晋之地分开；

　　隘幽燕：把幽燕和中原分开；

[3]"竹索"二句：用竹索做缆绳的浮桥，像是仰卧在水上的苍龙；

　　竹索：竹篾做的大绳；

　　缆：系船的绳。

[4]溃：河水决堤，这里指灌溉；

　　九州：代指中国。

[5]归舟：顺流而下的船；

　　紧不紧：即紧；

　　见：显。

[6]弩（nǔ）箭：由机械发射的箭；

　　乍：突然，猛然。

[7]九天：最高天上。

[8]"渊泉"句：是说黄河之水的源头好像在天外。

　　渊泉：源头。

[9]"入东洋"句：说黄河必经过蒲津入海。

[10]滋：灌溉繁育；

　　洛阳花：指牡丹。

[11]润：滋养；

　　梁园：即兔园，汉梁孝王刘武所建，故址在今河南开封市东南。此处以洛阳、梁园代指黄河流域。

7

西厢记

到日月边[1]。

话说间早到城中。这里一座店儿，琴童，接下马者。店小二哥那里[2]？（小二上云）自家是这状元店里小二哥。官人要下呵[3]，俺这里有干净店房。（末云）头房里下，先撒和那马者[4]。小二哥你来，我问你：这里有甚么闲散心处？名山胜境、福地宝坊皆可[5]。（小二云）俺这里有一座寺，名曰普救寺，是则天皇后香火院，盖造非俗：琉璃殿相近青霄，舍利塔直侵云汉[6]。南来北往，三教九流[7]，过者无不瞻仰，则除那里可以君子游玩。（末云）琴童，料持下晌午饭，那里走一遭，便回来也。（童云）安排下饭，撒和了马，等哥哥回家。（下）（法聪上）小僧法聪，是这普救寺法本长老座下弟子[8]。今日师父赴斋去了[9]，著我在寺中，但有探长老的，便记著，待师父回来报知。山门下立地[10]，看有甚么人来。（末上云）却早来到也。（见聪了[11]，聪问云）客官从何来[12]？（末云）小生西洛至此，闻上刹幽雅清

---

[1] "也曾"句：黄河直通天河，有海客曾乘浮槎到了天上。

[2] 店小二哥：元时称店主为大哥，称伙计为二哥或小二。

[3] 官人：对男子的尊称；

　　下：住下。

[4] 撒和：喂养牲口。

[5] 福地：有福之地，对寺院的敬称。

[6] 舍利塔：舍利是指佛祖的尸体焚烧时化成的珠状物，珍藏舍利子的塔就是舍利塔；

　　侵：渐进也；

　　云汉：天河。

[7] 三教九流：泛指各种职业的人。

[8] 弟子：又叫徒弟，是徒弟子的简称。

[9] 赴斋：受人邀请或做法事而去吃斋。

[10] 山门：寺院最外面的门。

[11] 见聪了：和法聪相见完毕。了：完毕。

[12] 客官：对出门在外的人的尊称。

8

莺莺与红娘

恰便似

呖呖莺声花外啭，

　　行一步可人怜。

解舞腰肢娇又软，

　　千般袅娜，万般旖旎，

似垂柳晚风前。

爽[1]，一来瞻仰佛像，二来拜谒长老。敢问长老在么？(聪云) 俺师
父不在寺中，贫僧弟子法聪的便是。请先生方丈拜茶[2]。(末云) 既
然长老不在呵，不必吃茶。敢烦和尚相引瞻仰一遭，幸甚。(聪云)
小僧取钥匙，开了佛殿、钟楼、塔院、罗汉堂、香积厨[3]，盘桓一
会，师父敢待回来[4]。(末云) 是盖造得好也呵！

【村里迓鼓】随喜了上方佛殿[5]，早来到下方僧院。行过厨房
近西、法堂北、钟楼前面[6]。游了洞房[7]，登了宝塔，将回廊
绕遍。数了罗汉[8]，参了菩萨[9]，拜了圣贤[10]。

　　(莺莺引红娘捻花枝上云) 红娘，俺去佛殿上耍去来。(末做见科[11]) 呀！
正撞著五百年前风流业冤[12]。

---

[1] 刹（chà）：代指寺院。

[2] 先生：对儒者的通称，简称生；

　　方丈：一般称住持为方丈，这里指主持所住的房间。

[3] 罗汉堂：寺里安放释迦牟尼五百个罗汉弟子像的殿堂；

　　香积厨：和尚的厨房。

[4] 敢待：也许。

[5] 随喜：佛家用语，只见别人行善事而心里高兴；

　　上方：山寺，主持都可以叫上方。

[6] 法堂：宣讲佛法的地方。

[7] 洞房：本指幽深的房间，这里指佛殿。

[8] 数罗汉：习俗以为从五百罗汉中任意一个数起，数到与自己年龄相等时，既可从
罗汉表情上预知自己的吉凶祸福，这就叫做数罗汉。

[9] 参：众僧参见主持或坐禅说法。这里是瞻仰、拜见的意思；

　　菩萨：梵语，参悟佛教真理，普济众生的人，地位仅次于佛。

[10] 圣贤：对神佛的敬称。

[11] 科：元杂剧中舞台提示用的术语，也做"介"。

[12] "正撞著"句：正碰上前世的风流冤家。五百年前，指前世；

　　业冤：也作冤家，是佛教用语，后指仇敌，也用作对情人的称呼，表示爱到极致。

西厢记

【元和令】颠不剌的见了万千[1]，似这般可喜娘的庞儿罕曾见。则著人眼花缭乱口难言，魂灵儿飞在半天。他那里尽人调戏弹著香肩，只将花笑捻[2]。

【上马娇】这的是兜率宫[3]，休猜做了离恨天[4]。呀，谁想著寺里遇神仙！我见他宜嗔宜喜春风面，偏、宜贴翠花钿[5]。

【胜葫芦】则见他宫样眉儿新月偃[6]，斜侵入鬓云边。

（旦云）红娘，你觑：寂寂僧房人不到，满阶苔衬落花红。（末云）我死也！

未语人前先腼腆，樱桃红绽[7]，玉粳白露[8]，半晌恰方言[9]。

【幺篇】恰便似呖呖莺声花外啭[10]，行一步可人怜[11]。解舞腰肢娇又软[12]，千般袅娜，万般旖旎[13]，似垂柳晚风前。

---

[1] 颠不剌：有多意，此处颠有可爱、风流的意思。不剌：语助词，无意。

[2] "他那里"二句：是说莺莺尽让张生对她顾盼不已，而她却垂肩持花微笑；
　调戏：这里指张生为莺莺陶醉的样子。

[3] 的是：确实是；
　兜率宫：兜率天是六大欲天第四天，佛祖成佛前居住在这里，这里的房院就是兜率宫。

[4] 离恨天：佛教三十三天中没有离恨天，而在此剧中的意思是指男女相思烦恼的一种心境。

[5] "我见他"二句：是说莺莺貌美，正适合打扮；
　春风面：美丽的容貌。

[6] 宫样眉：按宫中流行试样描的眉。

[7] 樱桃：常用来描写女子的嘴。

[8] 玉粳：光洁如玉的粳米，比喻牙齿小而白。

[9] 恰：才，刚刚。

[10] "呖（lì）呖"：黄莺在花丛中鸣叫，比喻莺莺说话的声音。

[11] 可人怜：让人爱。

[12] 解舞腰肢：能跳舞的腰肢。

[13] 旖旎（yìnǐ）：轻盈柔美，引申为风流之意。

（红云）那壁有人，咱家去来。（旦回顾觑末下）（末云）和尚，恰怎么观音现来[1]？（聪云）休胡说！这是河中开府崔相国的小姐[2]。（末云）世间有这等女子，岂非天姿国色乎[3]？休说那模样儿，则那一对小脚儿[4]，价值百镒之金[5]。（聪云）偌远地，他在那壁，你在这壁，系著长裙儿[6]，你便怎知他脚儿小？（末云）法聪，来来来，你问我怎便知，你觑：

【后庭花】若不是衬残红芳径软，怎显得步香尘底样儿浅。且休题眼角儿留情处，则这脚踪儿将心事传。慢俄延[7]，投至到栊门儿前面，刚那了一步远。刚刚的打个照面，风魔了张解元[8]。似神仙归洞天[9]，空馀下杨柳烟，只闻得鸟雀喧。

【柳叶儿】呀，门掩著梨花深院[10]，粉墙儿高似青天。恨天、天不与人行方便，好著我难消遣，端的是怎留连。小姐呵，则被你兀的不引了人意马心猿[11]。

（聪云）休惹事，河中开府的小姐去远了也。（末唱）

---

[1] 观音：是中国佛教四大菩萨之一观世音的简称。

[2] 开府：唐时是一品文官的散职，因为莺莺的父亲是相国，所以称开府。

[3] 天姿国色：美丽超凡的女子。天姿：天生的不加修饰的姿色。

[4] 小脚：古时女子以脚小为美。

[5] 镒（yì）：古时重量单位，二十两或二十四两为一镒。百镒黄金是说贵重。

[6] 系著长裙：唐宋时，妇女的裙子长及于地。

[7] 俄延：拖延。

[8] 风魔：本指精神失常，这里指神魂颠倒；

　解元：这里是对读书人的尊称。

[9] 洞天：道教传说中的神仙居住的洞穴，与人世不同，别有天地。

[10]"门掩"句：意本戴叔伦《春怨》"梨花春雨掩重门"句。

[11] 兀的：指示代词，表惊讶语气；

　意马心猿：指人的思想像猿和马一样难以控制。

西厢记

【寄生草】兰麝香仍在[1]，佩环声渐远[2]。东风摇曳垂杨线，游丝牵惹桃花片，珠帘掩映芙蓉面[3]。你道是河中开府相公家，我道是南海水月观音现[4]。

"十年不识君王面，恰信蝉娟解误人[5]。"小生便不往京师去应举也罢。(觑聪云) 敢烦和尚对长老说知，有僧房借半间，早晚温习经史，胜如旅邸内冗杂。房金依例拜纳。小生明日自来也。

【赚煞】饿眼望将穿，馋口涎空咽，空著我透骨髓相思病染，怎当他临去秋波那一转[6]。休道是小生，便是铁石人也意惹情牵[7]。近庭轩，花柳争妍，日午当庭塔影圆。春光在眼前，争奈玉人不见[8]，将一座梵王宫疑是武陵源[9]。(下)

---

[1] 兰麝：香料，这里指莺莺佩戴的香物。

[2] 佩环：莺莺身带的佩玉。

[3] "东风"三句：是说张生揣测莺莺走后枕门以内的景象；

游丝：空中飘浮的昆虫吐的丝；

芙蓉：荷花。

[4] 南海水月观音：即观音。

[5] 蝉娟：常用以代指美女。

[6] 秋波：像秋水般明亮的眼睛。

[7] 铁石人：铁石心肠的无情人。

[8] 玉人：喻指颜美如玉之人。男、女皆可指。

[9] 武陵源：即陶渊明《桃花源记》中的桃花源。

第二折

（夫人上白）前日长老将钱去与老相公做好事[1]，不见来回话。道与
红娘，传著我的言语，去问长老，几时好与老相公做好事？就著他
办下东西的当了[2]，来回我话者。（下）（净扮洁上[3]）老僧法本，在这
普救寺内做长老。此寺是则天皇后盖造的，后来崩损，又是崔相国
重修的。见今崔老夫人领著家眷，扶柩回博陵，因路阻暂寓本寺西
厢之下，待路通回博陵迁葬。老夫人处事温俭，治家有方，是是非
非[4]，人莫敢犯。夜来老僧赴斋[5]，不知曾有人来望老僧否？（唤聪问
科）（聪云）夜来有一秀才[6]，自西洛而来，特谒我师，不遇而返。（洁
云）山门外觑著，若再来时，报我知道。（末上云）昨日见了那小姐，
到有顾盼小生之意。今日去问长老借一间僧房，早晚温习经史；倘

---

[1] 将钱去：拿着钱去。将：拿着；

　　好事：指佛事。

[2] 的（dì）当：妥当。

[3] 净：指以扮演刚猛人物为主的角色，一般是男的，也有女的扮演。此指扮和尚的
角色。

　　洁：和尚禁欲、吃斋，所以说是洁人。

[4] 是是非非：以是为是，以非为非。这里指能分清是非的意思。

[5] "夜来"：唐时已有二种意思。一为"昨夜"，一为"昨日"。剧中用为"昨日"。

[6] 秀才：这里指一般读书人。

西廂記

遇那小姐出来，必当饱看一会。

【中吕】【粉蝶儿】不做周方[1]，埋怨杀你个法聪和尚。借与我半间儿客舍僧房，与我那可憎才居止处门儿相向[2]。虽不能勾窃玉偷香[3]，且将这盼行云眼睛儿打当[4]。

【醉春风】往常时见傅粉的委实羞[5]，画眉的敢是谎[6]。今日多情人一见了有情娘，著小生心儿里早痒、痒。迤逗得肠荒，断送得眼乱，引惹得心忙[7]。

（末见聪科）（聪云）师父正望先生来哩，只此少待，小僧通报去。

（洁出见末科）（末云）是好一个和尚呵！

【迎仙客】我则见他头似雪，鬓如霜，面如童，少年得内养[8]。貌堂堂，声朗朗，头直上只少个圆光[9]，却便似捏塑来的僧伽像[10]。

（洁云）请先生方丈内相见。夜来老僧不在，有失迎迓。望先生恕

---

[1] 周方：成全别人，给别人方便。

[2] 可憎才：非常可爱的人。反话。

[3] 窃玉偷香：指男女私通。

[4] 盼行云：盼望与美人相会；

　　打当：准备。

[5] 傅粉：搽粉；

　　委实：实在。

[6] 画眉：用汉张敞为妻子画眉的事为典，代指夫妻关系和睦。

[7] "迤（tuō）逗"三句：是说被莺莺挑逗得眼花缭乱、心绪不宁；

　　迤逗、断送、引惹：都是挑逗的意思；

　　肠荒、眼乱、心忙：都是心慌意乱的意思。

[8] 内养：指戒持自己，免受外界诱惑，陶养性情。

[9] 头直上：头顶上。

[10] 僧伽（jiā）：梵文音译，就是僧的意思。

罪。(末云) 小生久闻老和尚清誉，欲来座下听讲，何期昨日不得相

遇。今能一见，是小生三生有幸矣[1]。(洁云) 先生世家何郡？敢问

上姓大名，因甚至此？(末云) 小生姓张名珙，字君瑞。

【石榴花】大师一一问行藏[2]，小生仔细诉衷肠。自来西洛

是吾乡[3]，宦游在四方[4]，寄居咸阳。先人拜礼部尚书多名

望，五旬上因病身亡。

(洁云) 老相公弃世，必有所遗。(末唱) [5]

平生正直无偏向，止留下四海一空囊[6]。

(洁云) 老相公在官时浑俗和光[7]。(末唱)

【斗鹌鹑】俺先人甚的是浑俗和光[8]，衡一味风清月朗[9]。

(洁云) 先生此一行，必上朝取应去。(末唱)

小生无意求官，有心待听讲。

小生特谒长老，奈路途奔驰，无以相馈——

量著穷秀才人情则是纸半张[10]，又没甚七青八黄[11]，尽著你说短

---

[1] 三生有幸：有奇缘，很走运。

[2] 大师：本为对佛的尊称，后来对道德高尚的和尚，甚至一般僧人也称大师；

行藏：身世经历。

[3] 自来：本来。

[4] 宦游：在外做官或为求仕在外游历的，都叫宦游。

[5] "洁云"至"末唱"原无，据明弘治本补。

[6] 四海：代指全国。

[7] 浑俗和光：与世俗混同，不露光芒，与世无争。浑：混同；喝：一致。

[8] 甚（shěn）的是：不知道什么是。

[9] 风清月朗：以月明风清比喻人光明磊落。

[10] 人情：是指送礼。

[11] 七青八黄：指黄金。

17

西厢记

论长，一任待掂斤播两[1]。

　　径禀：有白银一两，与常住公用[2]，略表寸心，望笑留是幸。（洁云）先生客中，何故如此？（末云）物鲜不足辞[3]，但充讲下一茶耳[4]。

【上小楼】小生特来见访，大师何须谦让。

　　（洁云）老僧决不敢受。（末唱）

这钱也难买柴薪，不勾斋粮，且备茶汤。

　　（觑聪云）这一两银，未为厚礼。

你若有主张，对艳妆，将言词说上，我将你众和尚死生难忘。

　　（洁云）先生必有所请。（末云）小生不揣有恳[5]。因恶旅邸冗杂，早晚难以温习经史，欲假一室[6]，晨昏听讲，房金按月任意多少。（洁云）敝寺颇有数间，任先生拣选。（末唱）

【幺篇】也不要香积厨，枯木堂[7]。远著南轩，离著东墙，靠著西厢。近主廊，过耳房，都皆停当。

　　（洁云）便不呵，就与老僧同处何如？（末笑云）要恁怎么[8]？

---

[1] "一任"句：任凭你去较量钱物的多少；

　　一任：任凭，听从。

[2] 常住：佛家用语，指永远存在的东西。寺院和僧侣都可以称为常住。

[3] 物鲜（xiǎn）：东西很少。

[4] 讲下一茶：聊作茶资的意思。讲：宣讲佛法的法座；讲下：对宣讲佛法的僧人的尊称。

[5] 不揣有恳：不揣，不自量，有冒昧的意思。恳：请求。

[6] 假：借。

[7] 枯木堂：和尚打坐的大堂。

[8] 恁：如此。

你是必休题著长老方丈[1]。

(红上云) 老夫人著俺问长老，几时好与老相公做好事，看得停当
回话。须索走一遭去来。(见洁科) 长老万福[2]。夫人使侍妾来问[3]，
几时好与老相公做好事，著看的停当了回话。(末背云[4]) 好个女子
也呵！

【脱布衫】大人家举止端详，全没那半点儿轻狂。大师行深
深拜了[5]，启朱唇语言的当。

【小梁州】可喜娘的庞儿浅淡妆，穿一套缟素衣裳。胡伶渌
老不寻常[6]，偷晴望，眼挫里抹张郎[7]。

【幺篇】若共他多情的小姐同鸳帐，怎舍得他叠被铺床。我将
小姐央，夫人快，他不令许放，我亲自写与从良[8]。

(洁云) 二月十五日可与老相公做好事。(红云) 妾与长老同去佛殿看
了，却回夫人话。(洁云) 先生请少坐，老僧同小娘子看一遭便来。

(末云) 何故却小生[9]？便同行一遭，又且何如？(洁云) 便同行。(末
云) 著小娘子先行，俺近后些。(洁云) 一个有道理的秀才。(末云) 小

---

[1] 是必：势必；

　　题：通"提"。

[2] 万福：妇女问候的一种礼节。

[3] 侍妾：婢女。

[4] 背云：又叫背工、背躬，剧中人假定别人听不到，就像现在的旁白。

[5] 行（háng）：用在人称之后，如我行，他行，表示这边，那里的意思。

[6] 胡伶渌（lù）老：聪明伶俐的眼睛。

[7] 眼挫：眼角；

　　抹：斜视，不正眼看。

[8] "我将"四句：是说如果能与莺莺结婚，成婚之后将请莺莺放走红娘，如果她不
同意，就自己亲自给红娘写从良文书。

[9] 却：拒绝，推辞。

生有一句话说，敢道么？(洁云) 便道不妨。(末唱)

【快活三】崔家女艳妆，莫不是演撒你个老洁郎[1]？

(洁云) 俺出家人那有此事？(末) 既不沙[2]，

却怎睃趁著你头上放毫光[3]？打扮的特来晃[4]。

(洁云) 先生是何言语！早是那小娘子不听得哩[5]，若知呵，是甚意思！(红上佛殿科) (末唱)

【朝天子】过得主廊，引入洞房，好事从天降。

我与你看著门儿，你进去。(洁怒云) 先生，此非先王之法言[6]！岂不得罪于圣人之门乎？老僧偌大年纪，焉肯作此等之态！(末唱)

好模好样忒莽撞。

没则罗便罢，

烦恼则么耶唐三藏[7]？

怪不得小生疑你，

偌大一个宅堂，可怎生别没个儿郎[8]，使得梅香来说勾当[9]？

(洁云) 老夫人治家严肃，内外并无一个男子出入。(末背云) 这秃厮

---

[1] 演撒：勾搭，迷惑。

[2] 既不沙：既然不是这样。

[3] 睃（suō）趁：看。趁：助词，无义；

毫光：佛光，向毫毛一样向四周射出的光。放毫光是调侃话，就是说东西很亮。

[4] 特来晃：非常光彩之意。

[5] 早是：幸亏。

[6] 法言：合乎礼法的言语。

[7] 则么耶：就相当于怎么啦；

唐三藏：即玄奘，这里指佛祖，是玩笑话。

[8] 怎生：怎么样，生是语气词，无义。

[9] 梅香：在戏剧中称丫环为梅香，就好比说阿猫阿狗，这里是指丫环身分的人。

《西厢记》插图，明代刻本

人间天上，
看莺莺强如做道场。
软玉温香，
休道是相亲傍，
若能勾汤他一汤，
到与人消灾障。

巧说[1]！

你在我行、口强，硬抵著头皮撞。

　　(洁对红云) 这斋供道场都完备了[2]，十五日请夫人小姐拈香。(末问云) 何故？(洁云) 这是崔相国小姐至孝[3]，为报父母之恩，又是老相公禫日[4]，就脱孝服，所以做好事。(末哭科云)"哀哀父母，生我劬劳。欲报深恩，昊天罔极[5]。"小姐是一女子，尚然有报父母之心；小生湖海飘零数年，自父母下世之后，并不曾有一陌纸钱相报[6]。望和尚慈悲为本[7]，小生亦备钱五千，怎生带得一分儿斋[8]，追荐俺父母咱[9]。便夫人知，也不妨，以尽人子之心。(洁云) 法聪，与这先生带一分者。(末背问聪云) 那小姐明日来么？(聪云) 他父母的勾当，如何不来？(末背云) 这五千钱使得有些下落者！

【四边静】人间天上，看莺莺强如做道场。软玉温香[10]，休道是相亲傍，若能勾汤他一汤[11]，到与人消灾障。

---

[1] 秃厮：骂人的话，意思是说秃头的家伙。

[2] 斋供道场：也叫水陆道场，是为死者超度的佛事活动。

[3] 至孝：大孝，极度孝道。

[4] 禫 (dàn) 日：父母死后二十七个月，举行祭祀，除去孝服的日子。

[5] "哀哀"四句：哀哀，(一想起父母就) 悲伤不已；

　　生：养育，

　　劬 (qú) 劳：辛苦劳累；

　　昊 (hào) 天：就是天，昊是广大的意思。

[6] 陌：货币单位，一百钱为一陌。一陌纸钱就是一些纸钱。

[7] 慈悲：佛家最重要的修行之一。

[8] 怎生：这里是务必设法的意思。

[9] 追荐：为死者祈福的活动；

　　咱：助词，无义。

[10] 软玉温香：形容莺莺容貌美丽又温柔妖媚。

[11] 汤：元朝人用作擦、碰的意思。

西厢记

（洁云）都到方丈吃茶。（做到科）（末云）小生更衣咱[1]。（末出科云）那小娘子已定出来也，我则在这里等待问他咱。（红辞洁云）我不吃茶了，恐夫人怪来迟，去回话也。（红出科）（末迎红娘祇揖科）小娘子拜揖。（红云）先生万福。（末云）小娘子莫非莺莺小姐的侍妾么？（红云）我便是。何劳先生动问[2]？（末云）小生姓张，名珙，字君瑞，本贯西洛人也。年方二十三岁，正月十七日子时建生[3]。并不曾娶妻……（红云）谁问你来？（末云）敢问小姐常出来么？（红怒云）先生是读书君子，孟子曰："男女授受不亲，礼也[4]。"君知"瓜田不纳履，李下不整冠[5]。"道不得个"非礼勿视，非礼勿听，非礼勿言，非礼勿动[6]。"俺夫人治家严肃，有冰霜之操。内无应门五尺之童[7]，年至十二三者，非呼召，不敢辄入中堂。向日莺莺潜出闺房[8]，夫人窥之，召立莺莺于庭下，责之曰："汝为女子，不告而出闺门，倘遇游客小僧私视，岂不自耻？"莺立谢而言曰[9]："今当改过从新，毋敢再犯。"是他亲女，尚然如此，何况以下侍妾乎！先生习

---

[1] 更衣：上厕所的婉称。

[2] 动问：就是问的意思，动：发语词，无义。

[3] 子时：夜二十三点至翌日一时。

[4] "男女"二句：是说男女间不能直接亲手传递东西。

[5] "瓜田"二句：是要避嫌的意思。

[6] 道不得个：说不得；

　　"非礼"四句：出自《论语》，是要讲究礼法的意思。

[7] "内无"句：是说院里连个男童也没有；

　　应门：照看门户；

　　五尽之童：古尺短，故以五尺之童泛指儿童。

[8] 潜：背地里，暗地里。

[9] 立谢：立即认错。

先王之道，尊周公之礼[1]，不干己事，何故用心？早是妾身，可以容恕。若夫人知其事呵，决无干休！今后得问的问，不得问的休胡说！（下）（末云）这相思索是害也。

【哨遍】听说罢心怀悒怏，把一天愁都撮在眉尖上[2]。说"夫人节操凛冰霜，不召呼，谁敢辄入中堂！"自思想，比及你心儿里畏惧老母亲威严[3]，小姐呵，你不合临去也回头儿望。待飏下教人怎飏[4]？赤紧的情沾了肺腑，意惹了肝肠[5]。若今生难得有情人，是前世烧了断头香[6]。我得时节手掌儿里奇擎[7]，心坎儿里温存，眼皮儿上供养。

【耍孩儿】当初那巫山远隔如天样，听说罢又在巫山那厢[8]。业身躯虽是立在回廊[9]，魂灵儿已在他行。本待要安排心事传幽客[10]，我子怕漏泄春光与乃堂。夫人怕女孩儿春心荡，怪黄莺儿作对，怨粉蝶儿成双。

【五煞】小姐年纪小，性气刚。张郎倘得相亲傍，乍相逢厌见何郎粉，看邂逅偷将韩寿香。才到是未得风流况，成就了会

---

[1] 周公之礼：相传礼法是周公旦制定的，所以叫周礼。

[2] "把一天愁"句：撮，聚合。句同关汉卿《闺怨佳人拜月亭》第二折："把这世间愁都撮在我眉尖上。"

[3] 比及：这里做"既然"讲。

[4] "待飏（yáng）"句：即是想丢开莺莺也丢不开的意思。

[5] "赤紧"二句：是说五脏六腑都被情意牵动了；
    赤紧的：当真的。

[6] 断头香：半截的香。

[7] 奇擎：捧护。奇：无义。

[8] "当初"二句：和欧阳修"平芜尽处是春山，行人更在春山外"近似。

[9] 业身躯：造孽的身体。业：梵语，意思造作，一般偏指恶业。

[10] 幽客：在深闺的女儿，指莺莺。

温存的娇婿,怕甚么能拘束的亲娘[1]。

【四煞】夫人忒虑过,小生空妄想。郎才女貌合相仿[2]。休直待眉儿浅淡思张敞,春色飘零忆阮郎。非是咱自夸奖,他有德言工貌[3],小生有恭俭温良[4]。

【三煞】想著他眉儿浅浅描,脸儿淡淡妆,粉香腻玉搓咽项[5]。翠裙鸳绣金莲小[6],红袖鸾销玉笋长[7]。不想呵其实强,你撇下半天风韵,我拾得万种思量。

却忘了辞长老。(见洁科)小生敢问长老:房舍何如?(洁云)塔院侧边西厢一间房,甚是潇洒[8],正可先生安下,见收拾下了,随先生早晚来[9]。(末云)小生便回店中搬去。(洁云)既然如此,老僧准备下斋,先生是必便来。(下)(末云)若在店中人闹,到好消遣;搬在寺中静处,怎么捱这凄凉也呵!

【二煞】院宇深,枕簟凉。一灯孤影摇书幌[10]。纵然酬得今生志,著甚支吾此夜长[11]!睡不著如翻掌,少可有一万声长吁短

---

[1]"五煞"句:成就娇婿,是说和莺莺私定终身。

[2] 合相仿:理当匹配。

[3] 德言工貌:封建时代女子要求具有的四种品德。德:贞顺;言:辞令;工:妇功;貌:妇容。

[4] 恭俭温良:也是四种品德。

[5]"粉香"句:形容莺莺的脖子像粉玉捏成的一样。

[6]"翠裙"句:绣着鸳鸯的翠裙盖住了一双小脚。

[7] 鸾销:即销鸾,用金色丝线绣鸾凤;

玉笋:形容女子手指纤细嫩白。

[8] 潇洒:自然大方、明亮整洁的意思。

[9] 早晚:随时的意思。

[10] 摇书幌:灯光下的影子在书斋中摇晃,描写张生夜不成眠的状况。书幌:书斋。

[11] 支吾:支持应付。

叹，五千遍倒枕槌床[1]。

【尾】娇羞花解语[2]，温柔玉有香[3]。我和他乍相逢记不真娇模样，我则索手抵著牙儿慢慢的想[4]。(下)

---

[1] 倒枕槌床：失眠时心情烦躁的样子。

[2] 花解语：会说话的花，比喻人美得像花一样。

[3] 玉有香：比喻人的肤色像玉一样白净滋润。

[4] 则索：只得；

手抵牙：手托着腮。

第三折

（正旦上云）老夫人著红娘问长老去了，这小贱人不来我行回话。（红上云）回夫人话了，去回小姐话去。（旦云）使你问长老，几时做好事？（红云）恰回夫人话也，正待回姐姐话。二月十五日请夫人、姐姐拈香。（红笑云）姐姐，你不知，我对你说一件好笑的勾当。咱前日寺里见的那秀才，今日也在方丈里。他先出门儿外，等著红娘，深深唱个喏道[1]："小生姓张，名珙，字君瑞，本贯西洛人也，年二十三岁，正月十七日子时建生，并不曾娶妻。"姐姐，却是谁问他来？他又问："那壁小娘子，莫非莺莺小姐的侍妾乎？小姐常出来么？"被红娘抢白了一顿呵回来了[2]。姐姐，我不知他想甚么哩，世上有这等傻角[3]！（旦笑云）红娘，休对夫人说。天色晚也，安排香案[4]，咱花园内烧香去来。（下）（末上云）搬至寺中，正近西厢居址。我问和尚每来[5]，小姐每夜花园内烧香。这个花园，和俺寺中合

---

[1] 唱喏（rě）：古代的一种礼数，见面时叉手，同时口里发喏声。

[2] 抢白：责备训斥。

[3] 傻角：呆子。

[4] 案：即几、香案，就是烧香的几案。

[5] 每：们。

著。比及小姐出来[1]，我先在太湖石畔墙角儿边等待[2]，饱看一会。

两廊僧众都睡著了，夜深人静，月朗风清，是好天气也呵！正是：

闲寻方丈高僧语，闷对西厢皓月吟。

【越调】【斗鹌鹑】玉宇无尘[3]，银河泻影，月色横空，花阴满庭[4]。罗袂生寒，芳心自警[5]。侧著耳朵儿听，蹑著脚步儿行[6]：悄悄冥冥[7]，潜潜等等[8]。

【紫花儿序】等待那齐齐整整[9]，袅袅婷婷[10]，姐姐莺莺。一更之后[11]，万籁无声[12]，直至莺庭。若是回廊下没揣的见俺可憎[13]，将他来紧紧的搂定，则问你那会少离多，有影无形[14]。

（旦引红娘上云）开了角门儿[15]，将香桌出来者。（末唱）

【金蕉叶】猛听得角门儿呀的一声，风过处花香细生。蹑著脚尖儿仔细定睛：比我那初见时庞儿越整。

---

[1] 比及：等到，在……之前。

[2] 太湖石：点缀花园用的各种奇形怪状的石头，因产于江苏太湖而得名。

[3] 玉宇：天帝住的宫殿是由玉砌成的，所以叫玉宇。此处用以代指天空。

[4] 庭：庭园，园庭，不是指庭院的庭。

[5] 芳心：美人的心；

　　警：警醒。

[6] 蹑（niè）著脚步行：走路很小心，怕弄出声响。

[7] 冥冥：暗地里。

[8] 等等：是停停的意思。

[9] 齐齐整整：指妇女相貌端正。

[10] 袅袅婷婷：秀丽美好的样子。

[11] 更：古时计时单位，一夜分五更，每更约两小时。一更相当于晚上八点到十点。

[12] 籁（lài）：声音。万籁指天地万物的声音。

[13] 没揣的：意外地，有些侥幸地。

[14] 有影无形：可以听见声音，但不能看见。

[15] 角门儿：旁门。

西厢记

（旦云）红娘，移香桌儿，近太湖石畔放者。（末做看科云）料想春娇厌拘束[1]，等闲飞出广寒宫[2]。看他容分一捻[3]，体露半襟，弹香袖以无言，垂罗裙而不语。似湘陵妃子，斜倚舜庙朱扉[4]；如月殿嫦娥，微现蟾宫素影[5]。是好女子也呵！

【调笑令】我这里甫能、见娉婷[6]，比著那月殿嫦娥也不恁般撑[7]。遮遮掩掩穿芳径，料应来小脚儿难行[8]。可喜娘的脸儿百媚生[9]，兀的不引了人魂灵！

（旦云）取香来。（末云）听小姐祝告甚么。（旦云）此一炷香，愿化去先人[10]，早生天界；此一炷香，愿堂中老母，身安无事；此一炷香……（做不语科）（红云）姐姐不祝这一炷香，我替姐姐祝告：愿俺姐姐早寻一个姐夫，拖带红娘咱！（旦再拜云）心中无限伤心事，尽在深深两拜中。（长吁科）（末云）小姐倚栏长叹，似有动情之意。

【小桃红】夜深香霭散空庭，帘幕东风静。拜罢也斜将曲栏凭，长吁了两三声。剔团圞明月如悬镜[11]，又不是轻云薄雾，

---

[1] 春娇：年轻美貌的女子。

[2] 等闲：随随便便；

广寒宫：月宫。

[3] "捻"原作脸，有美丽的意思。

[4] "似湘陵"二句：是说莺莺像斜靠着舜庙红门的湘水女神一样。尧的两个女儿娥皇、女英是舜的两个妃子。舜死于苍梧山，二女赶到，投湘水而死，成为湘水女神。

[5] 蟾宫：即月宫。莺莺穿着孝服，所以想到了一身素白的嫦娥。

[6] 甫能：方才，刚刚。

[7] 撑：这里是漂亮，美丽的意思。

[8] 料应来：料想是，大概是。

[9] 百媚生：有很多妩媚动人的地方。

[10] 化去：死去。

[11] 剔：程度副词，很、极。

《张君瑞闹道场》

玉宇无尘，银河泻影，
月色横空，花阴满庭。
罗袂生寒，芳心自警。
侧著耳朵儿听，蹑著脚步儿行：
悄悄冥冥，潜潜等等。

都则是香烟人气[1]，两般儿氤氲得不分明[2]。

我虽不及司马相如[3]，我则看小姐颇有文君之意。我且高吟一绝，
看他则甚：月色溶溶夜[4]，花阴寂寂春。如何临皓魄[5]，不见月中
人？(旦云) 有人墙角吟诗！(红云) 这声音，便是那二十三岁不曾娶
妻的那傻角。(旦云) 好清新之诗！我依韵做一首。(红云) 你两个是
好做一首！(旦念诗云) 兰闺久寂寞[6]，无事度芳春[7]。料得行吟者，
应怜长叹人。(末云) 好应酬得快也呵！

【秃厮儿】早是那脸儿上扑堆著可憎[8]，那堪那心儿里埋没著
聪明[9]。他把那新诗和得忒应声[10]，一字字诉衷情，堪听。

【圣药王】那语句清，音律轻，小名儿不枉了唤做莺莺。他若
是共小生、厮觑定[11]，隔墙儿酬和到天明，方信道惺惺的自古
惜惺惺[12]。

我撞出去，看他说甚么。

---

[1] 人气：指莺莺的长吁。

[2] 氤氲（yīnyūn）：烟气蒸腾、缭绕的样子。

[3] 司马相如：汉朝文学家，与卓文君私奔。

[4] 溶溶：水流的样子，一般也用来形容月光。

[5] 临：面对；

　　皓魄：月亮或月光，这里指月亮。

[6] 兰闺：女子的闺房。

[7] 芳春：春天。

[8] 早是：已经是，本来已经。

[9] 埋没：这里是蕴涵、包藏的意思。

[10] 新诗：格律诗相对古诗，就是新诗。

　　　和：依另一首诗的韵写诗。应声：随声。

[11] 厮觑定：相互看了很久。厮：相互。

[12] 惺惺的自古惜惺惺：聪明人向来喜欢聪明人，也含有同病相怜之意。

西厢记

【麻郎儿】我拽起罗衫欲行，(旦做见科) 他陪著笑脸儿相迎。不做美的红娘忒浅情，便做道谨依来命[1]。

(红云) 姐姐，有人！咱家去来，怕夫人嗔著。(莺回顾下) (末唱)

【幺篇】我忽听、一声、猛惊，元来是扑剌剌宿鸟飞腾，颤巍巍花梢弄影，乱纷纷落红满径[2]。

小姐你去了呵，那里发付小生[3]！

【络丝娘】空撇下碧澄澄苍苔露冷[4]，明皎皎花筛月影。白日凄凉枉耽病，今夜把相思再整。

【东原乐】帘垂下，户已扃。却才个悄悄相问[5]，他那里低低应。月朗风清恰二更，厮偄幸[6]，他无缘[7]，小生薄命[8]。

【绵搭絮】恰寻归路，伫立空庭，竹梢风摆，斗柄云横[9]。

---

[1] "不做美"二句：凌濛初曰："生欲行，莺欲迎，而红在侧，故谓'浅情'、'不做美'；

'便做道谨依来命'：是说何不便依了我们意也；

'谨依来命'：成语，故用之，所取只一'依'字，犹'愿随鞭镫'之类。此曲家法。"

[2] "幺篇"全曲：这下面都是莺莺去后的事情；

"忽听一声，猛惊"，指"宿鸟飞腾"句；

"花梢弄影"，因"宿鸟飞腾"而来；

"落江满径"，又因"花梢弄影"而来。

[3] 发付：打发，处理。

[4] 苍苔：台阶上长的青苔。

[5] 却才：刚才。

[6] 偄幸：厮偄幸是说两人无缘，都无着落，怅惘失落。

[7] 缘：缘分，人与人之间命定的机会。

[8] 薄命：命运不好，福分薄。

[9] 斗柄云横：斗是指北斗。全部的意思是夜很深了。

呀，今夜凄凉有四星[1]，他不偢人待怎生！虽然是眼角传情，咱两个口不言心自省。

今夜甚睡到得我眼里呵！

【拙鲁速】对著盏碧荧荧短檠灯[2]，倚著扇冷清清旧帏屏。灯儿又不明，梦儿又不成；窗儿外淅零零的风儿透疏棂，忒楞楞的纸条儿鸣；枕头儿上孤另，被窝儿里寂静。你便是铁石人，铁石人也动情。

【幺篇】怨不能，恨不成，坐不安，睡不宁。有一日柳遮花映，雾障云屏[3]，夜阑人静，海誓山盟[4]——恁时节风流嘉庆，锦片也似前程[5]；美满恩情，咱两个画堂春自生。

【尾】一天好事从今定，一首诗分明照证[6]。再不向青琐闼梦儿中寻[7]，则去那碧桃花树儿下等[8]。（下）

---

[1] 四星：这里指十分凄凉之意。

[2] 短檠灯：读书用的灯。檠：灯架。

[3] 雾障云屏：云遮雾罩。

[4] 海誓山盟：男女定情的誓言。

[5] 锦片也似前程：前程似锦。

[6] 照证：证明，证据。

[7] 青琐闼：宫门，代指朝廷。

[8] 碧桃花下：泛指男女幽会的地方。

第四折

(洁引聪上云) 今日二月十五日开启[1]，众僧动法器者[2]！请夫人小姐拈香。比及夫人未来，先请张生拈香，怕夫人问呵，则说道贫僧亲者。(末上云) 今日二月十五日，和尚请拈香，须索走一遭。

【双调】【新水令】梵王宫殿月轮高，碧琉璃瑞烟笼罩。香烟云盖结[3]，讽咒海波潮[4]。幡影飘飖[5]，诸檀越尽来到[6]。

【驻马听】法鼓金铙[7]，二月春雷响殿角；钟声佛号[8]，半天风雨洒松梢。侯门不许老僧敲[9]，纱窗外定有红娘报[10]。害相思的馋眼脑[11]，见他时须看个十分饱。

---

[1] 开启：僧人开始做法事叫开启。

[2] 法器：做法事时所用的各种响器，比如铙、钹、木鱼等。动法器：奏乐。

[3] 香烟云盖结：香的烟雾在空中聚成云盖。

[4] 讽咒：念经颂佛；

　　波潮：比喻诵经的声音。

[5] 幡：各种颜色的旗子，是用来供奉佛的。

[6] 檀越：和尚称向寺院施舍物件钱财的人为檀越，也称施主。

[7] 法鼓金铙：都是佛教法器。

[8] 佛号：佛的名号。此处作动词，呼佛名号。

[9] 侯门：显贵之字。

[10] 纱窗：指莺莺的居室。

[11] 馋眼脑：贪看的眼睛。

(末见洁科)（洁云）先生先拈香，恐夫人问呵，则说是老僧的亲。(末拈香科)

【沉醉东风】惟愿存在的人间寿高，亡化的天上逍遥。为曾祖父先灵[1]，礼佛法僧三宝[2]。焚名香暗中祷告：则愿得红娘休劣，夫人休焦，犬儿休恶。佛啰，早成就了幽期密约。

(夫人引旦上云)长老请拈香，小姐，咱走一遭。(末做见科)（觑聪云）

为你志诚呵，神仙下降也。(聪云)这生却早两遭儿也。(末唱)

【雁儿落】我则道这玉天仙离了碧霄，元来是可意种来清醮[3]。小子多愁多病身，怎当他倾国倾城貌[4]。

【得胜令】恰便似檀口点樱桃[5]，粉鼻儿倚琼瑶[6]。淡白梨花面，轻盈杨柳腰。妖娆[7]，满面儿扑堆著俏[8]；苗条，一团儿衡是娇[9]。

(洁云)贫僧一句话，夫人行敢道么？老僧有个敝亲，是个饱学的秀才[10]，父母亡后，无可相报，对我说，央及带一分斋，追荐父母。

---

[1] 曾祖父：指曾祖父、祖父、父亲三代；

　　先灵：道家称死去的祖先为先灵，此指亡灵。

[2] 礼：这里指拜佛；

　　三宝：佛、法、僧为三宝。

[3] 可意种：心爱的人；

　　清醮（jiào）：本指道士为消灾求福而设坛祭祷的法事，这里指超度亡魂的法事。

[4] 倾国倾城貌：形容女子的绝代容貌，可使满城满国的人为之倾倒。

[5] 檀口：浅绛色的嘴唇。

[6] 琼瑶：美玉。本句是说鼻子如美玉雕成。

[7] 妖娆：艳冶美丽。

[8] 俏：俊俏。

[9] 一团娇：无处不姣好。

[10] 饱学：满腹的学问。

贫僧一时应允了，恐夫人见责。(夫人云) 长老的亲，便是我的亲，请来厮见咱。(末拜夫人科) (众僧见旦发科[1])

【乔牌儿】大师年纪老，法座上也凝眺[2]；举名的班首真呆佬[3]，觑著法聪头做金磬敲[4]

【甜水令】老的小的，村的俏的[5]，没颠没倒[6]，胜似闹元宵[7]。稔色人儿[8]，可意冤家，怕人知道，看时节泪眼偷瞧。

【折桂令】著小生迷留没乱[9]，心痒难挠。哭声儿似莺啭乔林，泪珠儿似露滴花梢。大师也难学，把一个发慈悲的脸儿来朦著。击磬的头陀懊恼[10]，添香的行者心焦[11]。烛影风摇，香霭云飘，贪看莺莺，烛灭香消[12]。

(洁云) 风灭灯也。(末云) 小生点灯烧香。(旦与红云) 那生忙了一夜。

【锦上花】外像儿风流，青春年少；内性儿聪明，冠世才

---

[1] 发科：戏曲术语，是指做出各种情态，以逗乐观众。

[2] 法座：原指佛讲法时的座位，后也指和尚做佛事的位子。

[3] 举名：做佛事时的口令；

　　班首：指主持做法事的和尚；

　　呆佬 (láo)：呆得很厉害。

[4] 磬 (qìng)：可以打击的一种乐器，金磬就是金属做的磬。

[5] 村：粗俗，无知，和雅相反；

　　俏：用来说人的性格是聪明灵巧的意思。

[6] 没颠没倒：即颠颠倒倒，指因贪看莺莺而神魂颠倒之意。

[7] 元宵：正月十五为元宵节。

[8] 稔色：非常丰美。

[9] 迷留没乱：心绪缭乱，心神不定。

[10] 头陀：这里泛指和尚。

[11] 行者：佛家对三种人称行者：一、欲出家还未出家的和尚；二、行脚僧，三、泛指一般的和尚。这里泛指僧人。

[12] 烛灭香消：出自朱淑真词句《浣溪沙》："衾寒枕冷夜香消。"

学。扭捏著身子儿百般做作，来往向人前卖弄俊俏。

（红云）我猜那生——

黄昏这一回，白日那一觉，窗儿外那会镬铎[1]，到晚来向书帏里比及睡著，千万声长吁捱不到晓。

（末云）那小姐好生顾盼小子！

【碧玉箫】情引眉梢，心绪你知道；愁种心苗，情思我猜著。畅懊恼[2]，响铛铛云板敲[3]，行者又嚷，沙弥又哨[4]，恁须不夺人之好[5]。

（洁与众僧发科）（动法器了）（洁摇铃跪宣疏了[6]，烧纸科）（洁云）天明了也，请夫人小姐回宅。（末云）再做一会也好，那里发付小生也呵！

【鸳鸯煞】有心争似无心好，多情却被无情恼[7]。劳攘了一宵[8]，月儿沉，钟儿响，鸡儿叫。唱道是玉人归去得疾[9]，好事收拾得早。道场毕诸人散了，酩子里各归家[10]，葫芦提闹

---

[1] 镬（huò）铎：喧闹的意思。

[2] 畅：程度副词，甚、很、极之意。

[3] 云板：铁质的云状法器。

[4] 沙弥：刚出家的小和尚；

　哨：叫。

[5] "恁须"：恁，你。

[6] 宣疏：佛家做法事时演说佛法或宣读祝告文字叫宣疏。

[7] "有心"二句：争似，怎么；

无情，指僧人。这里是指僧众闹嚷于前，使张生"畅懊恼"，佛事一毕，又催促莺莺回宅，所以这么说。

[8] 劳攘：辛苦劳碌。

[9] 唱道是：真的是。

[10] 酩子里：糊涂的意思，跟"倒在酒坛子里"差不多。

西厢记

到晓[1]。(并下)

【络丝娘煞尾[2]】则为你闭月羞花相貌[3]，少不得翦草除根大小。

> 题目　　老夫人闭春院[4]　　崔莺莺烧夜香
> 正名[5]　　小红娘传好事　　张君瑞闹道场

西厢记五剧第一本终

---

[1] 葫芦提：相当于今天说的糊涂，属于俗语。

[2] 洛丝娘煞尾：《西厢记》五本前四本因情节未完，结尾都有［络丝娘煞尾］，作用是承上启下。

[3] 闭月羞花：言女子美貌足以让月亮躲避，花害羞。

[4] 题目正名：元杂剧中用二句或四句诗概括本剧的内容，就叫题目正名。

[5] "闭春院"：又做"闲春院"。

第一折

（净扮孙飞虎上开[1]）自家姓孙，名彪，字飞虎。方今上德宗即位[2]，天下扰攘[3]。因主将丁文雅失政[4]，俺分统五千人马，镇守河桥。近知先相公崔珏之女莺莺，眉黛青颦[5]，莲脸生春，有倾国倾城之容，西子太真之颜[6]，见在河中府普救寺借居。我心中想来，当今用武之际，主将尚然不正，我独廉何为？大小三军，听吾号令：人尽衔枚[7]，马皆勒口[8]，连夜进兵河中府，掳莺莺为妻，是我平生愿足！（法本慌上）谁想孙飞虎将半万贼兵[9]，围住寺门，鸣锣击鼓，呐喊摇旗，欲掳莺莺小姐为妻。我今不敢违误，即索报知夫人走一

---

[1] 原无"净扮"二字，根据弘治本补上的。

[2] 今上：当今天子。

[3] 扰攘：混乱，动乱。

[4] 失政：政治混乱失当。

[5] 眉黛：常用来代指妇女的眼眉；
　　青颦：眉青而常蹙。

[6] 西子：春秋时越国美女西施；
　　太真：杨玉环，即杨贵妃。

[7] 衔枚：古代行军疾走，为防出声，在嘴里衔着一个小木棍。

[8] 勒口：给马戴口嚼子。

[9] 将：率领。

遭。（下）（夫人上慌云）如此却怎了？俺同到小姐卧房里商量去。（下）

（旦引红上云）自见了张生，神魂荡漾，情思不快，茶饭少进[1]。早
是离人伤感，况值暮春天道[2]，好烦恼人也呵！好句有情联夜月，
落花无语怨东风。

【仙吕】【八声甘州】恹恹瘦损[3]，早是伤神，那值残春[4]。
罗衣宽褪[5]，能消几度黄昏[6]？风袅篆烟不卷帘[7]，雨打梨花
深闭门[8]；无语凭阑干[9]，目断行云[10]。

【混江龙】落红成阵，风飘万点正愁人[11]；池塘梦晓，阑槛
辞春[12]。蝶粉轻沾飞絮雪[13]，燕泥香惹落花尘。系春心情短
柳丝长，隔花阴人远天涯近[14]。香消了六朝金粉[15]，清减了三

[1] 茶饭：饮食。

[2] 天道：气候。

[3] 恹恹：萎靡不振的样子。

[4] 那：况、更加之意。

[5] 宽褪：宽松。

[6] "能消"句：出自赵德麟《清平乐》词："断送一生憔悴，只消几个黄昏。"

[7] 篆烟：香烟上升时燎绕、盘旋，形似篆字，所以称其为篆烟。

[8] "雨打"句：出自宋·李重元《忆王孙·春词》："杜宇声声不忍闻，欲黄昏，雨
打梨花深闭门。"

[9] "无语"句：出自孙光宪《临江仙》："含情无语、延伫栏干。"

[10] 目断：极目远眺；

行云：流动的云。

[11] "落红"二句：上句出自秦观《水龙吟》："卖花声过尽，斜阳院落，红成阵、飞
鸳鸯。"下句出自杜诗："一片花飞减却春，风飘万点正愁人。"

[12] "池塘"二句：春来春又去，感叹春光易逝。

[13] "蝶粉"句：飘飞的柳絮粘在蝴蝶上，像一层雪。

[14] "系春心"二句：柳丝虽短，可连接爱情的情丝比柳丝还短；天涯虽远，但隔着
花丛的情人，却好像比天涯还远。

[15] "香消"句：无心梳妆，身上香气消失。

西厢记

楚精神[1]。

(红云)姐姐情思不快,我将被儿薰得香香的,睡些儿。(旦唱)

【油葫芦】翠被生寒压绣裀,休将兰麝薰;便将兰麝薰尽,则索自温存。昨宵个锦囊佳制明勾引[2],今日个玉堂人物难亲近[3]。这些时坐又不安,睡又不稳,我欲待登临又不快[4],闲行又闷,每日价情思睡昏昏。

【天下乐】红娘呵,我则索搭伏定鲛绡枕头儿上盹[5],但出闺门,影儿般不离身。

(红云)不干红娘事,老夫人著我跟著姐姐来。(旦云)俺娘也好没意思。

这些时直恁般堤防著人[6]!小梅香伏侍的勤,老夫人拘系的紧,则怕俺女孩儿折了气分[7]。

(红云)姐姐往常不曾如此无情无绪,自曾见了那生,便却心事不宁,却是如何?(旦唱)

【那吒令】往常但见个外人,氲的早喷[8];但见个客人,厌的

---

[1]"清减"句:精神衰减。

[2]锦囊佳制:美好的诗句。

[3]玉堂人物:唐时翰林学士为玉堂人物,此指张生。

[4]登临:登山临水,这里泛指游玩。

[5]"搭伏定"句:伏在……之上;

鲛绡:相传为南海水中之鲛人所织或的细纱,这里指鲛绡做的枕头。

[6]直恁般:竟然这样。直:竟、居然;

堤防:防备、防范。

[7]折了气分:丢了光彩,失了体面。

[8]氲的:脸红,脸变色。

《莺莺听琴》

恹恹瘦损，
早是伤神，那值残春。
罗衣宽褪，
能消几度黄昏？
风袅篆烟不卷帘，
雨打梨花深闭门；
无语凭阑干，
目断行云。

倒褪[1]；从见了那人，兜的便亲[2]。想著他昨夜诗，依前韵，酬和得清新。

【鹊踏枝】吟得句儿匀，念得字儿真，咏月新诗，煞强似织锦回文[3]。谁肯把针儿将线引[4]，向东邻通个殷勤[5]。

【寄生草】想著文章士，旖旎人。他脸儿清秀身儿俊，性儿温克情儿顺[6]，不由人口儿里作念心儿里印。学得来一天星斗焕文章[7]，不枉了十年窗下无人问[8]。

（飞虎领兵上围寺科）（下）（卒子内高叫云）寺里人听者：限你每三日内，将莺莺献出来，与俺将军成亲，万事干休。三日之后不送出，伽蓝尽皆焚烧[9]，僧俗寸斩，不留一个。（夫人洁同上，敲门了，红看了云）姐姐，夫人和长老都在房门前。（旦见了科）（夫人云）孩儿，你知道么，如今孙飞虎将半万贼兵，围住寺门，道你眉黛青颦，莲脸生春，似倾国倾城的太真，要掳你做压寨夫人[10]。孩儿，怎生是了也？

（旦唱）

---

[1] 厌的：突然，猛地。

　　倒褪：后退，倒退。

[2] 兜的：陡然，顿时。

[3] 煞强似：更胜过，比……强得多；

　　织锦回文：又名璇玑图，意思是像珠雨一样的美妙文章。回文：一种纵横反复都可读的文章，此指回文诗。

[4] 针儿引线：穿针引线，指做媒。

[5] 东邻：原指东家之子，比喻美女，此处指张生。

[6] 温克：温和恭俭，此处指温文尔雅的意思。

[7] 一天星斗焕文章：文章像满天星斗一样光彩夺目。

[8] 十年窗下无人问：指在没有中第时默默无闻，没有人关心。

[9] 伽蓝：梵文僧伽蓝的省称，原指修建僧院的地基，后总指寺院。

[10] 压寨夫人：指占山为王的强盗的妻子。

西厢记

【六幺序】听说罢魂离了壳，见放著祸灭身。将袖梢儿揾不住啼痕。好教我去住无因，进退无门。可著俺那塄儿里人急偎亲[1]？孤孀子母无投奔，赤紧的先亡过了有福之人。耳边厢金鼓连天振[2]，征云冉冉，土雨纷纷。

【幺篇】那厮每风闻[3]，胡云，道我眉黛青颦，莲脸生春，恰便似倾国倾城的太真。兀的不送了他三百僧人[4]！半万贼军，半霎儿敢翦草除根。这厮每于家为国无忠信，恣情的掳掠人民。更将那天宫般盖造焚烧尽，则没那诸葛孔明[5]，便待要博望烧屯[6]。

(夫人云) 老身年六十岁，不为寿夭；奈孩儿年少，未得从夫[7]，却如之奈何？(旦云) 孩儿有一计：想来则是将我与贼汉为妻，庶可免一家儿性命。(夫人哭云) 俺家无犯法之男，再婚之女，怎舍得你献与贼汉，却不辱没了俺家谱[8]？(洁云) 俺同到法堂两廊下，问僧俗有高见者，俺一同商议个长便[9]。(同到法堂科) (夫人云) 小姐，却是怎生？(旦云) 不如将我与贼人，其便有五[10]。

【后庭花】第一来免摧残老太君；第二来免堂殿作灰烬；第三来

---

[1] 那塄儿里：那个地方。

[2] 金鼓：钟鼓。

[3] 风闻：传闻，听说。

[4] 送：葬送。

[5] 则：虽。

[6] 博望烧屯：见《三国志·蜀书·先主传》。

[7] 从夫：代指出嫁。

[8] 辱没：玷污。辱没家谱就是玷污了家族的清白。

[9] 长便：长策、好办法。

[10] 便：有利，适宜。

诸僧无事得安存；第四来先君灵枢稳；第五来欢郎虽是未成人，

　　（欢云）俺呵，打甚么不紧[1]。（旦唱）

须是崔家后代孙。莺莺为惜己身，不行从著乱军，著僧众污血痕，将伽蓝火内焚，先灵为细尘，断绝了爱弟亲，割开了慈母恩。

【柳叶儿】呀，将俺一家儿不留一个龆龀[2]。待从军又怕辱没了家门，我不如白练套头儿寻个自尽，将我尸榇，献与贼人，也须得个远害全身。

【青哥儿】母亲，都做了莺莺生忿[3]，对傍人一言难尽。母亲，休爱惜莺莺这一身。

　　恁孩儿别有一计：

不拣何人，建立功勋，杀退贼军，扫荡妖氛，倒陪家门[4]，情愿与英雄结婚姻，成秦晋[5]。

　　（夫人云）此计较可。虽然不是门当户对，也强如陷于贼中。长老，
　　在法堂上高叫：两廊僧俗，但有退兵之策的，倒陪房奁，断送莺莺
　　与他为妻[6]。（洁叫了，住[7]）（末鼓掌上云）我有退兵之策，何不问我？
　　（见夫人了）（洁云）这秀才便是前日带追荐的秀才。（夫人云）计将安

---

[1] 打甚么不紧：没什么要紧。

[2] 龆龀（tiáo chèn）：指儿童。

[3] 生忿：不孝。

[4] 倒陪家门：倒陪送嫁妆。

[5] 成秦晋：结为夫妻。

[6] 断送：打发，送出。

[7] 住：停一会儿。

西厢记

在?（末云）重赏之下，必有勇夫[1]；赏罚若明，其计必成。（旦背云）只愿这生退了贼者。（夫人云）恰才与长老说下，但有退得贼兵的，将小姐与他为妻。（末云）既是恁的，休谎了我浑家[2]，请入卧房里去，俺自有退兵之策。（夫人云）小姐和红娘回去者。（旦对红云）难得此生这一片好心。

【赚煞】诸僧众各逃生，众家眷谁偢问。这生不相识横枝儿着紧[3]。非是书生多议论，也堤防著玉石俱焚[4]。虽然是不关亲，可怜见命在逡巡[5]。济不济权将秀才来尽[6]。果若有出师表文[7]，吓蛮书信[8]，张生呵，则愿得笔尖儿横扫了五千人。（下）

----

[1] "重赏"二句：见《黄石公记》："重赏之下，必有死夫。"
[2] 浑家：妻子。
[3] 横枝儿着紧：非亲非故的局外人替当局者着急。
[4] 玉石俱焚：好的坏的同归于尽。
[5] 命在逡（qūn）巡：命在旦夕；逡巡：顷刻，不一会儿。
[6] 济：成。
　　尽（jìn）：任由。
[7] 出师表文：为诸葛亮所作。意指文人用兵退敌之策。
[8] 吓蛮书信：为李太白所作。意指文人用兵退敌之策。

楔 子[1]

（夫人云）此事如何？（末云）小生有一计，先用著长老。（洁云）老僧
不会厮杀，请秀才别换一个。（末云）休慌，不要你厮杀。你出去与
贼汉说："夫人本待便将小姐出来，送与将军，奈有父丧在身。不争
鸣锣击鼓[2]，惊死小姐，也可惜了。将军若要做女婿呵，可按甲束
兵，退一射之地。限三日功德圆满[3]，脱了孝服，换上颜色衣服，
倒陪房奁，定将小姐送与将军。不争便送来，一来父服在身，二来
于军不利。"你去说来。（洁云）三日如何？（末云）有计在后。（洁朝鬼
门道叫科[4]）请将军打话[5]。（飞虎卒上云）快送出莺莺来！（洁云）将军
息怒。夫人使老僧来与将军说。（说如前了）（飞虎云）既然如此，限你
三日后若不送来，我著你人人皆死，个个不存。你对夫人说去：恁
的这般好性儿的女婿，教他招了者！（洁云）贼兵退了也，三日后不
送出去，便都是死的。（末云）小子有一故人，姓杜，名确，号为白

---

[1] 楔子：这个楔子应当看成一折。

[2] 不争：放在句首，"若是"的意思。

[3] 功德：做善事，比如念经、颂佛等。功德圆满，指佛事圆满结束。

[4] 鬼门道：指戏台上左右两侧剧中人物上下场的门。因为戏常演古人故事，所以称
"鬼门道"。

[5] 打话：对话。

马将军，见统十万大兵，镇守著蒲关。一封书去，此人必来救我。此间离蒲关四十五里，写了书呵，怎得人送去？(洁云) 若是白马将军肯来，何虑孙飞虎！俺这里有一个徒弟，唤作惠明，则是要吃酒厮打。若使央他去，定不肯去；须将言语激著他，他便去。(末唤云) 有书寄与杜将军，谁敢去？谁敢去？

(惠明上云) 我敢去[1]！

【正宫】【端正好】不念《法华经》[2]，不礼《梁皇忏》[3]，飑了僧伽帽[4]，袒下我这偏衫[5]，杀人心逗起英雄胆，两只手将乌龙尾钢椽揝[6]。

【滚绣球】非是我贪，不是我敢，知他怎生唤做打参[7]，大踏步直杀出虎窟龙潭。非是我搀[8]，不是我揽，这些时吃菜馒头委实口淡，五千人也不索炙煿煎熰[9]。腔子里热血权消渴，肺腑内生心且解馋，有甚腌臜[10]！

【叨叨令】浮沙羹宽片粉添些杂糁[11]；酸黄齑烂豆腐休调

---

[1] "我敢去"原无，后根据弘治本补的。

[2] 法华经：《妙法莲华经》的简称。

[3] 梁皇忏：原名《慈悲道场忏法》。不礼梁皇忏，这里是不念经的意思。

[4] 飑 (diū)：扔、甩。

[5] 偏衫：开脊接领、斜拔在左肩上的僧人法衣。

[6] "两只手"句：乌龙尾，比喻棍的威力好像乌龙尾。

[7] 打参：打坐。

[8] 搀：争抢。

[9] 炙煿 (bó) 煎熰 (lǎn)：四字都是烹调的方法，连用是对食物进行加工制作之意。

[10] 腌 (zān)：不洁。

[11] "浮沙羹"句：指僧人们的素食。

《西厢记》插图，明万历年间刻本

想著文章士，旖旎人。

　　他脸儿清秀身儿俊，
性儿温克情儿顺，
　　不由人口儿里作念心儿里印。
学得来一天星斗焕文章，
　　不枉了十年窗下无人问。

唻[1]。万馀斤黑面从教暗[2]，我将这五千人做一顿馒头馅。是必休误了也么哥[3]，休误了也么哥！包残馀肉把青盐蘸[4]。

（洁云）张秀才著你寄书去蒲关，你敢去么？（惠唱）

【倘秀才】你那里问小僧敢去也那不敢，我这里启大师用咱也不用咱。你道是飞虎将声名播斗南[5]；那厮能淫欲，会贪婪，诚何以堪[6]！

（末云）你是出家人，却怎不看经礼忏，则厮打为何？（惠唱）

【滚绣球】我经文也不会谈，逃禅也懒去参[7]；戒刀头近新来钢蘸[8]，铁棒上无半星儿土渍尘缄。别的都僧不僧、俗不俗、女不女、男不男，则会斋的饱也则向那僧房中胡渰[9]，那里怕焚烧了兜率伽蓝。则为那善文能武人千里，凭著这济困扶危书一缄，有勇无惭[10]。

（末云）他倘不放你过去，如何？（惠云）他不放我呵，你放心。

---

[1] 酸黄齑（jī）：酸菜；

　　休调唻：不要调和了酸菜和豆腐给我吃。

[2] "万馀斤"句：只管用万余斤黑面做馒头去，黑就让他黑去；

　　从教：听凭；

　　暗：指面黑。

[3] 也么哥：惊叹词，无义。

[4] "包残"句：把做包子剩下的人肉，蘸着盐吃。

[5] 声名播斗南：名扬天下。斗南：北斗星以南，就是全天下。

[6] 诚何以堪：实在无法忍受。

[7] 逃禅懒去参：懒得去学佛参禅。

[8] 戒刀：僧人所带的月头小刀；

　　钢蘸：淬水，让刀刃锋利。

[9] 斋：动词，吃斋；

　　胡渰：装傻。

[10] 有勇无惭：勇敢而无所惭愧。

西厢记

【白鹤子】著几个小沙弥把幢幡宝盖擎[1]，壮行者将捍棒镬叉担[2]。你排阵脚将众僧安[3]，我撞钉子把贼兵来探[4]。

【二】远的破开步将铁棒飚，近的顺著手把戒刀钐[5]；有小的提起来将脚尖踵[6]，有大的扳下来把髑髅勘[7]。

【一】瞅一瞅古都都翻了海波，混一混厮琅琅振动山岩[8]；脚踏得赤力力地轴摇，手扳得忽刺刺天关撼[9]。

【耍孩儿】我从来驳驳劣劣[10]，世不曾忐忐忑忑[11]，打熬成不厌天生敢[12]。我从来斩钉截铁常居一[13]，不似恁惹草拈花没揣三[14]。劣性子人皆惨[15]，舍著命提刀仗剑，更怕甚勒马停骖[16]。

---

[1] 幢幡：就是幡；

　　宝盖：圆筒形丝帛伞盖。

[2] 捍棒：棍棒；

　　镬叉：金属器杖。

[3] 阵脚：战斗队列。

[4] 撞钉子：比喻自己像钉子一样冲向叛军。

[5] 钐（shàn）：砍，劈。

[6] 踵（zhuàng）：踢。

[7] 髑髅（dú lóu）：指头；

　　勘：即砍。

[8] "瞅一瞅"二句：咕嘟嘟，水波声；厮琅琅，山岩振动声。

[9] 天关：天门，为日月星辰所运行的轨迹。

[10] 驳驳劣劣：莽撞、粗鲁。

[11] 世不曾：从来不曾。

[12] 打熬：锻炼、磨炼；

　　不厌：不满足，不安分；

　　天生敢：天生勇敢。

[13] 斩钉截铁：做事果断，不犹豫。

[14] 没揣三：不着紧，与斩钉截铁正好反义。

[15] 惨：愁、怕。

[16] 勒马停骖（cān）：马与骖同义，骖泛指马。

【二】我从来欺硬怕软，吃苦不甘[1]，你休只因亲事胡扑俺[2]。若是杜将军不把干戈退，张解元干将风月担，我将不志诚的言词赚[3]。倘或纰缪[4]，倒大羞惭[5]。

(惠云)将书来，你等回音者。

【收尾】恁与我助威风擂几声鼓，仗佛力呐一声喊。绣旗下遥见英雄俺，我教那半万贼兵唬破胆。(下)

(末云)老夫人、长老都放心，此书到日，必有佳音。咱眼观旌节旗，耳听好消息[6]。你看一封书札逡巡至，半万雄兵咫尺来[7]。(并下)(杜将军引卒子上开)林下晒衣嫌日淡，池中濯足恨鱼腥[8]；花根本艳公卿子，虎体原班将相孙[9]。自家姓杜，名确，字君实，本贯西洛人也。自幼与君瑞同学儒业，后弃文就武，当年武举及第，官拜征西大将军，正授管军元帅，统领十万之众，镇守著蒲关。有人自河中来，听知君瑞兄弟在普救寺中，不来望我；著人去请，亦不肯来，不知主甚意。今闻丁文雅失政，不守国法，剽掠黎民。我为不

---

[1] 吃苦不甘：吃苦的不吃甜的，和"吃硬不吃软"同义。

[2] 扑俺：是一种赌博游戏。

[3] "若是"三句：如果书至而杜将军不来杀退贼兵，那张生就白盼望与莺莺成婚了，我也等于用不诚实的话来骗人了；

　　风月：风花雪月，指男女情爱的事。

[4] 纰缪（pī miù）：差错。

[5] 倒大：绝大。

[6] 眼观旌节旗，耳听好消息：等待胜利的捷报。

[7] 咫尺：比喻距离很近。

[8] 濯（zhuó）足：洗脚。

[9] "花根"二句：杜确出身高贵，如花之艳丽来自根本，虎体斑纹天生自有；

　　班：通斑。

西厢记

知虚实，未敢造次兴师[1]。孙子曰[2]："凡用兵之法，将受命于君[3]，合军聚众[4]，圮地无舍[5]，衢地交合[6]，绝地无留[7]；围地则谋[8]，死地则战[9]；途有所不由[10]，军有所不击[11]，城有所不攻[12]，地有所不争[13]，君命有所不受[14]。故将通于九变之利者[15]，知用兵矣。治兵不知九变之术[16]，虽知五利[17]，不能得人用矣[18]。"吾之未疾进兵征讨者，为不知地利浅深出没之故也。昨日探听去，不见回报。今日升帐，看有甚军情，来报我知道者。(卒子引惠明和尚上开) (惠明云) 我离了普救寺，一日至蒲关，见杜将军走一遭。(卒报科) (将军云) 著他过来! (惠打问讯了云) 贫僧是普救寺僧[19]。今有孙飞虎作乱，将半万

---

[1] 造次：轻率、仓猝。

[2] 孙子：指春秋时期吴国军事家孙武，有《孙子兵法》十三篇。

[3] 将受命于君：将帅从国君那里接受命令。

[4] 合军聚众：集合军队。

[5] 圮 (pǐ) 地无舍：低下的容易被水淹的地方不能安营扎寨。

[6] 衢 (qú) 地交合：四通八达之地要结交邻国以求救援。

[7] 绝地无留：危险的地方不可久留。

[8] 围地则谋：容易被包围的地方要设计谋。

[9] 死地则战：处在只能力战否则便会灭亡的地方，就要进行殊死战斗。

[10] 途有所不由：有些道路是不能走的。

[11] 军有所不击：有些敌军是不能进攻的。

[12] 城有所不攻：有些城邑不必要攻打。

[13] 地有所不争：有些不必要的地方，不要去争夺。

[14] 君命有所不受：国君的某些不符合实际情况的命令，可以不必服从。

[15] 通：精通、懂得；
   九变：指用兵的各种变化法则。

[16] 治兵：统帅军队，指挥军队。

[17] 五利：指"圮地无舍"等五条好处。

[18] 不能得人用：不能充分发挥军队的作用。

[19] 句末"僧"字原无，根据王伯良本补的。

贼兵，围住寺门，欲劫故臣崔相国女为妻。有游客张君瑞奉书，令小僧拜投于麾下[1]，欲求将军以解倒悬之危[2]。（将军云）将过书来。

（惠投书了）（将军拆书念曰）"珙顿首再拜大元帅将军契兄纛下[3]：伏自洛中[4]，拜违犀表[5]，寒暄屡隔，积有岁月，仰德之私[6]，铭刻如也。忆昔联床风雨[7]，叹今彼各天涯；客况复生于肺腑，离愁无慰于羁怀[8]。念贫处十年藜藿[9]，走困他乡；羡威统百万貔貅[10]，坐安边境。故知虎体食天禄，瞻天表[11]，大德胜常；使贱子慕台颜[12]，仰台翰[13]，寸心为慰。辄禀：小弟辞家，欲诣帐下，以叙数载间阔之情；奈至河中府普救寺，忽值采薪之忧[14]。不期有贼将孙飞虎，领兵半万，欲劫故臣崔相国之女，实为迫切狼狈。小弟之命，亦

---

[1] 麾（huī）下：麾是古代将帅指挥军队的旗帜；麾下，就是部下，后引伸为对将领的尊称。

[2] 倒悬：人被倒挂，比喻处境危险。

[3] 顿首：在书信开头或末尾，表示敬礼的意思；

　　契兄，就是贤兄；

　　纛（dào）下：相当于阁下。

[4] 伏：敬词，同伏维、伏以。下对上、幼对尊的敬称。

[5] 犀表：指武将的仪表，表示尊敬赞扬。

[6] 仰：表示敬慕之词；

　　德：恩泽好处；

　　私：内心感情。

[7] 联床风雨：表现亲友或兄弟相聚的情之真。

[8] 羁（jī）怀：作客他乡的心情。

[9] 藜藿（lí huò）：代指粗茶淡饭。

[10] 貔貅（pí xiū）：本为兽名，后指军队。

[11] 天表：指皇帝的容颜。

[12] 台颜：尊颜。为敬称。

[13] 台翰：尊函，翰指书信。

[14] 采薪之忧：生病的婉称。

西厢记

在逡巡。万一朝廷知道，其罪何归？将军倘不弃旧交之情，兴一旅之师，上以报天子之恩，下以救苍生之急；使故相国虽在九泉[1]，亦不泯将军之德。愿将军虎视去书，使小弟鹄观来旄[2]。造次干渎[3]，不胜惭愧。伏乞台照不宣[4]。张珙再拜[5]。二月十六日书"(将军云) 既然如此，和尚你行，我便来。(惠明云) 将军是必疾来者。(将军云) 虽无圣旨发兵，将在军，君命有所不受。大小三军，听吾将令：速点五千人马，人尽衔枚，马皆勒口，星夜起发，直至河中府普救寺，救张生走一遭。(飞虎引卒子上开) (将军引卒子骑竹马调阵拿绑下[6]) (夫人洁同末上云) 下书已两日，不见回音。(末云) 山门外呐喊摇旗，莫不是俺哥哥军至了？(末见将军了) (引夫人拜了) (将军云) 杜确有失防御，致令老夫人受惊，切勿见罪是幸。(末拜将军了) 自别兄长台颜，一向有失听教。今得一见，如拨云睹日。(夫人云) 老身子母，如将军所赐之命，将何补报？(将军云) 不敢，此乃职分之所当为。敢问贤弟：因甚不至戎帐？(末云) 小弟欲来，奈小疾偶作，不能动止[7]，所以失敬。今见夫人受困，所言退得贼兵者，以小姐妻之，因此愚弟作书请吾兄。(将军云) 既然有此姻缘，可贺，可贺！(夫人云) 安排茶饭者 (将军云) 不索。倘有馀党未尽，小官去捕了，

---

[1] 九泉：阴间，坟地也称九泉。

[2] 鹄 (hú) 观来旄 (máo)：盼望大军到来。

[3] 干渎 (dú)：冒犯。

[4] 台照：台鉴；

　　不宣：不尽，不一一细说，多用在书信结尾。

[5] 再拜：拜而又拜，本为一种礼节，用在信末表示敬意。

[6] 骑竹马调阵：剧中人骑着竹马对阵开打；竹马：剧中以竹条作为代表马的道具。

[7] 动止：偏义，是行动的意思。

却来望贤弟。左右那里，去斩孙飞虎去！(拿贼了) 本欲斩首示众，具表奏闻，见丁文雅失守之罪。恐有未叛者，今将为首各杖一百，馀者尽归旧营去者！(孙飞虎谢了下) (将军云) 张生建退贼之策，夫人面许结亲，若不违前言，淑女可配君子也[1]。(夫人云) 恐小女有辱君子。(末云) 请将军筵席者！(将军云) 我不吃筵席了，我回营去，异日却来庆贺。(末云) 不敢久留兄长，有劳台候。(将军望蒲关起发) (众念云) 马离普救敲金镫，人望蒲关唱凯歌。(下) (夫人云) 先生大恩，不敢忘也。自今先生休在寺里下，则著仆人寺内养马，足下来家内书院里安歇[2]。我已收拾了，便搬来者。到明日略备草酌，著红娘来请你，是必来一会，别有商议。(末云) 这事都在长老身上。(问洁云) 小子亲事，未知何如？(洁云) 莺莺亲事，拟定妻君[3]。只因兵火至，引起雨云心。(下) (末云) 小子收拾行李，去花园里去也！(下)

---

[1] 淑女：美好的姑娘。

[2] 足下：对人的尊称。

[3] 拟 (nǐ) 定：一定，必定。

第二折

（夫人上云）今日安排下小酌，单请张生酬劳。道与红娘，疾忙去书院中请张生，著他是必便来，休推故[1]。（下）（末上云）夜来老夫人说，著红娘来请我，却怎生不见来？我打扮著等他，皂角也使过两个也[2]，水也换了两桶也，乌纱帽擦得光挣挣的[3]，怎么不见红娘来也呵？（红娘上云）老夫人使我请张生，我想若非张生妙计呵，俺一家儿性命难保也呵！

【中吕】【粉蝶儿】半万贼兵，卷浮云片时扫净，俺一家儿死里逃生。舒心的列山灵，陈水陆[4]，张君瑞合当钦敬。当日所望无成，谁想一缄书到为了媒证[5]。

【醉春风】今日个东阁玳筵开[6]，煞强如西厢和月等。薄衾单枕有人温，早则不冷，冷。受用足宝鼎香浓，绣帘风细，绿窗

---

[1] 推故：借故推辞。

[2] 皂角：一种植物名，可做肥皂用。

[3] 乌纱帽：代指官职。

[4] "舒心"二句：凌濛初云："'山录水陆'，犹山珍海错。'列山灵水陆'，言开筵庶也。"

[5] 媒证：指媒人。

[6] 东阁玳（dài）筵：款待贤士的筵席。

人静[1]。

可早来到也。

【脱布衫】幽僻处可有人行[2]？点苍苔白露泠泠[3]。隔窗儿咳嗽了一声。

（红敲门科）（末云）是谁来也？（红云）是我。

他启朱唇急来答应。

（末云）拜揖小娘子。（红唱）

【小梁州】则见他叉手忙将礼数迎[4]，我这里"万福，先生。"乌纱小帽耀人明，白襕净[5]，角带傲黄鞓[6]。

【幺篇】衣冠济楚庞儿整[7]，可知道引动俺莺莺。据相貌，凭才性，我从来心硬，一见了也留情。

（末云）既来之，则安之[8]。请书房内说话。小娘子此行为何？（红云）贱妾奉夫人严命，特请先生小酌数杯，勿却。（末云）便去，便去。敢问席上有莺莺姐姐么[9]？（红唱）

【上小楼】"请"字儿不曾出声，"去"字儿连忙答应；可早莺莺根前，"姐姐"呼之，喏喏连声。秀才每闻道"请"，恰便似

---

[1] "受用足"三句：意为尽情享受婚后的安宜生活。

[2] 可有人行：没有行人的意思。

[3] 泠（líng）泠：形容露珠晶莹剔透。

[4] 叉手：一种施礼的方式。

[5] 白襕（lán）：一种士人穿的上下相连的服装。

[6] 角带傲黄鞓（tīng）：带的本体为鞓，以革制成，外裹各色绫绢，裹黄绢的即为黄鞓，又饰以兽角，就称角带。

[7] 衣冠济楚：衣帽整齐鲜艳。

[8] 既来之，则安之：出自《论语》。这里的意思是既然来了，就要安心待一会儿。

[9] 敢问：请问。

听将军严令，和他那五脏神愿随鞭镫[1]。

(末云) 今日夫人端的为甚么筵席？(红唱) [2]

【幺篇】第一来为压惊，第二来因谢承。不请街坊，不会亲邻，不受人情。避众僧，请老兄，和莺莺匹聘。

(末云) 如此小生欢喜。(红)

则见他欢天喜地，谨依来命。

(末云) 小生客中无镜，敢烦小娘子，看小生一看何如？(红唱)

【满庭芳】来回顾影，文魔秀士[3]，风欠酸丁[4]。下工夫将额颅十分挣[5]，迟和疾擦倒苍蝇[6]，光油油耀花人眼睛，酸溜溜螫得人牙疼。

(末云) 夫人办甚么请我？(红)

茶饭已安排定，淘下陈仓米数升，煠下七八碗软蔓青[7]。

(末云) 小生想来，自寺中一见了小姐之后，不想今日得成婚姻，岂不为前生分定？(红云) 姻缘非人力所为，天意尔。

【快活三】咱人一事精，百事精；一无成，百无成。世间草木本无情，

---

[1] 五脏神：五脏指心、肝、脾、肺、肾；

愿随鞭镫：只是愿意的意思。

[2]"(末云)……(红唱)"原无，根据毛西河本补上的。

[3] 文魔：读书入迷的人，即书痴；

透士：优秀的人。

[4] 风欠酸丁：咬文嚼字的书呆子。风欠：痴呆之意；酸丁：指读书人。

[5] 挣：这里是擦拭之意。

[6] 迟和疾擦倒苍蝇：无论快慢，都会滑倒苍蝇。

[7] 煠（zhá）：通"炸"；

蔓青：即蔓菁。

《北西厢秘本》插图《窥简》，明刊本，陈洪绶绘

衣冠济楚庞儿整，
可知道引动俺莺莺。
　据相貌，凭才性，
我从来心硬，
　一见了也留情。

自古云：地生连理木，水出并头莲，他犹有相兼并[1]。

【朝天子】休道这生，年纪儿后生，恰学害相思病。天生聪俊，打扮素净，奈夜夜成孤另。才子多情，佳人薄幸，兀的不担阁了人性命。

（末云）你姐姐果有信行？（红）

谁无一个信行？谁无一个志诚？怎两个今夜亲折证[2]。

我嘱付你咱：

【四边静】今宵欢庆，软弱莺莺，可曾惯经？你索款款轻轻，灯下交鸳颈。端详可憎[3]，好煞人也无干净[4]。

（末云）小娘子先行，小生收拾书房便来。敢问那里有甚么景致？

（红唱）

【耍孩儿】俺那里落红满地胭脂冷，休孤负了良辰媚景[5]。夫人遣妾莫消停，请先生勿得推称[6]。俺那里准备著鸳鸯夜月销金帐[7]，孔雀春风软玉屏[8]。乐奏合欢令[9]，有凤箫象板[10]，锦

---

[1]《快活三》曲：意思是有缘千里来相会，无缘对面不相逢，都是命中注定的。

[2] 亲折证：当面分辩、对证的意思。

[3] 端详：细看。

[4] 好煞人：男女欢会。

[5] 良辰媚景：即良辰美景。

[6] 推称：借口推托。

[7] 销金帐：绣着金线的帐子。

[8] 孔雀屏：曲出唐·窦毅为女择婿的故事。

[9] 合欢令：喜庆吉祥的乐曲。

[10] 凤箫：排箫；

　　象板：乐器名。

瑟鸾笙[1]。

(末云) 小生书剑飘零,无以为财礼,却是怎生?(红唱)

【四煞】聘财断不争,婚姻事有成,新婚燕尔安排庆[2]。你明博得跨凤乘鸾客[3],我到晚来卧看牵牛织女星[4]。休傒幸,不要你半丝儿红线[5],成就了一世儿前程。

【三煞】凭著你灭寇功,举将能,两般儿功效如红定。为甚俺莺娘心下十分顺?都则为君瑞胸中百万兵[6]。越显得文风盛,受用足珠围翠绕,结果了黄卷青灯[7]。

【二煞】夫人只一家,老兄无伴等,为嫌繁冗寻幽静。

(末云) 别有甚客人?(红唱)

单请你个有恩有义闲中客,且回避了无是无非窗下僧。夫人的命,道足下莫教推托,和贱妾即便随行。

(末云) 小娘子先行,小生随后便来。(红唱)

【收尾】先生休作谦,夫人专意等。常言道"恭敬不如从命"[8],休使得梅香再来请。(下)

(末云) 红娘去了,小生拽上书房门者。我比及到得夫人那里,夫人道:"张生,你来了也?饮几杯酒,去卧房内,和莺莺做亲去!"小

---

[1] 锦瑟:华美的瑟。

[2] 燕尔:形容新婚快乐的样子。

[3] 博得:换取、赢得;

跨凤乘鸾客:比喻美满夫妻。

[4] 牵牛织女星:为民间爱情故事中的两个人物。

[5] 红线:指定亲的财礼。

[6] 胸中百万兵:指有用兵的韬略。

[7] 黄卷青灯:指读书人的清苦生活。

[8] 恭敬不如从命:出自《通俗编·仪书》引宋·赞宁《争谱》。

生到得卧房内，和姐姐解带脱衣，颠鸾倒凤，同谐鱼水之欢[1]，共效于飞之愿[2]。觑他云鬟低坠，星眼微朦[3]，被翻翡翠，袜绣鸳鸯。不知性命何如，且看下回分解。(笑云)单羡法本好和尚也：只凭说法口，遂却读书心。(下)

---

[1] 鱼水之欢：以鱼水和谐、鱼水之欢来比喻夫妇和乐。

[2] 于飞之愿：指夫妻欢乐之愿。

[3] 星眼：明亮的眼睛。

第三折

（夫人排桌子上云）红娘去请张生，如何不见来？（红见夫人云）张生著红娘先行，随后便来也。（末上见夫人施礼科）（夫人云）前日若非先生，焉得见今日。我一家之命，皆先生所活也。聊备小酌，非为报礼，勿嫌轻意。（末云）"一人有庆，兆民赖之[1]。"此贼之败，皆夫人之福。万一杜将军不至，我辈皆无免死之术。此皆往事，不必挂齿。（夫人云）将酒来，先生满饮此杯。（末云）"长者赐，少者不敢辞[2]。"（末做饮酒科）（末把夫人酒了）（夫人云）先生请坐。（末云）小子侍立座下，尚然越礼，焉敢与夫人对坐？（夫人云）道不得个"恭敬不如从命"[3]。（末谢了，坐）（夫人云）红娘，去唤小姐来，与先生行礼者。（红朝鬼门道唤云）老夫人后堂待客，请小姐出来哩！（旦应云）我身子有些不停当，来不得。（红云）你道请谁哩？（旦云）请谁？（红云）请张生哩。（旦云）若请张生，扶病也索走一遭。（红发科了）（旦上）免

---

[1]"一人"二句：一人原指天子，这里指老夫人；庆、善、福，意即众人能活下来，全靠老夫人的福分。

[2]"长者"二句：是说对长者的赐予，年少的及僮仆之类卑贱者不能推辞，宣即受之；长者，年长德高的人。

[3]道不得个：相当于"岂不闻"，"常言道"。

除崔氏全家祸，尽在张生半纸书。

【双调】【五供养】若不是张解元识人多，别一个怎退干戈？排著酒果，列著笙歌。篆烟微，花香细，散满东风帘幕。救了咱全家祸，殷勤呵正礼，钦敬呵当合[1]。

【新水令】恰才向碧纱窗下画了双蛾[2]，拂拭了罗衣上粉香浮浣[3]，则将指尖儿轻轻的贴了钿窝[4]。若不是惊觉人呵，犹压著绣衾卧[5]。

（红云）觑俺姐姐这个脸儿，吹弹得破[6]，张生有福也呵！（旦唱）

【乔篇】没查没利谎偻科[7]，你道我宜梳妆的脸儿吹弹得破。

（红云）俺姐姐天生的一个夫人的样儿。（旦唱）

你那里休聒，不当一个信口开河。知他命福是如何，我做一个夫人也做得过。

（红云）往常两个都害[8]，今日早则喜也。（旦唱）

【乔木查】我相思为他，他相思为我，从今后两下里相思都较可[9]。酬贺间礼当酬贺，俺母亲也好心多。

（红云）敢著小姐和张生结亲呵，怎生不做大筵席，会亲戚朋友，安

---

[1] 当合：合当，应该。

[2] 双蛾：双眉。

[3] 浮浣（wò）：即浮污，浮土。浣，原作"污"。

[4] 钿窝：衣服上的装饰品。

[5] "犹压"句：出自柳永《定风波》词意："日上花梢，莺穿柳带，犹压香衾卧。"

[6] 吹弹得破：形容皮肤娇嫩，口吹指弹都会弄破。

[7] 没查没利：无定准，无准绳，信口胡说的意思；

　　偻科：相当于喽啰。

[8] 害：患相思病。

[9] 较可：全愈。较、可都指病愈。

西厢记

排小酌为何?(旦云)红娘,你不知夫人意。

【搅筝琶】他怕我是陪钱货[1],两当一便成合[2]。据著他举将除贼,也消得家缘过活[3]。费了甚一股那[4],便待要结丝萝[5]!休波,省人情的奶奶忒虑过[6],恐怕张罗[7]。

(末云)小子更衣咱。(做撞见旦科)(旦唱)

【庆宣和】门儿外,帘儿前,将小脚儿那[8]。我恰待目转秋波,谁想那识空便的灵心儿早瞧破[9],諕得我倒趖,倒趖。

(末见旦科)(夫人云)小姐近前,拜了哥哥者[10]!(末背云)呀,声息不好了也!(旦云)呀,俺娘变了卦也!(红云)这相思又索害也!(旦唱)

【雁儿落】荆棘剌怎动那[11],死没腾无回豁[12],措支剌不对答[13],软兀剌难存坐[14]!

---

[1] 陪钱货:旧时因为女子出嫁需陪嫁,所以俗称女子为赔钱货。

[2] 两当一便成合:说夫人吝啬,把酬谢和成亲两件事,合在一起办酒宴。

[3] 消:受用。消得:消受得;

　　家缘:家业、产业。

[4] 一股那:即一股脑儿。趖(duǒ):通"躲"。

[5] 丝萝:兔丝和女萝,是两种只能依附他物生长的植物。这里是以丝萝比喻婚姻。

[6] 省人情:懂得人情世故;

　　忒虑过:太过虑。

[7] 张罗:操持备办,料理谋划之意。

[8] 那:同"挪",移动。

[9] 识空便:空便为机会,空闲的意思。识空便就是能见机行事,有时也作识趣讲。

[10] 拜哥哥:拜为兄妹便不可结婚。

[11] 荆棘剌怎动那:惊得我不能动弹。

[12] 死没腾:蒙住了,痴痴呆呆的样子。没腾:助词,无义。

[13] 措支剌:慌张失态,不知所措的样子。支剌:助词,无义。

[14] 软兀剌:就是软的意思。兀剌:助语,无义。

《莺红对奕》

良夜迢迢，

　闲庭寂静，花枝低亚。

他是个女孩儿家，

　你索将性儿温存，

话儿摩弄，

　意儿谦洽。

　休猜做败柳残花。

【得胜令】谁承望这即即世世老婆婆[1]，著莺莺做妹妹拜哥哥。白茫茫溢起蓝桥水[2]，不邓邓点着袄庙火[3]。碧澄澄清波，扑刺刺将比目鱼分破[4]。急攘攘因何，扢搭地把双眉锁纳合[5]。

（夫人云）红娘看热酒，小姐与哥哥把盏者！（旦唱）

【甜水令】我这里粉颈低垂，蛾眉频蹙，芳心无那[6]。俺可甚"相见话偏多[7]"！星眼朦胧，檀口嗟咨，攧窨不过[8]。这席面儿畅好是乌合[9]！

（旦把酒科）（夫人央科）（末云）小生量窄。（旦云）红娘，接了台盏者[10]！

【折桂令】他其实咽不下玉液金波[11]。谁承望月底西厢，变做了梦里南柯[12]。泪眼偷淹，酪子里揾湿香罗。他那里眼倦开软瘫做一垛[13]；我这里手难抬称不起肩窝。病染沉疴[14]，断然难

---

[1] 即即世世：亦作积积世世，是老于世故的意思，有奸诈、老奸巨滑的含义。

[2] 蓝桥水：使相爱者分离的大水。

[3] 袄（xiān）庙火：使相爱者分离的大火。

[4] 比目鱼：俗称偏口鱼，用以比喻恋人或夫妻。

[5] 扢搭："锁"的声音。

[6] 无那：无奈。

[7] 相见话偏多：这里是反语，说不出来话的意思。

[8] 攧窨（dié yìn）：攧：顿足；窨：忍声吞气。

[9] 畅好：上好，恰好；

　　乌合：比喻散乱没有秩序。

[10] 台盏：有托盘的酒杯。

[11] 玉液金波：均指美酒。

[12] 梦里南柯：南柯一梦，一场梦，典出唐传奇《南柯太守传》。

[13] 一垛：一堆。

[14] 沉疴（kē）：重病。

活。则被你送了人呵，当甚么喽啰[1]！

（夫人云）再把一盏者。（红递盏了[2]）（红背与旦云）姐姐，这烦恼怎生是了？（旦唱）

【月上海棠】而今烦恼犹闲可[3]，久后思量怎奈何？有意诉衷肠，争奈母亲侧坐。成抛躲[4]，咫尺间如间阔。

【幺篇】一杯闷酒尊前过，低首无言自摧挫[5]。不甚醉颜酡，却早嫌玻璃盏大，从因我，酒上心来觉可[6]。

（夫人云）红娘，送小姐卧房里去者。（旦辞末出科）（旦云）俺娘好口不应心也呵！

【乔牌儿】老夫人转关儿没定夺[7]，哑谜儿怎猜破；黑阁落甜话儿将人和[8]，请将来著人不快活。

【江儿水】佳人自来多命薄，秀才每从来懦。闷杀没头鹅[9]，撇下陪钱货，下场头那答儿发付我！

【殿前欢】恰才个笑呵呵，都做了江州司马泪痕多[10]。若不是

---

[1] 喽啰：聪明干练，狡猾的意思。后指小辈们。

[2] "红递盏了"原作"红递了盏"。

[3] 闲可：平常。

[4] 抛躲：抛开、躲避，抛闪、分离。

[5] 摧挫：折磨、忧伤。

[6] "不甚"四句：是说张生本未很醉，却早已嫌酒杯太大而酒力难支。是因为他量小不胜酒力？不是，这都是因为我。如果真是酒力涌上心来，那还不至于此；

　　酡：酒醉后面红耳赤的样子。

[7] 转关儿没定夺：变来变去没有一定的主意。

[8] "黑阁落"句：暗地里甜言蜜语许了人的心愿；

　　阁落：旮旯。

[9] 没头鹅：这里指鹅群中打去头鹅，就成了无头的鹅群了。

[10] 江州司马泪痕多：典出白居易《琵琶行》。多用于感伤身世，爱情别离的典故。

一封书将半万贼兵破，俺一家儿怎得存活。他不想结姻缘想甚
么？到如今难著莫[1]。老夫人谎到天来大，当日成也是恁个母
亲，今日败也是恁个萧何[2]。

【离亭宴带歇拍煞】从今后玉容寂寞梨花朵[3]，胭脂浅淡樱桃
颗，这相思何时是可？昏邓邓黑海来深，白茫茫陆地来厚，碧
悠悠青天来阔；太行山般高仰望，东洋海般深思渴。毒害的恁
么[4]！俺娘呵，将颤巍巍双头花蕊搓[5]，香馥馥同心缕带割[6]，长
搀搀连理琼枝挫[7]。白头娘不负荷[8]，青春女成担阁，将俺那
锦片也似前程蹬脱[9]。俺娘把甜句儿落空了他，虚名儿误赚了
我。（下）

（末云）小生醉也，告退。夫人根前，欲一言以尽意，未知可否。
前者，贼寇相迫，夫人所言，能退贼者，以莺莺妻之。小生挺身
而出，作书与杜将军，庶几得免夫人之祸，今日命小生赴宴，将
谓有喜庆之期[10]；不知夫人何见，以兄妹之礼相待？小生非图哺啜

---

[1] 著莫：捉摸。

[2] "当日"二句：典出汉高祖刘邦与萧何及韩信故事。后世有谚语说："成也萧何，
败也萧何。"

[3] "玉容"句：化用白居易诗："玉容寂寞泪阑干，梨花一枝春带雨。"

[4] 恁么：如此，这样。

[5] 双头花：即并蒂花，比喻恋人或夫妻。

[6] 同心缕带：即同心结，用以表示恩爱同心的意思。

[7] 长搀搀：长长的样子；

　　琼枝：传说中玉树的枝条。连理琼枝，比喻婚姻爱情的珍贵美好。

[8] 负荷：担承、负担，这里是管顾的意思。

[9] 蹬脱：踢开，强行拆开。

[10] 将谓：表示推测的意思，相当"以为"。

而来[1]，此事果若不谐，小生即当告退。(夫人云)先生纵有活我之恩，奈小姐先相国在日，曾许下老身侄儿郑恒。即日有书赴京，唤去了，未见来。如若此子至，其事将如之何？莫若多以金帛相酬，先生拣豪门贵宅之女，别为之求，先生台意若何？(末云)既然夫人不与，小生何慕金帛之色！却不道"书中有女颜如玉"[2]？则今日便索告辞。(夫人云)你且住者，今日有酒也[3]。红娘，扶将哥哥去书房中歇息，到明日咱别有话说。(下)(红扶末科)(末念)有分只熬萧寺夜，无缘难遇洞房春。(红云)张生，少吃一盏却不好？(末云)我吃甚么来？(末跪红科)小生为小姐，昼夜忘餐废寝[4]，魂劳梦断，常忽忽如有所失。自寺中一见，隔墙酬和，迎风带月，受无限之苦楚。甫能得成就婚姻，夫人变了卦，使小生智竭思穷，此事几时是了？小娘子，怎生可怜见小生，将此意申与小姐，知小生之心。就小娘子前解下腰间之带，寻个自尽。(末念)可怜刺股悬梁志[5]，险作离乡背井魂。(红云)街上好贱柴，烧你个傻角[6]！你休慌，妾当与君谋之。(末云)计将安在？小生当筑坛拜将[7]。(红云)妾见先生有囊琴一张[8]，必善于此。俺小姐深慕于琴。今夕妾与小姐同至花园

---

[1] 哺啜：吃喝。

[2] 书中有女颜如玉：只要读书就会得到美丽的女子。

[3] 有酒：喝多了酒。

[4] "餐"：原作"飱"，根据弘治本修改。

[5] 刺股悬梁志：发愤苦读获得功名的志向。

[6] "街上"二句：元代实行火葬。红娘以此调侃张生，说他这样死得不值。

[7] 筑坛拜将：修筑土台，用来封将帅。

[8] 囊琴：放在布囊中的琴。

内烧夜香，但听咳嗽为令[1]，先生动操[2]。看小姐听得时，说甚么言语，却将先生之言达知。若有话说，明日妾来回报。这早晚怕夫人寻[3]，我回去也。（下）

---

[1] 为令：为号。

[2] 动操：弹琴。

[3] 这早晚：这时候；

　　蚤：通早。

第四折

(末上云) 红娘之言，深有意趣。天色晚也，月儿，你早些出来么！

(焚香了) 呀，却早发擂也[1]。呀，却早撞钟也[2]。(做理琴科) 琴呵，小生与足下湖海相随数年，今夜这一场大功，都在你这神品——金徽、玉轸、蛇腹、断纹、峄阳、焦尾、冰弦之上[3]。天那，却怎生借得一阵顺风，将小生这琴声，吹入俺那小姐玉琢成、粉捏就知音的耳躲里去者[4]！(旦引红上) (红云) 小姐，烧香去来，好明月也呵！

(旦云) 事已无成，烧香何济？月儿，你团圆呵，咱却怎生！

【越调】【斗鹌鹑】云敛晴空，冰轮乍涌[5]；风扫残红，香

---

[1] 发擂：敲鼓。

[2] 撞钟：指寺院内的暮击钟。

[3] 神品：精妙无比的琴，指琴的质量极高；

　　金徽：徽是琴面上标志音阶的识点，弹奏时便按在这里；

　　玉轸：古代名琴；

　　蛇腹：古代名琴；

　　断纹：古代名琴；

　　峄阳：古代名琴；

　　焦尾：古代名琴；

　　冰弦：古代名琴。

[4] 知音：本指懂得音乐的人，而后代指知己。

[5] 冰轮：指月亮。

阶乱拥；离恨千端，闲愁万种。夫人那，"靡不有初，鲜克有终[1]。"他做了个影儿里的情郎，我做了个画儿里的爱宠[2]。

【紫花儿序】则落得心儿里念想，口儿里闲题，则索向梦儿里相逢。俺娘昨日个大开东阁，我则道怎生般炮凤烹龙[3]。朦胧[4]！可教我"翠袖殷勤捧玉钟"[5]，却不道"主人情重"[6]？则为那兄妹排连，因此上鱼水难同。

(红云)姐姐，你看月阑[7]，明日敢有风也。(旦云)风月天边有[8]，人间好事无。

【小桃红】人间看波：玉容深锁绣帏中，怕有人搬弄。想嫦娥西没东生有谁共？怨天公[9]，裴航不作游仙梦[10]。这云似我罗帏数重，只恐怕嫦娥心动，因此上围住广寒宫。

(红做咳嗽科)(末云)来了。(做理琴科)(旦云)这甚么响？(红发科)

(旦唱)

---

[1]"靡（mí）不"二句：出自《诗经》。是说人出生的时候都是善良的，而很少有人能保持住。有不能善始善终的意思。

[2]画中爱宠：是古代把画中人叫出来的一个神话传说。

[3]炮凤烹龙：比喻宴席丰盛，美味佳肴很多。炮、烹：都是烹调方法。

[4]朦胧：相当于糊涂。

[5]翠袖殷勤捧玉钟：出自晏殊之子晏儿道《鹧鸪天》词："彩袖殷勤捧玉钟，当年拼却醉颜红。"

[6]主人情重：苏轼《满庭芳》"主人情重，开宴出红妆。……坐中有狂客，脑乱愁肠。"此指老夫人使莺莺劝酒给二人造成愁怨。

[7]月阑：指月亮周围的光晕，也称月晕，是有风的征兆。

[8]风月：清风明月，指美景。

[9]"天公"：原作"天宫"。

[10]裴航：事见唐·裴铏《传奇·裴航》，写秀才裴航落第出游，遇见云英的故事；
游仙梦：出自王仁裕《开元天宝遗事》。

西厢记

【天净沙】莫不是步摇得宝髻玲珑[1]？莫不是裙拖得环珮叮玲[2]？莫不是铁马儿檐前骤风[3]？莫不是金钩双控，吉丁当敲响帘栊[4]？

【调笑令】莫不是梵王宫，夜撞钟？莫不是疏竹潇潇曲槛中[5]？莫不是牙尺剪刀声相送[6]？莫不是漏声长滴响壶铜[7]？潜身再听在墙角东，元来是近西厢理结丝桐[8]。

【秃厮儿】其声壮，似铁骑刀枪冗冗[9]；其声幽，似落花流水溶溶[10]；其声高，似风清月朗鹤唳空[11]；其声低，似听儿女语，小窗中，喁喁[12]。

【圣药王】他那里思不穷，我这里意已通，娇鸾雏凤失雌

---

[1]"步摇得"句：说走路摇动得发髻上的珠宝首饰发出碰击的声音。

[2] 环珮：亦作环佩；

　　叮玲（dīng dōng）：玉器相撞击时发生的声音。

[3] 铁马：指风铃，又称檐马，是房檐下挂的小铁片或铃铛。

[4]"金钩"二句：说挂卷竹帘的两个铜钩，与帘相碰发出的声响。

[5] 曲槛：围住竹子的栏杆。

[6] 牙尺：镶饰着象牙的尺子，这里是尺的美称；

　　声相送：好比一声接一声的意思。

[7]"漏声"句：即铜壶滴漏的声响。

[8] 理结：抚弄；

　　丝桐：代指琴。

[9]"似铁骑"句：形容琴声雄壮，如无数骑兵奔驰，刀枪交错有声。

　　铁骑：身披铠甲的骑兵；

　　冗冗：刀枪碰击声。

[10] 溶溶：此指流水声。

[11] 鹤唳（lì）空：鹤在空中鸣叫。

[12]"似听"二句：琴声低切，如少男少女在小窗下窃窃私语。

《南西厢记》插图，明刊本

从今后玉容寂寞梨花朵，

　　胭脂浅淡樱桃颗，

这相思何时是可？

　　昏邓邓黑海来深，

白茫茫陆地来厚，

　　碧悠悠青天来阔；

太行山般高仰望，

　　东洋海般深思渴。

雄[1]。他曲未终，我意转浓，争奈伯劳飞燕各西东[2]，尽在不言中。

> 我近书窗听咱。(红云) 姐姐，你这里听，我瞧夫人，一会便来。(末云) 窗外是有人，已定是小姐。我将弦改过，弹一曲，就歌一篇，名曰《凤求凰》[3]。昔日司马相如，得此曲成事，我虽不及相如，愿小姐有文君之意。(歌曰) 有美人兮，见之不忘。一日不见兮，思之如狂。凤飞翙翙兮，四海求凰。无奈佳人兮，不在东墙。张弦代语兮，欲诉衷肠。何时见许兮，慰我彷徨？愿言配德兮[4]，携手相将[5]。不得于飞兮，使我沦亡。(旦云) 是弹得好也呵！其词哀，其意切，凄凄然如鹤唳天。故使妾闻之，不觉泪下。

【麻郎儿】这的是令他人耳聪，诉自己情衷。知音者芳心自懂，感怀者断肠悲痛[6]。

【幺篇】这一篇与本宫、始终、不同[7]。又不是《清夜闻钟》，又不是《黄鹤》《醉翁》，又不是《泣麟》《悲凤》[8]。

【络丝娘】一字字更长漏永，一声声衣宽带松。别恨离愁，

---

[1]"娇鸾"句：后以鸾离凤分、离鸾别凤，比喻夫妻分离、情人不能相聚。

[2]伯劳飞燕各西东：即劳燕分飞，指夫妻分离。

[3]凤求凰：司马相如向卓文君求爱时弹的曲子。

[4]愿言配德：希望匹配成婚。言：助词，无义。

[5]相将：相随。

[6]断肠悲痛：指非常悲痛。

[7]"这一篇"句：是说张生先弄一曲，后又弹《凤求凰》，所以说这个曲子和开始弹的不同。

[8]"又不是"三句：《清夜闻钟》、《黄鹤》之类都是古代的琴曲名。

西厢记

变做一弄[1]。张生啊，越教人知重[2]。

（末云）夫人且做忘恩，小姐，你也说谎也呵！（旦云）你差怨了我。

【东原乐】这的是俺娘的机变[3]，非干是妾身脱空[4]。若由得我呵，乞求得效鸾凤[5]。俺娘无夜无明并女工[6]，我若得些儿闲空，张生呵，怎教你无人处把妾身作诵[7]。

【绵搭絮】疏帘风细，幽室灯清，都则是一层儿红纸，几榥儿疏榥[8]，兀的不是隔著云山几万重！怎得个人来信息通？便做道十二巫峰[9]，他也曾赋高唐来梦中。

（红云）夫人寻小姐哩，咱家去来。（旦唱）

【拙鲁速】则见他走将来气冲冲，怎不教人恨匆匆，諕得人来怕恐。早是不曾转动，女孩儿家直恁响喉咙。紧摩弄[10]，索将他拦纵[11]，则恐怕夫人行把我来厮葬送。

（红云）姐姐，则管里听琴怎么？张生著我对姐姐说，他回去也。

（旦云）好姐姐呵，是必再著住一程儿[12]。（红云）再说甚么？（旦云）你去呵。

---

[1] 一弄：一曲。乐一曲叫一弄。

[2] 知重：相知敬重。

[3] 机变：奸巧欺诈。

[4] 脱空：说谎，无着落。

[5] 乞求得：巴不得，盼望着之意。

[6] 并：是指赶着做活计。

[7] 作诵：作念，说道。

[8] 疏榥：窗榥。疏：窗。

[9] 十二巫峰：传说巫山有十二峰。

[10] 摩弄：摸弄，抚摸。有调哄、曲意顺从之意。

[11] 拦纵：偏义词，就是阻拦，阻挡。

[12] 一程儿：一些日子，一段时间。

【尾】则说道夫人时下有人唧哝，好共歹不著你落空[1]。不问俺口不应的狠毒娘，怎肯著别离了志诚种。(并下)

【络丝娘煞尾】不争惹恨牵情斗引[2]，少不得废寝忘餐病症。

　　题目　　　张君瑞破贼计　　　莽和尚生杀心
　　正名　　　小红娘昼请客　　　崔莺莺夜听琴

　　西厢记五剧第二本终

---

[1]"则说道"二句：时下，即日下、眼前之意。

[2]斗引：亦作"逗引"，即勾引、引诱、引逗之意。

西厢记五剧第三本
张君瑞害相思杂剧

楔 子

（旦上云）自那夜听琴后，闻说张生有病，我如今著红娘去书院里，看他说甚么。(叫红科)（红上云）姐姐唤我，不知有甚事，须索走一遭。（旦云）这般身子不快呵，你怎么不来看我？（红云）你想张……（旦云）张甚么？（红云）我张着著姐姐哩[1]。（旦云）我有一件事，央及你咱。（红云）甚么事？（旦云）你与我望张生去走一遭，看他说甚么，你来回我话者。（红云）我不去，夫人知道不是耍。（旦云）好姐姐，我拜你两拜，你便与我走一遭。（红云）侍长请起[2]，我去则便了。说道："张生，你好生病重[3]，则俺姐姐也不弱。"只因午夜调琴手，引起春闺爱月心。

【仙吕】【赏花时】俺姐姐针钱无心不待拈[4]，脂粉香消懒去添，春恨压眉尖[5]。若得灵犀一点[6]，敢医可了病恹恹。（下）

（旦云）红娘去了，看他回来说甚话，我自有主意。（下）

---

[1] 张：看，望。

[2] 侍长：也作使长，是仆人对主人的称呼。

[3] 好生：好是程度副词，太、甚的意思。生：语气助词，无义。

[4] 不待：不想，不愿，懒得。

[5] 春恨：指相思之愁。

[6] 灵犀一点：贯穿犀牛角的白线，比喻心心相印，两情相通。

第一折

（末上云）害杀小生也。自那夜听琴之后，再不能够见俺那小姐。我著长老说将去，道："张生好生病重！"却怎生不见人来看我？却思量上来，我睡些儿咱。（红上云）奉小姐言语，著我看张生，须索走一遭。我想咱每一家，若非张生，怎存俺一家儿性命也！

【仙吕】【点绛唇】相国行祠，寄居萧寺。因丧事，幼女孤儿，将欲从军死。

【混江龙】谢张生伸志，一封书到便兴师。显得文章有用，足见天地无私[1]。若不是剪草除根半万贼，险些儿灭门绝户了俺一家儿。莺莺君瑞，许配雄雌；夫人失信，推托别词；将婚姻打灭，以兄妹为之。如今都废却成亲事。一个价糊突了胸中锦绣[2]，一个价泪揾湿了脸上胭脂。

【油葫芦】憔悴潘郎鬓有丝[3]，杜韦娘不似旧时[4]，带围宽

---

[1] "谢张生"四句："伸志"是说张生实现了自己的心愿，又拯救了母女的危难；
　　"文章有用"：是说借兵的信；
　　"天地无私"，是说不允许盗贼存在。

[2] 胸中锦绣：指胸中才华。

[3] 潘郎鬓有丝：未老先衰，鬓发斑白自称潘鬓。

[4] 杜韦娘：原指唐朝名妓，后用作曲调名。

西厢记

清减了瘦腰肢。一个睡昏昏不待观经史，一个意悬悬懒去拈针指[1]；一个丝桐上调弄出离恨谱，一个花笺上删抹成断肠诗；一个笔下写幽情，一个弦上传心事：两下里都一样害相思。

【天下乐】方信道才子佳人信有之，红娘看时，有些乖性儿[2]，则怕有情人不遂心也似此。他害的有些抹媚[3]，我遭著没三思[4]，一纳头安排著憔悴死[5]。

却早来到书院里，我把唾津儿润破窗纸，看他在书房里做甚么。

【村里迓鼓】我将这纸窗儿湿破，悄声儿窥视。多管是和衣儿睡起，罗衫上前襟褶裉[6]。孤眠况味，凄凉情绪，无人伏侍。觑了他涩滞气色[7]，听了他微弱声息，看了他黄瘦脸儿。张生呵，你若不闷死，多应是害死。

【元和令】金钗敲门扇儿[8]。

（末云）是谁？（红唱）

我是个散相思的五瘟使[9]。俺小姐想著风清月朗夜深时，使红娘来探尔。

（末云）既然小娘子来，小姐必有言语。（红唱）

---

[1] 悬悬：牵挂，思念。

[2] 乖：反常，背离。

[3] 抹媚：着迷，迷恋很深的意思。

[4] 没三思：元人称心为三思台，没三思就是没心的意思。

[5] 一纳头：埋头，有一心一意的意思。

[6] 褶裉（zhě zhì）：衣服上的褶皱。

[7] 涩滞气色：面色无光，没精打采。

[8] 钗：妇女首饰。

[9] 五瘟使：瘟神。

《西厢记》插图，明刊本

当日个晚妆楼上杏花残，
犹自怯衣单；
那一片听琴心清露月明间。
昨日个向晚，
不怕春寒，
几乎险被先生馔。
那其间岂不胡颜？
为一个不酸不醋风魔汉，
隔墙儿险化做了望夫山。

俺小姐至今脂粉未曾施，念到有一千番张殿试[1]。

(末云) 小姐既有见怜之心，小生有一简[2]，敢烦小娘子达知肺腑
咱。(红云) 只恐他番了面皮。

【上马娇】他若是见了这诗，看了这词，他敢颠倒费神思。

他拽扎起面皮来[3]："查得谁的言语你将来，
这妮子怎敢胡行事！"他可敢嗤、嗤的扯做了纸条儿。

(末云) 小生久后多以金帛拜酬小娘子。(红唱)

【胜葫芦】哎，你个馋穷酸倈没意儿[4]，卖弄你有家私[5]，莫不
图谋你东西来到此？先生的钱物，与红娘做赏赐，是我爱你的
金赀？

【幺篇】你看人似桃李春风墙外枝[6]，卖俏倚门儿[7]。我虽是
个婆娘有气志，则说道："可怜见小子，只身独自！"怎的呵，颠
倒有个寻思[8]。

(末云) 依著姐姐："可怜见小子，只身独自！"(红云) 兀的不是也。
你写来，咱与你将去。(末写科)(红云) 写得好呵[9]，读与我听咱。(末

---

[1] 殿试：由皇帝主持的在宫殿中举行的最高级科举考试。元朝时对读书人有时也敬
称"殿试"。

[2] 简：书信。

[3] 拽扎：绷紧。拽扎起面皮，就是板起面孔。

[4] 馋穷酸倈：就是穷酸的意思，是对贫穷读书人的调侃。倈：助词，无义；
没意儿：没意思。

[5] 家私：家产。

[6] 桃李春风墙外枝：出墙的花，后以出墙的桃花比喻妓女。

[7] 卖俏倚门：指妓女生涯。

[8] 颠倒：反倒，反而。

[9] 写得好：写完了。好：完了。

西厢记

读云)"珙百拜，奉书芳卿可人妆次[1]：自别颜范[2]，鸿稀鳞绝[3]，悲怆不胜。孰料夫人以恩成怨，变易前姻，岂得不为失信乎？使小生目视东墙，恨不得腋翅于妆台左右；患成思渴，垂命有日。因红娘至，聊奉数字，以表寸心。万一有见怜之意，书以掷下，庶几尚可保养。造次不谨[4]，伏乞情恕。后成五言诗一首，就书录呈：相思恨转添，谩把瑶琴弄。乐事又逢春，芳心尔亦动。此情不可违，虚誉何须奉[5]。莫负月华明，且怜花影重[6]。"(红唱)

【后庭花】我则道拂花笺打稿儿，元来他染霜毫不勾思[7]。先写下几句寒温序，后题著五言八句诗。不移时，把花笺锦字，叠做个同心方胜儿[8]。忒聪明，忒敬思[9]，忒风流，忒浪子。虽然是假意儿[10]，小可的难到此[11]。

【青哥儿】颠倒写鸳鸯两字，方信道"在心为志"[12]。

---

[1] 芳卿：对女子的亲敬称呼；

　　可人：可意的人；

　　妆次：妆台之间，是书信中对女子的尊称，好比足下。

[2] 颜范：容颜，模样。

[3] 鸿稀鳞绝：没有音信。

[4] 不谨：不谨慎，不小心。

[5] 虚誉：虚名。

[6] 花影重：花荫浓密。

[7] 霜毫：指秋天的兽毛。这里代指毛笔；

　　勾思：构思。

[8] 方胜儿：方形彩结，用丝织品做的装饰品。

[9] 敬思：风流放浪，潇洒可爱。

[10] 假意儿：虚情假意。

[11] 小可：轻微、平常之意；

　　小可的，指人，一般人。

[12] 在心为志：出之《诗经》。

(末云)姐姐将去，是必在意者！(红唱)[1]

看喜怒其间觑个意儿[2]。放心波学士！我愿为之，并不推辞，自有言词。则说道："昨夜弹琴的那人儿，教传示。"

这简帖儿我与你将去，先生当以功名为念，休堕了志气者！

【寄生草】你将那偷香手，准备著折桂枝[3]。休教那淫词儿污了龙蛇字[4]，藕丝儿缚定鹍鹏翅[5]，黄莺儿夺了鸿鹄志[6]；休为这翠帏锦帐一佳人，误了你玉堂金马三学士[7]。

(末云)姐姐在意者！(红云)放心，放心。

【煞尾】沈约病多般[8]，宋玉愁无二[9]，清减了相思样子。则你那眉眼传情未了时，我中心日夜藏之[10]。怎敢因而[11]，"有美玉于斯[12]"，我须教有发落归著这张纸[13]。凭著我舌尖儿上说词，更和这简帖儿里心事，管教那人儿来探你一遭儿。(下)

(末云)小娘子将简帖儿去了，不是小生说口，则是一道会亲的符

----

[1] "末云"句原无，根据毛西河本补。

[2] 喜怒其间觑个意儿：在莺莺高兴时找个机会。喜怒：偏义喜。

[3] 折桂枝：比喻科举及第。

[4] 龙蛇字：形容字体流利，笔势如龙蟠蛇曲。

[5] 藕丝：比喻情感缠绵。

[6] 黄莺：用为美女的代称；

　　鸿鹄志：远大抱负。

[7] 玉堂金马三学士：比喻才华出众的人。

[8] 沈约病多般：比喻像沈约一样多病。

[9] 宋玉愁无二：像宋玉一样多愁。

[10] "则你那"二句：意思是早在你们没完没了地眉目传情的时候，我已经看见了。

[11] 因而：草率、凑合、息慢、不重视的意思。

[12] 有美玉于斯：这里是歇后语，意思是要找好的匣子藏起来。

[13] 发落：处置；

　　归著：着落，结果。

西厢记

箓[1]。他明日回话，必有个次第[2]。且放下心，须索好音来也。且将宋玉风流策，寄与蒲东窈窕娘[3]。（下）

---

[1] 会亲：指婚后男女两家共邀亲属相见的礼仪；

　　符箓（lù）：指有灵验的文书神符。

[2] 次第：这里是分晓、结果的意思。

[3] 窈窕娘：美好的女子，这里指身心都美好。

第二折

（旦上云）红娘伏侍老夫人，不得空，偺早晚敢待来也。困思上来，再睡些儿咱。（睡科）（红上云）奉小姐言语，去看张生，因伏侍老夫人，未曾回小姐话去。不听得声音，敢又睡哩。我入去看一遭。

【中吕】【粉蝶儿】风静帘闲，透纱窗麝兰香散[1]，启朱扉摇响双环。绛台高[2]，金荷小[3]，银釭犹灿[4]。比及将暖帐轻弹，先揭起这梅红罗软帘偷看[5]。

【醉春风】则见他钗亸玉横斜，鬓偏云乱挽。日高犹自不明眸，畅好是懒，懒。（旦做起身长叹科）（红唱）半晌抬身，几回搔耳，一声长叹。

我待便将简帖儿与他，恐俺小姐有许多假处哩。我则将这简帖儿放在妆盒儿上，看他见了说甚么。（旦做照镜科，见帖看科）（红唱）

---

[1] "风静"二句："仅十一个字，写女儿深闺便如图画"（金圣叹《第六才子书》译）；
    香散：香飘之意。

[2] 绛台：红色的烛台。

[3] 金荷：烛台上部荷花形的接烛泪的铜盘。

[4] 银釭（gāng）：灯；
    灿：灯亮。

[5] 梅红罗软帘：淡红色绫罗做的帐帘。

西厢记

【普天乐】晚妆残[1]，乌云軃[2]，轻匀了粉脸，乱挽起云鬓。将简帖儿拈，把妆盒儿按，开拆封皮孜孜看[3]，颠来倒去不害心烦。

(旦怒叫)红娘！(红做意云[4])呀，决撒了也[5]！

厌的早扢皱了黛眉[6]。

(旦云)小贱人，不来怎么！(红唱)

忽的波低垂了粉颈，氲的呵改变了朱颜。

(旦云)小贱人，这东西那里将来的？我是相国的小姐，谁敢将这简帖来戏弄我？我几曾惯看这等东西？告过夫人，打下你个小贱人下截来。(红云)小姐使将我去，他著我将来，我不识字，知他写著甚么？

【快活三】分明是你过犯[7]，没来由把我摧残；使别人颠倒恶心烦。你不"惯"，谁曾"惯"？

姐姐休闹，比及你对夫人说呵，我将这简帖儿，去夫人行出首去来[8]！(旦做揪住科)我逗你耍来。(红云)放手，看打下下截来！(旦云)张生两日如何？(红云)我则不说。(旦云)好姐姐，你说与我听咱！(红唱)

---

[1] 晚妆残：昨晚的妆没洗掉。

[2] 乌云軃（dǎn）：指黑发。

[3] 孜孜看：认真仔细地看。

[4] 做意：做出某种样子，这里指做出警觉、注意的样子。

[5] 决撒：败露。

[6] 扢（gē）皱：皱起，紧皱。

[7] 过犯：过错。

[8] 出首：自首。

【朝天子】张生近间、面颜，瘦得来实难看。不思量茶饭，怕见动弹[1]；晓夜将佳期盼，废寝忘餐。黄昏清旦，望东墙淹泪眼。

（旦云）请个好太医看他证候咱[2]。（红云）他证候吃药不济。

病患、要安，则除是出几点风流汗。

（旦云）红娘，不看你面时，我将与老夫人看，看他有何面目见夫人！虽然我家亏他，只是兄妹之情，焉有外事。红娘，早是你口稳哩，若别人知呵，甚么模样！（红云）你哄著谁哩！你把这个饿鬼，弄的他七死八活，却要怎么？

【四边静】怕人家调犯[3]，"早共晚夫人见些破绽，你我何安。"问甚么他遭危难？撺断、得上竿，掇了梯儿看[4]。

（旦云）将描笔儿过来，我写将去回他，著他下次休是这般！（旦做写科）（起身科云）红娘，你将去说："小姐看望先生，相待兄妹之礼如此，非有他意。再一遭儿是这般呵，必告夫人知道。"和你个小贱人都有说话！（旦掷书下）（红唱）

【脱布衫】小孩儿家口没遮拦[5]，一迷的将言语摧残[6]。把似

---

[1] 怕见：懒得。

[2] 太医：指御医；

　证候：病情，症状。

[3] 调犯：嘲笑讥讽，说是道非。

[4] "撺断"二句：鼓动别人登梯子爬上竿子去，自己去撤走梯子，看人家下不来。这里是指莺莺害得张生得了相思病，却又撒手不管了；

　"撺断"："撺掇"之意。

[5] 口没遮拦：口风不严。

[6] 一迷的：一味的，一个劲的。

你使性子[1]，休思量秀才，做多少好人家风范[2]。(红做拾书科)

【小梁州】他为你梦里成双觉后单，废寝忘餐。罗衣不奈五
更寒[3]，愁无限，寂寞泪阑干[4]。

【幺篇】似这等辰勾空把佳期盼[5]，我将这角门儿世不曾牢拴，
则愿你做夫妻无危难。我向这筵席头上整扮，做一个缝了口的撮
合山[6]。

(红云) 我若不去来，道我违拗他，那生又等我回报，我须索走一
遭。(下) (末上云) 那书倩红娘将去，未见回话。我这封书去，必定
成事。这早晚敢待来也。(红上) 须索回张生话去。小姐，你性儿忒
惯得娇了！有前日的心，那得今日的心来？

【石榴花】当日个晚妆楼上杏花残，犹自怯衣单；那一片听
琴心清露月明间[7]。昨日个向晚，不怕春寒，几乎险被先生
馔[8]。那其间岂不胡颜[9]？为一个不酸不醋风魔汉[10]，隔墙儿险
化做了望夫山[11]。

---

[1] 把拟：假如，与其。

[2] 好人家：说的是官宦人家。

[3] "罗衣"句：张生夜不成眠，凄凉不堪；

　　不奈：不耐，不能抵挡。

[4] 泪阑干：泪流满面。

[5] "似这"句：盼望佳期到来，好像等辰勾星出现一样困难。

[6] "我向这"二句：整扮，整理装扮，男女都可指；

　　撮合山：媒人。

[7] "当日个"三句：是说晚妆怕冷，听琴就不怕冷。

[8] 先生馔 (zhuàn)：馔：原指吃喝，这里指听琴的时候几乎被他弄到了手。

[9] 胡颜：没脸，丢丑。

[10] 不酸不醋：即又酸又醋，酸溜溜的。

[11] "隔墙"句：莺莺听琴时站了很久，险些化成了望夫石。

佛殿奇逢

遊寺過嬌娥送目千嬌無限意

歸庭逢秀士回頭一顧許多情

《佛殿奇逢》

张生近间、面颜，
瘦得来实难看。
不思量茶饭，
怕见动弹；
晓夜将佳期盼，
废寝忘餐。
黄昏清旦，
望东墙淹泪眼。

【斗鹌鹑】你用心儿拨雨撩云，我好意儿传书寄简。不肯搜自己狂为，则待要觅别人破绽。受艾焙权时忍这番[1]，畅好是奸[2]！

"张生是兄妹之礼，焉敢如此！"

对人前巧语花言；

没人处便想张生，

背地里愁眉泪眼。

(红见末科)(末云)小娘子来了，擎天柱[3]，大事如何了也？(红云)不济事了，先生休傻。(末云)小生简帖儿，是一道会亲的符箓，则是小娘子不用心，故意如此。(红云)我不用心？有天哩[4]！你那简帖儿好听！

【上小楼】这的是先生命悭，须不是红娘违慢。那简帖儿到做了你的招状[5]，他的勾头[6]，我的公案[7]。若不是觑面颜，厮顾盼，担饶轻慢[8]。

先生受罪，礼之当然。贱妾何辜？

争些儿把你娘拖犯[9]！

---

[1] 艾焙（bèi）：用艾灸烤患者经穴，这里有责备的意思。

[2] 畅好是奸：满心满意的都是奸诈。

[3] 擎天柱：古人认为天是有柱支撑着的。

[4] "哩"：原作理，这里根据弘治本改的。

[5] 招状：供状。

[6] 勾头：捕人的拘票。

[7] 公案：重要的事情，也指案件。

[8] "若不是"三句：若不是看彼此的面子，手下留情，宽容了你。

[9] 争些：险些，差点儿；
    拖犯：连累犯案。

西厢记

【幺篇】从今后相会少，见面难。月暗西厢，风去秦楼，云敛巫山。你也赸[1]，我也赸，请先生休讪[2]，早寻个酒阑人散。

(红云) 只此再不必申诉足下肺腑，怕夫人寻，我回去也。(末云) 小娘子此一遭去，再著谁与小生分剖？必索做一个道理，方可救得小生一命。(末跪下揪住红科) (红云) 张先生是读书人，岂不知此意，其事可知矣。

【满庭芳】你休要呆里撒奸[3]。你待要恩情美满，却教我骨肉摧残。老夫人手执著棍儿摩娑看[4]，粗麻线怎透得针关[5]？直待我拄著拐帮闲钻懒，缝合唇送暖偷寒[6]。

待去呵，小姐性儿撮盐入火[7]，

消息儿踏著泛[8]；

待不去呵，(末跪哭云) 小生这一个性命，都在小娘子身上。(红唱)

禁不得你甜话儿热趱[9]。好著我两下里做人难。

我没来由分说，小姐回与你的书，你自看者。(末接科，开读科) 呀，

---

[1] 赸 (shàn)：走开，散伙。方言。

[2] 讪 (shàn)：埋怨，诽谤。

[3] 呆里撒奸：外表憨厚，实则奸诈。

[4] 摩娑：抚摸。

[5] 针关：穿线的针孔。

[6] "直待我"二句：帮闲钻懒，管别人的闲事，替别人做无聊的事。

[7] 撮盐入火：盐入火就爆，比喻脾气暴躁。

[8] 消息儿踏著泛：踏着了机关的泛子，指中人圈套，落入机关的意思。消息儿：机关；泛：枢纽。

[9] 甜话儿热趱 (zàn)：用好话催说。

有这场喜事！撮土焚香[1]，三拜礼毕[2]。早知小姐简至，理合远接；接待不及，勿令见罪。小娘子，和你也欢喜。(红云) 怎么？(末云) 小姐骂我都是假，书中之意，著我今夜花园里来，和他"哩也波，哩也啰"哩[3]！(红云) 你读书我听。(末云) "待月西厢下，迎风户半开。隔墙花影动，疑是玉人来。"(红云) 怎见得他著你来？你解与我听咱。(末云) "待月西厢下"，著我月上来；"迎风户半开"，他开门待我；"隔墙花影动，疑是玉人来"，著我跳过墙来。(红笑云) 他著你跳过墙来，你做下来[4]。端的有此说么？(末云) 俺是个猜诗谜的社家[5]，风流隋何，浪子陆贾[6]。我那里有差的勾当？(红云) 你看我姐姐，在我行也使这般道儿[7]。

【耍孩儿】几曾见寄书的颠倒瞒著鱼雁，小则小心肠儿转关。写著道西厢待月等得更阑，著你跳东墙"女"字边"干"[8]。元来那诗句儿里包笼著三更枣[9]，简帖儿里埋伏著九里山[10]。他

---

[1] 撮土焚香：本吕洞宾事。指以土代香。

[2] 三拜：礼数，表示尊重。

[3] 哩也波，哩也啰：北方方言，无具体含义，用以指代不便明言的事，相当于"如此这般"。

[4] 做下来：做出不正当的事来，指男女偷情。

[5] 猜诗谜的社家：解读诗的行家。

[6] 风流隋何，浪子陆贾：隋何、陆贾都是汉人，以善言辞见称，但都没有风流浪子的事。

[7] 道儿：圈套。

[8] 跳东墙：是用《孟子·告子》故事；
　　女子边干：即"奸"字。

[9] 三更枣：约会的暗语。

[10] 埋伏九里山：计谋圈套的意思。

西厢记

著紧处将人慢。怎会云雨闹中取静，我寄音书忙里偷闲[1]。

【四煞】纸光明玉板[2]，字香喷麝兰，行儿边湮透非春汗？一缄情泪红犹湿，满纸春愁墨未干[3]。从今后休疑难，放心波玉堂学士，稳情取金雀鸦鬟[4]。

【三煞】他人行别样的亲，俺根前取次看[5]，更做道孟光接了梁鸿案[6]。别人行甜言美语三冬暖[7]，我根前恶语伤人六月寒[8]。我为头儿看[9]：看你个离魂倩女[10]，怎发付掷果潘安[11]。

(末云) 小生读书人，怎跳得那花园过也。(红唱)

【二煞】隔墙花又低，迎风户半拵，偷香手段今番按[12]。怕墙高怎把龙门跳[13]？嫌花密难将仙桂攀。放心去，休辞惮。你

---

[1] 忙里偷闲：在忙中抽空。

[2] 玉板：纸名，即玉板宣。

[3] "一缄"二句：意为信是用相思的泪水写成，泪渍犹湿；满纸洋溢着少女的真情，墨迹未干；

　　红犹湿：红泪未干。红泪指美女之泪。

[4] 稳情取：准能得到、包管弄到；

　　金雀鸦鬟：代指美女。

[5] 取次看：犹等闲看之，不重视。

[6] 更做道：表递进关系的副词，再加上、甚至于；

　　孟光接了梁鸿案：事见《汉书·梁鸿传》梁鸿与妻子孟光的故事，表示夫妻互相尊敬。原本是孟光接了梁鸿案，这里反说，意在讽刺莺莺主动约张生。

[7] 甜言美语三冬暖：好话让人听着在冬天都觉得温暖。

[8] 恶语伤人：用恶意的话中伤别人。

[9] 为头儿看：从头看，从此看着你。

[10] 离魂倩女：是一个相爱太深而至灵魂出窍，跟着情郎的女子的故事。倩女，后指多情的女子。

[11] 掷果潘安：潘安为美男的代称，此指张生。

[12] 按：考证，验证。

[13] 龙门：登龙门比喻科举及第。

若不去呵，望穿他盈盈秋水，蹙损了淡淡春山[1]。

(末云)小生曾到那花园里，已经两遭，不见那好处。这一遭，知他

又怎么？(红云)如今不比往常。

【煞尾】你虽是去了两遭，我敢道不如这番。你那隔墙酬和都

胡侃[2]，证果的是今番这一简[3]。(红下)

(末云)万事自有分定，谁想小姐有此一场好处。小生是猜诗谜的社

家，风流隋何，浪子陆贾，到那里扢扎帮便倒地[4]。今日頧天百般

的难得晚[5]。天，你有万物于人，何故争此一日？疾下去波！读书

继晷怕黄昏[6]，不觉西沉强掩门。欲赴海棠花下约，太阳何苦又生

根？(看天云)呀，才晌午也，再等一等。(又看科[7])今日万般的难得

下去也呵！碧天万里无云，空劳倦客身心[8]。恨杀鲁阳贪战[9]，不教

红日西沉。呀，却早倒西也，再等一等咱。无端三足乌[10]，团团光

烁烁。安得后羿弓[11]，射此一轮落！谢天地，却早日下去也。呀，

却早发擂也！呀，却早撞钟也！拽上书房门，到得那里，手挽著垂

杨，滴流扑跳过墙去。(下)

---

[1] 春山：比喻美女的眉毛。

[2] 胡侃：信口胡说。

[3] "证果"句：让你成就好事的就是这次的简帖。

[4] 扢（gē）扎帮：一下子，迅速。

[5] 頧：骂人的话。

[6] 继晷（guǐ）：夜以继日。晷：日影。

[7] "又看科"：原作"又看咱"。

[8] 倦客：倦于在外做客的人。

[9] 鲁阳贪战：事见《淮南子·览冥训》。

[10] 三足乌：相传太阳中有三足的乌鸦，故用以代指太阳。

[11] 后羿（yì）：尧时射落九个太阳的人。事见《山海经》。

第三折

(红上云) 今日小姐著我寄书与张生，当面偌多般意儿，元来诗内暗约著他来。小姐也不对我说，我也不瞧破他，则请他烧香。今夜晚妆处比每日较别[1]，我看他到其间怎的瞒我？(红唤科) 姐姐，咱烧香去来。(旦上云) 花阴重叠香风细，庭院深沉淡月明。(红云) 今夜月明风清，好一派景致也呵！

【双调】【新水令】晚风寒峭透窗纱，控金钩绣帘不挂。门阑凝暮霭[2]，楼角敛残霞。恰对菱花[3]，楼上晚妆罢。

【驻马听】不近喧哗，嫩绿池塘藏睡鸭；自然幽雅，淡黄杨柳带栖鸦[4]。金莲蹴损牡丹芽，玉簪抓住荼蘼架[5]。夜凉苔径滑，露珠儿湿透了凌波袜[6]。

---

[1] 处：表示时间的用语，相当于时候、之际；

较别：特别，不一样。

[2] 门阑：门框。

[3] 菱花：指铜镜。

[4] "淡黄"句：出自贺铸《减字木兰花》词："楼角初消一缕霞，淡黄杨柳岸栖鸦，玉人和月摘梅花。"

[5] 荼蘼 (tú mí)：蔷薇科植物。

[6] 凌波袜：典出《洛神赋》，形容女神在水上行走如飘荡的样子，后来用来形容美女的袜子。凌：踏。

我看那生和俺小姐巴不得到晚。

【乔牌儿】自从那日初时想月华，捱一刻似一夏[1]。见柳梢斜日迟迟下，早道"好教贤圣打"[2]。

【搅筝琶】打扮的身子儿诈[3]，准备著云雨会巫峡。只为这燕侣莺俦[4]，锁不住心猿意马。

不则俺那小姐害，那生呵——

二三日来水米不粘牙。因姐姐闭月羞花，真假，这其间性儿难按纳，一地里胡拿[5]。

姐姐这湖山下立地[6]，我开了寺里角门儿。怕有人听俺说话，我且看一看。（做意了）偌早晚，傻角却不来"赫赫赤赤"来[7]？（末云）这其间正好去也，赫赫赤赤。（红云）那鸟来了[8]。

【沉醉东风】我则道槐影风摇暮鸦，元来是玉人帽侧乌纱。一个潜身在曲槛边，一个背立在湖山下。那里叙寒温？并不曾打话。

（红云）赫赫赤赤，那鸟来了。（末云）小姐，你来也。（搂住红科）（红云）禽兽！（末云）是我。（红云）你看得好仔细著！若是夫人怎了？（末云）小生害得眼花，搂得慌了些儿，不知是谁。望乞恕罪。（红唱）

---

[1]"捱一刻"句：意思是说度日如年。

[2]好教贤圣打：应该让羲和把太阳赶下去。

[3]诈：漂亮体面。

[4]燕侣莺俦：美好的伴侣。莺燕双栖：比喻夫妇。

[5]"因姐姐"四句：说莺莺如此美貌，而其留情处又令人难辨真假，故让张生难以按捺自己。

[6]"姐姐"二字原无，据弘治本补。

[7]赫赫赤赤：用嘴发出的一种声响，多用作约会暗号。

[8]鸟（diǎo）：男性生殖器。

西厢记

便做道搂得慌呵，你也索觑咱，多管是饿得你个穷神眼花。

（末云）小姐在那里？（红云）在湖山下。我问你咱：真个著你来哩？

（末云）小生猜诗谜社家，风流隋何，浪子陆贾，准定挖扎帮便倒地。（红云）你休从门里去，则道我使你来。你跳过这墙去，今夜这一弄儿助你两个成亲[1]。我说与你，依著我者。

【乔牌儿】你看那淡云笼月华，似红纸护银蜡；柳丝花朵垂帘下，绿莎茵铺著绣榻[2]。

【甜水令】良夜迢迢，闲庭寂静，花枝低亚[3]。他是个女孩儿家，你索将性儿温存，话儿摩弄，意儿谦洽。休猜做败柳残花[4]。

【折桂令】他是个娇滴滴美玉无瑕，粉脸生春，云鬓堆鸦。恁的般受怕担惊，又不图甚浪酒闲茶[5]。则你那夹被儿时当奋发，指头儿告了消乏[6]。打叠起嗟呀[7]，毕罢了牵挂，收拾了忧愁，准备著撑达[8]。

（末作跳墙搂旦科）（旦云）是谁？（末云）是小生。（旦怒云）张生，你是何等之人！我在这里烧香，你无故至此。若夫人闻知，有何理说？

（末云）呀，变了卦也！（红唱）

---

[1] 一弄儿：全部，一切。

[2] "绿莎（suō）茵"句：如草如茵。

[3] 低亚：低压、低垂的样子。

[4] 败柳残花：比喻已失身的女子，多指妓女。

[5] 浪酒闲茶：男女调情时吃的酒菜。

[6] "夹被"二句：猥亵的话。

[7] 打叠：收拾。

[8] 撑达：如愿、快活。

《张君瑞害相思》

你看那淡云笼月华，
似红纸护银蜡；
柳丝花朵垂帘下，
绿莎茵铺著绣榻。

【锦上花】为甚媒人，心无惊怕？赤紧的夫妻每、意不争差[1]。我这里蹑足潜踪，悄地听咱：一个羞惭，一个怒发。

【幺篇】[2]张生无一言，呀，莺莺变了卦。一个悄悄冥冥，一个絮絮答答。却早禁住隋何，迸住陆贾，叉手躬身，妆聋做哑。

张生背地里嘴那里去了？向前搂住丢番，告到官司，怕羞了你？

【清江引】没人处则会闲磕牙[3]，就里空奸诈[4]。怎想湖山边，不记"西厢下"。香美娘处分破花木瓜[5]。

(旦云) 红娘，有贼！(红云) 是谁？(末云) 是小生。(红云) 张生，你来这里有甚么勾当？(旦云) 扯到夫人那里去。(红云) 到夫人那里，恐坏了他行止[6]。我与姐姐处分他一场。张生，你过来，跪著！(生跪科) (红云) [7]你既读孔圣之书，必达周公之礼[8]。黄夜来此何干[9]？

【雁儿落】不是俺一家儿乔作衙[10]，说几句衷肠话：我则道你文学海样深，谁知你色胆有天来大。

---

[1] 意不争差：莺莺和张生思想一致，没有差错。

[2] 《锦上花》及《幺篇》原为一曲。

[3] 闲磕牙：说闲话。

[4] 就里：内情。

[5] 香美娘：指莺莺；

　　处分：责备，数落；

　　破：语气助词，犹着、了；

　　花木瓜：比喻好看不中用的人。

[6] 行止：名誉品德。

[7] "(生跪科) (红云)"原无，据弘治本补。

[8] 达：通晓，熟知。

[9] 黄 (yín) 夜：深夜。

[10] 乔：模仿，假装。

西廂记

（红云）你知罪么？（末云）小生不知罪。（红唱）

【得胜令】 谁著你黉夜入人家？非奸做贼拿。你本是个折桂客，做了偷花汉；不想去跳龙门，学骗马[1]。

姐姐，且看红娘面，饶过这生者。（旦云）若不看红娘面，扯你到夫人那里去，看你有何面目见江东父老[2]！起来。（红唱）

谢小姐贤达，看我面遂情罢[3]。若到官司详察，

"你既是秀才，只合苦志于寒窗之下，谁教你黉夜辄入人家花园？做得个非奸即盗。"先生呵，

整备著精皮肤吃顿打[4]。

（旦云）先生虽有活人之恩，恩则当报。既为兄妹，何生此心？万一夫人知之，先生何以自安？今后再勿如此。若更为之，与足下决无干休！（下）（末朝鬼门道云）你著我来，却怎么有偌多说话？（红扳过末云）羞也，羞也！却不"风流隋何，浪子陆贾"？（末云）得罪波"社家"，今日便早则死心塌地。（红唱）

【离亭宴带歇拍煞】 再休题春宵一刻千金价[5]，准备著寒窗更守十年寡[6]。猜诗谜的社家，侪拍了"迎风户半开"，山障了"隔墙花影动"，绿惨了"待月西厢下"[7]。你将何郎粉面搽，

---

[1] 骗马：元人习惯用语，就是鸡鸣狗盗的意思。

[2] 有何面目见江东父老：典出《史记·项羽本纪》。后用来表示功业无成愧见亲友。此说张生有违圣训，无颜见故人。

[3] 遂情：遂顺人情，给面子。

[4] 整备：整顿备办。

　　精皮肤：细皮嫩肉。

[5] 春宵一刻千金价：是指相会的时间宝贵。

[6] 寒窗更守十年寡：再过十年清苦的读书生涯。

[7] "侪(qí)拍"三句：是说莺莺诗中的约会遭到了困难。

他自把张敞眉儿画。强风情措大[1]。晴干了尤云殢雨心[2]，悔过了窃玉偷香胆，删抹了倚翠偎红话[3]。

（末云）小生再写一简，烦小娘子将去，以尽衷情如何？（红唱）

淫词儿早则休，简帖儿从今罢。犹古自参不透风流调法[4]。从今后悔罪也卓文君，你与我学去波汉司马[5]。（下）

（末云）你这小姐送了人也！此一念小生再不敢举。奈有病体日笃[6]，将如之奈何？夜来得简方喜，今日强扶至此，又值这一场怨气，眼见休也。则索回书房中纳闷去。桂子闲中落，槐花病里看[7]。（下）

---

[1] 强（qiǎng）风情措大：本无爱情而勉强装作有爱情的酸秀才。强：勉强；风情：男女恋情。

[2] 尤云殢（tì）雨：缠绵不尽的爱情。

[3] 倚翠偎红：男女依偎亲昵。

[4]"犹古自"句：意思是还没有弄懂恋爱的手段；
　　风流调法：指恋爱的手段。

[5] 汉司马：汉代的司马相如，此指张生。

[6] 日笃（dǔ）：病情越来越重。

[7]"桂子"二句：意思是只好在闲中病里看桂花、槐花凋谢。用花谢比喻失恋。

第四折

（夫人上云）早间长老使人来，说张生病重。我著长老使人请个太医去看了，一壁道与红娘，看哥哥行问汤药去者。问太医下甚么药，证候如何，便来回话。（下）（红上云）老夫人才说张生病沉重，昨夜吃我那一场气，越重了。莺莺呵，你送了他人。（下）（旦上云）我写一简，则说道药方，著红娘将去与他，证候便可。（旦唤红科）（红云）姐姐，唤红娘怎么？（旦云）张生病重，我有一个好药方儿，与我将去咱。（红云）又来也。娘呵，休送了他人！（旦云）好姐姐，救人一命，将去咱。（红云）不是你，一世也救他不得[1]！如今老夫人使我去哩，我就与你将去走一遭。（下）（旦云）红娘去了，我绣房里等他回话。（下）（末上云）自从昨夜花园中吃了这一场气，投著旧证候[2]，眼见得休了也。老夫人说，著长老唤太医来看我；我这颏证候，非是太医所治的。则除是那小姐美甘甘、香喷喷、凉渗渗、娇滴滴一点唾津儿咽下去，这屌病便可。（洁引太医上，"双斗医"科范了[3]）（下）

（洁云）下了药了，我回夫人话去，少刻再来相望。（下）（红上云）

---

[1] 一世：一辈子。

[2] 投著：正中，应合。

[3] "双斗医"科范：科范也作科泛，指剧中人表演的一定程式、规范。

俺小姐送得人如此，又著我去动问，送药方儿去，越著他病沉了

也[1]。我索走一遭。异乡易得离愁病，妙药难医断肠人[2]！

【越调】【斗鹌鹑】则为你彩笔题诗[3]，回文织锦；送得人卧枕

著床，忘餐废寝；折倒得鬓似愁潘[4]，腰如病沈。恨已深，病

已沉，昨夜个热脸儿对面抢白，今日个冷句儿将人厮侵[5]。

昨夜这般抢白他呵！

【紫花儿序】把似你休倚著枕门儿待月，依著韵脚儿联诗，侧著

耳朵儿听琴[6]。

见了他撇假偌多话："张生，我与你兄妹之礼，甚么勾当！"

怒时节把一个书生来迭噷[7]。

欢时节："红娘，好姐姐，去望他一遭！"

将一个侍妾来逼临[8]。难禁，好著我似线脚儿般殷勤不离了

针[9]。从今后教他一任。

这的是俺老夫人的不是——

将人的义海恩山，都做了远水遥岑。

（红见末问云）哥哥病体若何？（末云）害杀小生也！我若是死呵，小

---

[1] 病沉：病重。

[2] "异乡"二句，原无，据弘治本补。

[3] 彩笔：比喻文彩、文才。

[4] 折倒：折磨。

[5] 厮侵：相近。

[6] "把拟"三句：是说你这般抢白他，不如你休倚门待月、依韵联诗、月夜听琴；

把似：这里做"不如"讲。

[7] 迭噷（yìn）：让张生干着急、干生气说不出话来。

[8] 逼临：逼迫、欺凌。

[9] "好著我"句：是说整天传书递简，向离不开针的线一样来往穿梭。

西厢记

娘子，阎王殿前少不得你做个干连人[1]。（红叹云）普天下害相思的，不似你这个傻角。

【天净沙】心不存学海文林[2]，梦不离柳影花阴，则去那窃玉偷香上用心。又不曾得甚，自从海棠开想到如今[3]。

因甚的便病得这般了？（末云）都因你行——怕说的谎[4]——因小侍长上来！当夜书房一气一个死。小生救了人，反被害了。自古人云："痴心女子负心汉"，今日反其事了。（红唱）

【调笑令】我这里自审[5]，这病为邪淫，尸骨喦喦鬼病侵[6]。更做道秀才每从来恁。似这般干相思的好撒唔[7]。功名上早则不遂心，婚姻上更返吟复吟[8]。

（红云）老夫人著我来，看哥哥要甚么汤药。小姐再三伸敬，有一药方，送来与先生。（末做慌科）在那里？（红云）用著几般儿生药，各有制度[9]，我说与你：

【小桃红】"桂花"摇影夜深沉，酸醋"当归"浸[10]。

---

[1] 阎王殿：阎王审理公案的地方；
　　干连人：有牵连的人。

[2] 学海文林：形容文章学问深奥渊博。

[3] 海棠开想到如今：说的是相思之久。

[4] 怕说的谎：难道是说谎？

[5] 自审：暗自思考；审：省察，度量。

[6] 尸骨喦喦：瘦骨嶙峋；
　　鬼病：相思病。

[7] 干相思：相思但不能如愿；
　　撒唔：装傻。

[8] 返吟复吟：算命的术语。

[9] 制度：配药的法度。

[10]"桂花"二句：在桂花摇曳的月夜，穷酸秀才要睡觉的时候。

（末云）桂花性温[1]，当归活血，怎生制度？（红唱）

面靠著湖山背阴里窨[2]。这方儿最难寻，一服两服令人恁。

　　（末云）忌甚么物？（红唱）

忌的是"知母"未寝[3]，怕的是"红娘"撒沁[4]。吃了呵，稳情取
"使君子"一星儿"参"[5]。

　　这药方儿，小姐亲笔写的。（末看药方大笑科）（末云）早知姐姐书来，

　　只合远接，小娘子……（红云）又怎么？却早两遭儿也。（末云）不知

　　这首诗意，小姐待和小生"里也波"哩。（红云）不少了一些儿？

【鬼三台】足下其实啉[6]，休妆唔。笑你个风魔的翰林，无处
问佳音，向简帖儿上计禀[7]。得了个纸条儿恁般绵里针[8]，若见
玉天仙怎生软厮禁[9]？俺那小姐忘恩，赤紧的偻人负心[10]。

　　书上如何说？你读与我听咱。（末念云）"休将闲事苦萦怀，取次摧残
　　天赋才。不意当时完妾命[11]，岂防今日作君灾？仰图厚德难从礼[12]，

---

　　[1] 性温：中药按不同的性能，可分为寒、热、温、凉、平五类。桂花药性温和。

　　[2] "面靠"句：在太湖石背阴处深藏起来。

　　[3] 知母：是一种中药名，这里取其谐音指老夫人。

　　[4] 红娘：中药名，这里取其谐音指剧中红娘；

　　　　撒沁（qìn）：嗳、吣。本指猫狗吐食。这里引申为嘴尖口快，恶语伤人及随口胡
诌之义。

　　[5] 使君子：中药名，这里取谐言指张生。

　　[6] 啉（lín）：呆，傻。

　　[7] 计禀（bǐn）：诉说。

　　[8] 绵里针：针用丝绵包起来，表示珍重、爱护的意思。

　　[9] 软厮禁：不硬来，体贴、顺从之意。

　　[10] 偻人：指能说会道、花言巧语而不诚实的人。这里指老夫人。

　　[11] 完妾命：保全了我的性命。

　　[12] 图：设法的意思。

谨奉新诗可当媒。寄与高唐休咏赋[1]，今宵端的雨云来。"此韵非前日之比[2]，小姐必来。(红云) 他来呵，怎生？

【秃厮儿】身卧著一条布衾，头枕著三尺瑶琴，他来时怎生和你一处寝？冻得来战兢兢，说甚知音？

【圣药王】果若你有心，他有心，昨日秋千院宇夜深沉；花有阴，月有阴，"春宵一刻抵千金"，何须"诗对会家吟"[3]？

(末云) 小生有花银十两，有铺盖赁与小生一付。(红唱)

【东原乐】俺那鸳鸯枕，翡翠衾，便遂杀了人心，如何肯赁？至如你不脱解和衣儿更怕甚？不强如手执定指尖儿恁[4]？倘或成亲，到大来福荫。

(末云) 小生为小姐如此容色，莫不小姐为小生也减动丰韵么[5]？

(红唱)

【绵搭絮】他眉弯远山不翠，眼横秋水无光[6]，体若凝酥[7]，腰如弱柳，俊的是庞儿俏的是心，体态温柔性格儿沉[8]。虽不会法灸神针[9]，更胜似救苦难观世音。

(末云) 今夜成了事，小生不敢有忘。(红唱)

---

[1] 咏赋：诵读。

[2] 韵：诗赋词曲均可称"韵"，这里指诗。

[3] 《圣药王》曲：意思是如果真的你有情她有意的话，昨天夜深人静，月色花影，正是"春宵一刻值千金"的好机会，为什么不当时成合，还要像现在这样吟诗递简呢？

[4] 手执定指尖儿恁：指手淫。

[5] 丰韵：气韵风度。

[6] "他眉弯"二句：说莺莺眉毛姣好使得远山显得不翠，眼睛明亮使得秋水无光。

[7] 凝酥：比喻皮肤白嫩细腻。

[8] 沉：稳重。

[9] 法灸：即艾焙。

【幺篇】你口儿里谩沉吟[1]，梦儿里苦追寻。往事已沉，只言目今，今夜相逢管教恁。不图你甚白璧黄金，则要你满头花[2]，拖地锦[3]。

（末云）怕夫人拘系，不能勾出来。（红云）则怕小姐不肯。果有意呵。

【煞尾】虽然是老夫人晓夜将门禁，好共歹须教你称心。

（末云）休似昨夜不肯[4]。（红云）你挣揣咱[5]。

来时节肯不肯尽由他，见时节亲不亲在于恁。（并下）

【络丝娘煞尾】因今宵传言送语，看明日携云握雨。

   题目   老夫人命医士   崔莺莺寄情诗
   正名   小红娘问汤药   张君瑞害相思

  西厢记五剧第三本终

---

[1] 谩沉吟：不停地念叨；

  谩：即"漫"，随便、任意之意。

[2] 则要你：只愿你，只让你。

[3] 拖地锦：结婚的服饰或长裙。

[4] "休似"：原为"休是"，根据弘治本改。

[5] 挣揣：挣扎、振作、努力的意思。

楔 子

（旦上云）昨夜红娘传简去与张生，约今夕和他相见，等红娘来做个商量。（红上云）姐姐著我传简儿与张生，约他今宵赴约。俺那小姐，我怕又有说谎。送了他性命，不是耍处[1]。我见小姐，看他说甚么。（旦云）红娘，收拾卧房，我睡去。（红云）不争你要睡呵，那里发付那生？（旦云）甚么那生？（红云）姐姐，你又来也，送了人性命，不是耍处！你若又番悔，我出首与夫人：你著我将简帖儿约下他来。（旦云）这小贱人倒会放刁。羞人答答的，怎生去！（红云）有甚的羞？到那里则合著眼者！（红催莺云）去来，去来！老夫人睡了也。（旦走科）（红云）俺姐姐语言虽是强，脚步儿早先行也。

【仙吕】【端正好】因姐姐玉精神，花模样，无倒断晓夜思量[2]。著一片志诚心，盖抹了漫天谎[3]。出画阁[4]，向书房，离楚岫[5]，赴高唐，学窃玉，试偷香，巫娥女，楚襄王。楚襄王敢先在阳台上。（下）

---

[1] 处：语气词，啊，呢。

[2] 无倒断：无休无止，没完没了。

[3] "著一片"二句：这次莺莺真心赴约，弥补了老妇人赖婚的弥天大谎；
  盖抹：遮盖，改正。

[4] 画阁：雕梁画栋的楼阁，这里指莺莺的居所。

[5] 楚岫（xiù）：指巫山；岫：山峦。

第一折

（末上云）昨夜红娘所遗之简[1]，约小生今夜成就。这早晚初更尽也，不见来呵，小姐休说谎咱！人间良夜静复静[2]，天上美人来不来？

【仙吕】【点绛唇】伫立闲阶，夜深香霭、横金界[3]。潇洒书斋[4]，闷杀读书客。

【混江龙】彩云何在[5]？月明如水浸楼台。僧居禅室，鸦噪庭槐。风弄竹声、则道似金佩响，月移花影、疑是玉人来[6]。意悬悬业眼，急攘攘情怀[7]，身心一片，无处安排，则索呆答

[1] 遗（wèi）：赠送，给予。

[2] "静复静"：原作"静不静"，据毛西河本改。

[3] 金界：佛寺。

[4] 潇洒：这里是指凄清、凄凉之意。

[5] 彩云：语意双关，指天空云彩，也指心爱的女子。此处以彩云指美人。

[6] 月移花影：出自王安石《夜直》诗："春色恼人睡不得，月移花影上阑干。"

[7] 急攘攘情怀：心情烦躁不安。

西厢记

孩倚定门儿待[1]。越越的青鸾信杳[2]，黄犬音乖[3]。

小生一日十二时，无一刻放下小姐。你那里知道呵！

【油葫芦】情思昏昏眼倦开，单枕侧，梦魂飞入楚阳台。早知道无明无夜因他害，想当初不如不遇倾城色[4]。人有过，必自责，勿惮改[5]。我却待"贤贤易色"将心戒，怎禁他兜的上心来[6]。

【天下乐】我则索倚定门儿手托腮[7]，好著我难猜：来也那不来？夫人行料应难离侧。望得人眼欲穿，想得人心越窄，多管是冤家不自在[8]。

偌早晚不来，莫不又是谎么？

【那吒令】他若是肯来，早身离贵宅；他若是到来，便春生敝斋；他若是不来，似石沉大海[9]。数著他脚步儿行，倚定窗棂儿待[10]。寄语多才[11]：

【鹊踏枝】恁的般恶抢白，并不曾记心怀；拨得个意转心回[12]，

---

[1] 呆答孩：痴呆的样子。

[2] 越越的：静悄悄的；

青鸾信杳：音信全无。

[3] 黄犬音乖：没有音信。

[4] 不如不遇倾城色：爱极的反话。

[5] "人有过"三句：人如果有过错，一定要自我责备，不要怕改正。

[6] "我却待"二句：爱莺莺之心欲罢不能。

[7] 倚定门儿手托腮：写期盼的情状。

[8] 不自在：生病。

[9] 石沉大海：比喻没有消息，无处寻找。

[10] 倚定窗棂儿待：忽而靠门，忽而靠窗，足见张生盼望莺莺焦急不安的神情。

[11] 寄语：传话，转告。

[12] 拨得：即博得。

夜去明来。空调眼色经今半载[1]，这其间委实难捱。

小姐这一遭若不来呵——

【寄生草】安排著害，准备著抬[2]。想著这异乡身强把茶汤捱，则为这可憎才熬得心肠耐，办一片志诚心留得形骸在[3]。试著那司天台打算半年愁，端的是太平车约有十馀载[4]。

(红上云) 姐姐，我过去，你在这里。(红敲科) (末问云) 是谁？(红云) 是你前世的娘。(末云) 小姐来么？(红云) 你接了衾枕者，小姐入来也。张生，你怎么谢我？(末拜云) 小生一言难尽。寸心相报[5]，惟天可表！(红云) 你放轻者，休諕了他。(红推旦入云) 姐姐，你入去，我在门儿外等你。(末见旦跪云) 张生有何德能，敢劳神仙下降，知他是睡里梦里？

【村里迓鼓】猛见他可憎模样，

小生那里得病来？

早医可九分不快。先前见责，谁承望今宵欢爱！著小姐这般用心，不才张琪，合当跪拜。小生无宋玉般容[6]，潘安般貌，子

---

[1] "空调（diào）"句：半年来只能以眉目传情；

　　调眼色：眉来眼去。

[2] 抬：害相思病死了而被抬走。

[3] "办一片"句：如果莺莺有一片爱我之心，就可以保全我的性命。

[4] "试著那"二句：说忧愁之大，让司天台来计算，也要算半年；让太平车来拉，也得要十来辆；

　　著（zhāo）：令，让；

　　司天台：朝廷负责观察天文、推算历法的部门。

[5] 寸心：心乃方寸之地，所以叫寸心。

[6] 宋玉容：宋玉的美貌。

129

建般才[1]。姐姐，你则是可怜见为人在客。

【元和令】绣鞋儿刚半拆[2]，柳腰儿勾一搦[3]。羞答答不肯把头抬，只将鸳枕捱。云鬟仿佛坠金钗，偏宜鬏髻儿歪[4]。

【上马娇】我将这纽扣儿松，把揽带儿解[5]，兰麝散幽斋。不良会把人禁害[6]，咍[7]，怎不肯回过脸儿来？

【胜葫芦】我这里软玉温香抱满怀。呀，阮肇到天台。春至人间花弄色，将柳腰款摆，花心轻拆[8]，露滴牡丹开。

【幺篇】但蘸著些儿麻上来，鱼水得和谐，嫩蕊娇香蝶恣采。半推半就，又惊又爱，檀口揾香腮[9]。

（末跪云）谢小姐不弃，张珙今夕得就枕席，异日犬马之报。（旦云）妾千金之躯，一旦弃之。此身皆托于足下，勿以他日见弃，使妾有白头之叹[10]。（末云）小生焉敢如此！（末看手帕科[11]）

【后庭花】春罗元莹白[12]，早见红香点嫩色。

（旦云）羞人答答的，看甚么。（末唱）

---

[1] 子建才：曹植字子建，所以这里是指曹植的才华。

[2] 拆：拇指与中指伸开后的长度，为量物的单位。

[3] 一搦（nài）：一把，一握。

[4] 鬏（dí）髻：发髻。

[5] 揽带：拴带。

[6] 不良会：本意为恶劣、凶顽，这里用做爱极的反语。

[7] 咍（hāi）：招呼声。

[8] "花心轻拆"："拆"原为"折"，根据毛西河本改的。

[9] 檀口揾香腮："檀口"指张生。"揾"即"吻"。

[10] 白头之叹：女子失宠、被弃的感叹。

[11] 看帕：新婚之夜验帕，是旧时检验女子是否贞洁的一种习俗。

[12] 春罗：即绢帕；
　　莹白：即白。

《崔莺莺寄情诗》

因姐姐玉精神，花模样，
　　无倒断晓夜思量。
著一片志诚心，
　　盖抹了漫天谎。
出画阁，向书房，
　　离楚岫，赴高唐，
学窃玉，试偷香，
　　巫娥女，楚襄王。
楚襄王敢先在阳台上。

灯下偷睛觑，胸前著肉揣[1]。畅奇哉！浑身通泰，不知春从何处来。无能的张秀才，孤身西洛客，自从逢稔色，思量的不下怀。忧愁因间隔，相思无摆划[2]。谢芳卿不见责。

【柳叶儿】我将你做心肝儿般看待，点污了小姐清白。忘餐废寝舒心害，若不是真心耐，志诚捱，怎能勾这相思苦尽甘来？

【青哥儿】成就了今宵欢爱，魂飞在九霄云外。投至得见你多情小奶奶，憔悴形骸，瘦似麻秸。今夜和谐，犹自疑猜[3]。露滴香埃[4]，风静闲阶，月射书斋，云锁阳台。审问明白，只疑是昨夜梦中来，愁无奈。

(旦云) 我回去也，怕夫人觉来寻我。(末云) 我送小姐出来。

【寄生草】多丰韵，忒稔色。乍时相见教人害，霎时不见教人怪，些时得见教人爱。今宵同会碧纱厨[5]，何时重解香罗带？

(红云) 来拜你娘！张生，你喜也！姐姐，咱家去来[6]。(末唱)

【赚煞】春意透酥胸，春色横眉黛，贱却人间玉帛。杏脸桃腮，乘著月色，娇滴滴越显得红白。下香阶，懒步苍苔，动

---

[1] 揣：藏在怀中。

[2] 摆划：安排、处理。

[3] "犹自"：原做"犹似"，根据王伯良、张深之本改的。

[4] 香埃：香尘。

[5] 碧纱厨：绿纱蒙成的床帐。

[6] 凌濛初曰：王播的诗。

西廂記

人处弓鞋凤头窄[1]。叹鲰生不才[2]，谢多娇错爱[3]。

若小姐不弃小生，此情一心者，

你是必破工夫明夜早些来。(下)

---

[1] 弓鞋凤头窄：窄小的凤头弓鞋。弓鞋：是说旧时妇女缠足，其鞋如弓形。

[2] 鲰（zōu）生：愚陋的小人。

[3] 错爱：自谦之辞。表示对身受对方爱怜的感激与喜悦。

第二折

（夫人引俫上云）这几日窃见莺莺语言恍惚，神思加倍，腰肢体态，比向日不同。莫不做下来了么？（俫云）前日晚夕，奶奶睡了，我见姐姐和红娘烧香，半晌不回来，我家去睡了。（夫人云）这桩事都在红娘身上。唤红娘来！（俫唤红科）（红云）哥哥唤我怎么？（俫云）奶奶知道你和姐姐去花园里去，如今要打你哩！（红云）呀，小姐，你带累我也！小哥哥你先去，我便来也。（红唤旦科）（红云）姐姐，事发了也。老夫人唤我哩，却怎了？（旦云）好姐姐，遮盖咱！（红云）娘呵，你做的稳秀者[1]——我道你做下来也！（旦念）月圆便有阴云蔽，花发须教急雨催。[2]（红唱）

【越调】【斗鹌鹑】则著你夜去明来，到有个天长地久；不争你握雨携云[3]，常使我提心在口[4]。则合带月披星，谁著你停眠整宿？老夫人心数多[5]，情性伹[6]，使不著我巧语花言，将没

---

[1] 稳秀：藏而不露的意思。稳：通隐。

[2] "月圆"二句：比喻美好的事物常受摧残的常用语。

[3] 不争：这里作"因为"讲。

[4] 提心在口：提心吊胆。

[5] 心数：心计。

[6] 伹（zhòu）：或作"怡"，固执之意。

西厢记

做有。

【紫花儿序】老夫人猜那穷酸做了新婿，小姐做了娇妻，"这小贱人做了牵头"[1]。俺小姐这些时春山低翠，秋水凝眸。别样的都休[2]，试把你裙带儿拴，纽门儿扣，比著你旧时肥瘦，出落得精神，别样的风流[3]。

（旦云）红娘，你到那里，小心回话者。（红云）我到夫人处，必问："这小贱人！

【金蕉叶】我著你但去处行监坐守[4]，谁著你迤逗的胡行乱走？"若问著此一节呵如何诉休[5]？你便索与他个知情的犯由[6]。

姐姐，你受责理当，我图甚么来？

【调笑令】你绣帏里效绸缪[7]，倒凤颠鸾百事有[8]。我在窗儿外几曾轻咳嗽，立苍苔将绣鞋儿冰透[9]。今日个嫩皮肤倒将粗棍抽，姐姐呵，俺这通殷勤的著甚来由？

姐姐在这里等著，我过去。说过呵，休欢喜；说不过，休烦恼。（红

---

[1] 牵头：男女私通的牵线人。

[2] 别样的都休：其他变化且不说。

[3] "试把"五句：意谓试穿旧时装，和以前相比，如今的体态变得更精神、更风流；

   出落：长成。

[4] 但去处：只是去呀。处：语气词；

   行监坐守：一举一动都要受到监视。

[5] 如何诉休：如何诉说啊。

[6] 犯由：犯罪的原由，即罪状。

[7] 绸缪（móu）：用以指男女欢会。

[8] 百事有：样样有。

[9] "立苍苔"句：出自白朴《仙吕·点绛唇》："深沉院宇朱扉放心不（户亚），立苍苔冷透凌波袜。"

见夫人科）（夫人云）小贱人，为甚么不跪下！你知罪么？（红跪云）红娘不知罪。（夫人云）你故自口强哩。若实说呵，饶你；若不实说呵，我直打死你这个贱人[1]！谁著你和小姐花园里去来？（红云）不曾去，谁见来？（夫人云）欢郎见你去来，尚故自推哩！（打科）（红云）夫人，休闪了手[2]。且息怒停嗔，听红娘说。

【鬼三台】夜坐时停了针绣，共姐姐闲穷究[3]，说张生哥哥病久，咱两个背著夫人向书房问候。

（夫人云）问候呵，他说甚么？（红云）他说来，

道"老夫人事已休，将恩变为仇，著小生半途喜变做忧。"他道："红娘你且先行，教小姐权时落后[4]。"

（夫人云）他是个女孩儿家，著他落后怎么[5]？（红唱）

【秃厮儿】我则道神针法灸，谁承望燕侣莺俦。他两个经今月馀则是一处宿，何须你一一问缘由？

【圣药王】他每不识忧，不识愁，一双心意两相投。夫人得好休，便好休，这其间何必苦追求？常言道"女大不中留"[6]。

（夫人云）这端事，都是你个贱人！（红云）非是张生、小姐、红娘之罪，乃夫人之过也。（夫人云）这贱人到指下我来，怎么是我之过？

（红云）信者，人之根本，"人而无信，不知其可也。大车无輗，小车

---

[1] 直：竟。
[2] 闪了手：扭伤了手。如同我们说闪了腰一样。
[3] 穷究：刨根问底。此指聊天、说话。
[4] 权时落后：暂时晚走一会儿。权：是变通的意思。
[5] "怎么"，原无怎字，据弘治本改。
[6] 女大不中留：女儿大了留不住。

西厢记

无軏，其何以行之哉[1]？"当日军围普救，夫人所许退军者，以女妻之。张生非慕小姐颜色，岂肯建区区退军之策？兵退身安，夫人悔却前言，岂得不为失信乎？既然不肯成其事，只合酬之以金帛，令张生舍此而去。却不当留请张生于书院，使怨女旷夫[2]，各相早晚窥视，所以夫人有此一端。目下老夫人若不息其事，一来辱没相国家谱，二来张生日后名重天下，施恩于人，忍令反受其辱哉！使至官司[3]，夫人亦得治家不严之罪。官司若推其详[4]，亦知老夫人背义而忘恩[5]，岂得为贤哉？红娘不敢自专[6]，乞望夫人台鉴：莫若恕其小过，成就大事，挼之以去其污[7]，岂不为长便乎？

【麻郎儿】秀才是文章魁首[8]，姐姐是仕女班头[9]；一个通彻三教九流，一个晓尽描鸾刺绣[10]。

【幺篇】世有、便休、罢手[11]，大恩人怎做敌头？起白马将军故友[12]，斩飞虎叛贼草寇[13]。

---

[1] "人而无信"五句：出自《论语·为政》。作为一个人要是没有信用，就不知道那会怎么样。

[2] 怨女旷夫：老处女为怨女，老光棍为旷夫。

[3] 官司：本指百官，后指官府。

[4] 推其详：追究详细情况；推：追究审问。

[5] 背义忘恩：背叛道德，忘记人家对自己的恩情。

[6] 自专：自以为是。

[7] 挼（ruán）：本指摩弄、揉搓；此处为迁就，撮合之意。

[8] 文章魁首：文坛领袖。魁首：首领。

[9] 仕女班头：女中领袖。仕女：贵族妇女，大家闺秀；班头：领袖。

[10] 描鸾：描绘鸾鸟图案，这里泛指各种刺绣图案。

[11] 世有、便休、罢手：既然莺莺和张生做出了这种事，就只能了结，放手不再追究了。

[12] 起：举荐。

[13] 草寇：强盗。

【络丝娘】不争和张解元参辰卯酉[1]，便是与崔相国出乖弄丑[2]。到底干连著自己骨肉，夫人索穷究[3]。

（夫人云）这小贱人也道得是。我不合养了这个不肖之女[4]。待经官呵，玷辱家门。罢，罢，俺家无犯法之男，再婚之女，与了这厮罢！红娘，唤那贱人来！(红见旦云)且喜姐姐，那棍子则是滴溜溜在我身上，吃我直说过了[5]，我也怕不得许多。夫人如今唤你来，待成合亲事。(旦云)羞人答答的，怎么见夫人？(红云)娘根前有甚么羞！

【小桃红】当日个月明才上柳梢头，却早人约黄昏后[6]。羞的我脑背后将牙儿衬著衫儿袖。猛凝眸，看时节则见鞋底尖儿瘦。一个恣情的不休，一个哑声儿厮耨[7]。呸！那其间可怎生不害半星儿羞？

（旦见夫人科）(夫人云)莺莺，我怎生抬举你来？今日做这等的勾当！则是我的孽障[8]，待怨谁的是！我待经官来，辱没了你父亲，这等事，不是俺相国人家的勾当。罢罢罢，谁似俺养女的不长俊[9]！红娘，书房里唤将那禽兽来！(红唤末科) (末云) 小娘子，唤小

---

[1] 参（shēn）辰：参星和辰星，亦作参商。

[2] 出乖弄丑：丢人现眼。

[3] 穷究：这里作慎重考虑。

[4] 不肖：肖，似。

[5] 吃：此作"被"讲。

[6] "当日个"二句：出自欧阳修《生查子》："去年元宵时，花市灯如昼，月上柳梢头，人约黄昏后。"

[7] 厮耨（nòu）：纠缠、戏弄。

[8] 孽（niè）障：业障。

[9] 长俊：长进，有出息。

139

生做甚么？(红云) 你的事发了也。如今夫人唤你来，将小姐配与你哩。小姐先招了也，你过去。(末云) 小生惶恐，如何见老夫人？当初谁在老夫人行说来？(红云) 休佯小心，过去便了。

【小桃红】既然泄漏怎干休，是我相投首[1]。俺家里陪酒陪茶到掴就[2]，你休愁，何须约定通媒媾[3]？我弃了部署不收[4]，你元来"苗而不秀"[5]。呸！你是个银样镴枪头[6]。

(末见夫人科) (夫人云) 好秀才呵！岂不闻"非先王之德行不敢行"[7]？我待送你去官司里去来，恐辱没了俺家谱。我如今将莺莺与你为妻，则是俺三辈儿不招白衣女婿[8]，你明日便上朝取应去，我与你养著媳妇。得官呵，来见我；驳落呵[9]，休来见我。(红云) 张生早则喜也。

【东原乐】相思事，一笔勾，早则展放从前眉儿皱，美爱幽欢恰动头[10]。既能勾，张生，你觑兀的般可喜娘庞儿也要人消受。

---

[1] 投首：自首。

[2] "俺家里"句：婚姻通常是由男家备茶酒向女家求婚，如今反其道而行之，由崔家倒赔茶酒撮合婚姻。

[3] 媒媾 (gòu)：因媒人而结婚，此指媒人。媾：结婚。

[4] 部署：宋元时的枪棒师傅。弃了部署不收，就是不做师傅，不收你为徒，意为不再帮你出主意。

[5] 苗而不秀：庄稼长得好，但不开花结果，比喻没用的人。

[6] 银样镴 (là) 枪头：看上去像银做的，其实是镴做的枪头。比喻好看而不中用的样子货。

[7] 非先王之德行不敢行：不符合先王道德的事不敢做。前一个行是品德，后一个是行动。

[8] 白衣：没有官职的人，相当于布衣。

[9] 驳落：落第。亦作"剥落"讲。

[10] 恰动头：刚开始。

《草桥店梦莺莺》

碧云天，黄花地，
　　西风紧，北雁南飞。
晓来谁染霜林醉？
　　总是离人泪。

(夫人云) 明日收拾行装，安排果酒，请长老一同送张生，到十里

长亭去[1]。(旦念) 寄语西河堤畔柳，安排青眼送行人[2]。(同夫人下)

(红唱)

【收尾】来时节画堂箫鼓鸣春昼，列著一对儿鸾交凤友。那其

间才受你说媒红[3]，方吃你谢亲酒[4]。(并下)

---

[1] 十里长亭：古代设在路旁用作饯行的地方。

[2] "寄语"二句：青眼表示对人尊重；

"寄语"：原作"寄与"，根据张深之、王伯良本改的。

[3] 说媒红：赏给媒人的谢礼。

[4] 谢亲酒：婚后男方到女方谢亲饮宴，叫谢亲酒。

第三折

(夫人长老上云) 今日送张生赴京, 十里长亭安排下筵席。我和长老先行, 不见张生、小姐来到。(旦末红同上) (旦云) 今日送张生上朝取应, 早是离人伤感, 况值那暮秋天气, 好烦恼人也呵! 悲欢聚散一杯酒, 南北东西万里程。

【正宫】【端正好】碧云天, 黄花地[1], 西风紧, 北雁南飞。晓来谁染霜林醉? 总是离人泪[2]。

【滚绣球】恨相见得迟, 怨归去得疾。柳丝长玉骢难系[3]。恨不倩疏林挂住斜晖[4]。马儿迍迍的行[5], 车儿快快的随。却告了相思回避, 破题儿又早别离[6]。听得一声"去也", 松了金钏[7]; 遥望见十里长亭, 减了玉肌[8]。此恨谁知[9]!

---

[1] 碧云天黄花地: 出自范仲淹的词《苏幕遮》。黄花: 菊花, 秋天开放。

[2] "晓来"二句: 意思是离人带血的眼泪把深秋早晨的枫林染红了。

[3] "柳丝长"句: 意思是柳丝虽长却系不住玉骢马, 情义虽长却留不住张生。

[4] 倩 (qìng): 请别人帮自己做事。

[5] 迍 (tún) 迍: 行动缓慢, 流连不进的样子。

[6] "却告"二句: 意思是才解相思又要离别。

[7] 钏 (chuàn): 手镯。

[8] 玉肌: 肌肤光泽如玉。

[9] 恨: 遗憾、不满意。

(红云) 姐姐，今日怎么不打扮？(旦云) 你那知我的心里呵！

【叨叨令】见安排著车儿、马儿，不由人熬熬煎煎的气；有甚么心情花儿、靥儿，打扮的娇娇滴滴的媚[1]；准备著被儿、枕儿，则索昏昏沉沉的睡；从今后衫儿、袖儿，都揾做重重叠叠的泪。兀的不闷杀人也么哥，兀的不闷杀人也么哥！久已后书儿、信儿，索与我恓恓惶惶的寄。

(做到见夫人科) (夫人云) 张生和长老坐，小姐这壁坐，红娘将酒来。张生，你向前来，是自家亲眷，不要回避。俺今日将莺莺与你，到京师休辱末了俺孩儿，挣揣一个状元回来者[2]。(末云) 小生托夫人馀荫，凭著胸中之才，视官如拾芥耳[3]。(洁云) 夫人主见不差，张生不是落后的人。(把酒了，坐) (旦长吁科)

【脱布衫】下西风黄叶纷飞，染寒烟衰草萋迷。酒席上斜签著坐的[4]，蹙愁眉死临侵地[5]。

【小梁州】我见他阁泪汪汪不敢垂[6]，恐怕人知；猛然见了把头低，长吁气，推整素罗衣[7]。

【幺篇】虽然久后成佳配，奈时间怎不悲啼[8]。意似痴，心如醉[9]，昨宵今日，清减了小腰围。

---

[1] 花儿、靥 (yè) 儿：即花钿。

[2] 挣揣：这里是争取、夺得之意。

[3] 视官如拾芥 (jiè)：把取得官职看得像从地上拾取一根草棍一样容易。

[4] 斜签著坐：侧身半坐，旧时晚辈在长辈面前恭敬的样子。

[5] 死临侵地：呆呆地，无精打采的样子。

[6] 阁泪汪汪不敢垂：强忍泪水不敢流出。

[7] 推整素罗衣：装作整理衣裳。

[8] 时间：当前，眼下。

[9] 意似痴心如醉：情义深重，不忍别离之意。

西厢记

（夫人云）小姐把盏者。（红递酒，旦把盏长吁科云）请吃酒。

【上小楼】合欢未已，离愁相继。想著俺前暮私情，昨夜成亲，今日别离。我谂知这几日相思滋味，却元来此别离情更增十倍[1]。

【幺篇】年少呵轻远别，情薄呵易弃掷[2]。全不想腿儿相挨，脸儿相偎[3]，手儿相携。你与俺崔相国做女婿，妻荣夫贵[4]，但得一个并头莲，煞强如状元及第。

（夫人云）红娘把盏者。（红把酒科）（旦唱）[5]

【满庭芳】供食太急，须臾对面；顷刻别离。若不是酒席间子母每当回避，有心待与他举案齐眉。虽然是厮守得一时半刻，也合著俺夫妻每共桌而食。眼底空留意[6]，寻思起就里，险化做望夫石。

（红云）姐姐不曾吃早饭，饮一口儿汤水。（旦云）红娘，甚么汤水咽得下[7]。

【快活三】将来的酒共食，尝著似土和泥；假若便是土和泥，也有些土气息，泥滋味。

---

[1] "我谂（shěn）知"二句：意思是我这几天已经深深知道了相思的苦楚，却原来这离别比相思更苦十倍；

谂：知道。

[2] 弃掷：本指抛弃，这里指撇下莺莺远行。

[3] 脸儿相偎：脸与脸相依。

[4] 妻荣夫贵：意思是说你做了崔相国的女婿，因妻而贵，大可不必再去求取功名了。

[5] "（夫人云）红娘把盏……"一段科白：原在《满庭芳》曲之后。

[6] 眼底空留意：意思是母亲在座，有所避忌，只能与张生眉眼传情达意。

[7] "（红云）姐姐不曾吃早饭……"一段科白：原在《满庭芳》曲之后。

【朝天子】暖溶溶玉醅[1]，白泠泠似水。多半是相思泪。眼面前茶饭怕不待要吃[2]，恨塞满愁肠胃。蜗角虚名[3]，蝇头微利[4]，拆鸳鸯在两下里。一个这壁，一个那壁，一递一声长吁气。

(夫人云)辆起车儿[5]，俺先回去，小姐随后和红娘来。(下)(末辞洁科)(洁云)此一行别无话儿，贫僧准备买登科录看[6]，做亲的茶饭，少不得贫僧的。先生在意，鞍马上保重者。从今经忏无心礼，专听春雷第一声[7]。(下)(旦唱)

【四边静】霎时间杯盘狼藉，车儿投东，马儿向西。两意徘徊，落日山横翠。知他今宵宿在那里？有梦也难寻觅。

张生，此一行得官不得官，疾便回来。(末云)小生这一去，白夺一个状元。正是：青霄有路终须到，金榜无名誓不归[8]。(旦云)君行别无所赠，口占一绝[9]，为君送行：弃掷今何在，当时且自亲。还将旧来意，怜取眼前人[10]。(末云)小姐之意差矣，张珙更敢怜谁？谨赓一绝[11]，以剖寸心[12]：人生长远别，孰与最关亲？不遇知音者，

[1] 玉醅（pēi）：美酒。
[2] 怕不待要：难道不想、何尝不想的意思。
[3] 蜗角虚名：比喻微小浮名。
[4] 蝇头微利：很小的好处。
[5] 辆：这里用作动词，是驾好、套起之意。
[6] 登科录：登载录取进士的名册。
[7] 春雷第一声：因进士考试在春初，所以称考中进士的消息为"春雷第一声"。
[8] "青霄"二句：意思是步入青云直上之路。
[9] 口占一绝：随口吟出一首绝句诗。
[10] "弃掷"四句：意思是抛弃我的人现在何方？想当初对我是何等相亲，还会用当时对我的情义去怜爱眼前的新人。
[11] 赓（gēng）：续作。
[12] 剖：表白。

西厢记

谁怜长叹人^[1]？(旦唱)

【耍孩儿】淋漓襟袖啼红泪，比司马青衫更湿。伯劳东去燕西飞，未登程先问归期。虽然眼底人千里，且尽生前酒一杯。未饮心先醉^[2]，眼中流血，心里成灰^[3]。

【五煞】到京师服水土^[4]，趁程途节饮食^[5]，顺时自保揣身体^[6]。荒村雨露宜眠早，野店风霜要起迟^[7]。鞍马秋风里，最难调护，最要扶持。

【四煞】这忧愁诉与谁？相思只自知，老天不管人憔悴。泪添九曲黄河溢，恨压三峰华岳低^[8]。到晚来闷把西楼倚，见了些夕阳古道，衰柳长堤。

【三煞】笑吟吟一处来，哭啼啼独自归。归家若到罗帏里，昨宵个绣衾香暖留春住，今夜个翠被生寒有梦知。留恋你别无意，见据鞍上马^[9]，阁不住泪眼愁眉。

(末云) 有甚言语，嘱付小生咱？(旦唱)

【二煞】你休忧文齐福不齐^[10]，我则怕你停妻再娶妻^[11]。休要

---

[1]"人生"四句：表明除莺莺之外再无知己。

[2] 未饮心先醉：刘禹锡诗句："未饮心先醉，临风思倍多。"

[3]"眼中"二句：形容极度悲痛。

[4] 服：适应、习惯。

[5] 趁程途节饮食：意思是路途中要节制饮食。

[6]"顺时"句：意思是要根据自己的身体情况，随着季节的变化，自己保重。

[7]"荒村"二句：意思是荒村野店，雨露风霜，应当早歇息晚上路。

[8]"泪添"二句：上句以水比喻愁之多，下句用山比喻愁之重。

[9] 据鞍：跨鞍。

[10] 文齐福不齐：意思是有文才却没有福分，考不中。

[11] 停妻再娶妻：指抛弃前妻另行娶妻。

148

一春鱼雁无消息[1]，我这里青鸾有信频须寄，你却休金榜无名
誓不归。此一节君须记：若见了那异乡花草，再休似此处栖
迟[2]。

（末云）再谁似小姐，小生又生此念？（旦唱）

【一煞】青山隔送行，疏林不做美，淡烟暮霭相遮蔽。夕阳
古道无人语[3]，禾黍秋风听马嘶[4]。我为甚么懒上车儿内？来
时甚急，去后何迟[5]！

（红云）夫人去好一会，姐姐，咱家去。（旦唱）

【收尾】四围山色中，一鞭残照里。遍人间烦恼填胸臆，量
这些大小车儿如何载得起[6]？

（旦红下）（末云）仆童，赶早行一程儿，早寻个宿处。泪随流水急，
愁逐野云飞[7]。（下）[8]

---

[1] 一春鱼雁无消息：长时间没有音信。

[2] 栖迟：流连、逗留之意。

[3] 古道：蒲地曾为舜的都城，通长安之路早已开辟，所以称"古道"。

[4] 禾黍：代指庄稼。

[5] 来时甚急去后何迟："时"和"后"都是间歇语气词，相当于"啊"。

[6] "量（liàng）这些"句：意思是烦恼之多，量这些小车怎么能装得下？

[7] "泪随"二句：意思是看见秋云、流水都会引起对莺莺的思念而流泪。

[8] 本折张生与莺莺的分别，当在"再谁似小姐，小生又生此念？"之后。后面的《一
煞》、《收尾》二曲，全是张生去后莺莺怅望的情景。

第四折

（末引仆骑马上开）离了蒲东早三十里也，兀的前面是草桥，店里宿一宵，明日赶早行。这马百般儿不肯走。行色一鞭催去马，羁愁万斛引新诗[1]。

【双调】【新水令】望蒲东萧寺暮云遮，惨离情半林黄叶。马迟人意懒[2]，风急雁行斜。离恨重叠，破题儿第一夜。

想著昨日受用，谁知今日凄凉！

【步步娇】昨夜个翠被香浓薰兰麝，欹珊枕把身躯儿趄[3]。脸儿厮揾者[4]，仔细端详，可憎的别[5]。铺云鬓玉梳斜，恰便似半吐初生月[6]。

早至也。店小二哥那里？（小二哥上云）官人，俺这头房里下。（末云）琴童，接了马者。点上灯，我诸般不要吃，则要睡些儿。（仆云）小人也辛苦，待歇息也。（在床前打铺做睡科）（末云）今夜甚睡得到我眼

---

[1] 斛：古代的量器，十斗为一斛。万斛，形容愁之多。

[2] 马迟人意懒：马走得慢，是因为人意懒散。

[3] 趄（qiè）：歪斜。

[4] 脸儿厮揾：用手遮脸，仔细端详。

[5] 可憎的别：是说非常可爱。别：格外、特别之意。

[6] "铺云鬓"二句：张生回想莺莺梳妆的情形。

里来也!

【落梅风】旅馆敧单枕，秋蛩鸣四野，助人愁的是纸窗儿风裂。乍孤眠被儿薄又怯，冷清清几时温热!

(末睡科)(旦上云)长亭畔别了张生，好生放不下。老夫人和梅香都睡了，我私奔出城，赶上和他同去。

【乔木查】走荒郊旷野，把不住心娇怯，喘吁吁难将两气接。疾忙赶上者，打草惊蛇[1]。

【搅筝琶】他把我心肠扯[2]，因此不避路途赊[3]。瞒过俺能拘管的夫人，稳住俺厮齐攒的侍妾[4]。想著他临上马痛伤嗟，哭得我也似痴呆。不是我心邪，自别离已后，到西日初斜，愁得来陡峻，瘦得来咗嗻[5]。则离得半个日头，却早又宽掩过翠裙三四褶[6]。谁曾经这般磨灭[7]。

【锦上花】有限姻缘[8]，方才宁贴；无奈功名，使人离缺。害不了的愁怀[9]，却才觉些[10]；掉不下的思量，如今又也。清霜净碧波，白露下黄叶。下下高高，道路曲折[11]；四野风

---

[1] 打草惊蛇：形容因为疏忽而让对方有所察觉和防备。

[2] 把我心肠扯：让我牵肠挂肚。

[3] 赊(shē)：远。

[4] 稳住：安顿住，别惊动；
　　齐攒：娇娆。

[5] 咗嗻(chē zhē)：程度副词，厉害之意。

[6] "则离得"二句：刚分开半天，已经人瘦衣肥。

[7] 磨灭：折磨。

[8] 有限姻缘：有条件限制的姻缘。

[9] 害不了的愁怀：没完没了的愁思。

[10] 觉：同较。

[11] "曲折"原作"凹折"。

来，左右乱踅[1]。我这里奔驰，他何处困歇？

【清江引】呆答孩店房儿里没话说，闷对如年夜。暮雨催寒蛩，晓风吹残月，今宵酒醒何处也[2]？

（旦云）在这个店儿里，不免敲门。（末云）谁敲门哩？是一个女人的声音，我且开门看咱。这早晚是谁？

【庆宣和】是人呵疾忙快分说，是鬼呵合速灭。

（旦云）是我。老夫人睡了，想你去了呵，几时再得见，特来和你同去。（末唱）

听说罢将香罗袖儿拽[3]，却元来是姐姐、姐姐。

难得小姐的心勤！

【乔牌儿】你是为人须为彻[4]，将衣袂不藉[5]。绣鞋儿被露水泥沾惹，脚心儿管踏破也[6]。

（旦云）我为足下呵，顾不得迢递[7]。（旦唧唧了[8]）

【甜水令】想著你废寝忘餐，香消玉减，花开花谢，犹自觉争些[9]。便枕冷衾寒，凤只鸾孤[10]，月圆云遮，寻思来有甚

---

[1] 踅（xué）：盘旋。

[2] "晓风"二句：本柳永《雨霖铃》词："杨柳岸晓风残月。""《清江引》"全曲是说张生在旅馆的凄凉景象。

[3] 拽：拖拉。

[4] 为人须为彻：宋元习惯用语，有始有终的意思。

[5] 将衣袂（mèi）不藉：不顾惜衣衫。袂：衣袖，指衣服。

[6] 管：包管、一定、准是。

[7] 迢递：遥远的样子。

[8] 唧唧：叹息声。

[9] 觉争些：觉同较。较、争都是差的意思。

[10] 枕冷衾寒，凤只鸾孤：形容夫妻分离的孤单滋味。

伤嗟？

【折桂令】想人生最苦离别！可怜见千里关山[1]，犹自跋涉。似这般割肚牵肠，到不如义断恩绝。虽然是一时间花残月缺[2]，休猜做瓶坠簪折[3]。不恋豪杰，不羡骄奢，生则同衾，死则同穴[4]。

> （外净一行扮卒子上叫云）恰才见一女子渡河，不知那里去了，打起火把者！分明见他走在这店中去也。将出来！将出来！（末云）却怎了？

> （旦云）你近后，我自开门对他说。

【水仙子】硬围著普救寺下锹撅，强当住咽喉仗剑钺[5]。贼心肠馋眼脑天生得劣。

> （卒子云）你是谁家女子，黄夜渡河？（旦唱）

休言语，靠后些！杜将军你知道他是英杰，觑一觑著你为了醯酱[6]，指一指教你化做膋血[7]——骑著匹白马来也。

> （卒子抢旦下）（末惊觉云）呀，元来却是梦里。且将门儿推开看，只见一天露气，满地霜华，晓星初上，残月犹明。无端喜鹊高枝上，一枕鸳鸯梦不成。

【雁儿落】绿依依墙高柳半遮[8]，静悄悄门掩清秋夜，疏刺刺

---

[1] 关山：关口和山峦，这里代指路途。

[2] 花残月缺：比喻暂时分离。

[3] 瓶坠簪折：比喻夫妻分离。

[4] 生则同衾，死则同穴：夫妻同生共死的意思。

[5] 仗：持，执；

　　钺（yuè）：一种兵器。

[6] 醯（xī）酱：醯，醋。醯酱：是肉酱的意思。

[7] 膋（liáo）血：血水。

[8] 依依：柳条柔软的样子。

西厢记

林梢落叶风，昏惨惨云际穿窗月。

【得胜令】惊觉我的是颤巍巍竹影走龙蛇，虚飘飘庄周梦蝴蝶[1]，絮叨叨促织儿无休歇[2]，韵悠悠砧声儿不断绝[3]。痛煞煞伤别，急煎煎好梦儿应难舍；冷清清的咨嗟，娇滴滴玉人儿何处也？

(仆云) 天明也，咱早行一程儿，前面打火去[4]。(末云) 店小二哥，还你房钱，鞴了马者。

【鸳鸯煞】柳丝长咫尺情牵惹，水声幽仿佛人呜咽。斜月残灯，半明不灭。唱道是旧恨连绵，新愁郁结；恨塞离愁，满肺腑难淘泻[5]。除纸笔代喉舌，千种相思对谁说[6]！(并下)

【络丝娘煞尾】都则为一官半职，阻隔得千山万水。

题目	小红娘成好事	老夫人问由情
正名	短长亭斟别酒	草桥店梦莺莺

西厢记五剧第四本终

---

[1] 庄周梦蝴蝶：典出《庄子·齐物论》。后用为梦的典故。

[2] 促织儿：蟋蟀。

[3] 韵：和谐的声响。

[4] 打火：旅途中吃饭，也叫打尖。

[5] 淘泻：抒写，排遣。

[6] "除纸笔"二句：末句暗用柳永《雨霖铃》："便纵有、千种风情，更与何人说。"

西厢记五剧第五本

张君瑞庆团圆杂剧

楔 子

（末引仆人上开云）自暮秋与小姐相别，倏经半载之际[1]，托赖祖宗之荫，一举及第，得了头名状元。如今在客馆，听候圣旨御笔除授[2]。惟恐小姐挂念，且修一封书，令琴童家去，达知夫人，便知小生得中，以安其心。琴童过来，你将文房四宝来[3]，我写就家书一封，与我星夜到河中府去。见小姐时，说："官人怕娘子忧，特地先著小人将书来。"即忙接了回书来者。过日月好疾也呵！

【仙吕】【赏花时】相见时红雨纷纷点绿苔[4]，别离后黄叶萧萧凝暮霭。今日见梅开，别离半载。

琴童，我嘱付你的言语记著：

则说道特地寄书来。（下）

（仆云）得了这书，星夜望河中府走一遭。（下）

---

[1] 倏（shū）：倏忽，很快。

[2] 除授：授官。

[3] 文房四宝：指笔、墨、纸、砚。

[4] 红雨：落花。

第一折

（旦引红娘上开云）自张生去京师，不觉半年，杳无音信。这些时神思不快[1]，妆镜懒抬，腰肢瘦损，茜裙宽褪，好烦恼人也呵！

【商调】【集贤宾】虽离了我眼前[2]，却在心上有；不甫能离了心上，又早眉头。忘了时依然还又，恶思量无了无休[3]。大都来一寸眉峰[4]，怎当他许多颦皱？新愁近来接著旧愁，厮混了难分新旧。旧愁似太行山隐隐[5]，新愁似天堑水悠悠[6]。

（红云）姐姐往常针尖不倒[7]，其实不曾闲了一个绣床，如今百般的闷倦。往常也曾不快，将息便可[8]，不似这一场，清减得十分利害。

（旦唱）

---

[1] "这些时"，"时"字原无，据弘治本补。

[2] "眼前"原作"眼前闷"，根据毛西河本删除了"闷"字。

[3] 恶思量：相思得厉害。

[4] 大都来：只不过；

　　眉峰：过去多用山比喻女子的眉毛，所以这么说。

[5] 隐隐：形容山之高，说山耸入天际。

[6] 天堑：天然的大沟，指长江。

[7] 针尖不倒：手不停针，指常做女红。

[8] 将息便可：歇息一下就好了。将息：休息。

西厢记

【逍遥乐】曾经消瘦，每遍犹闲[1]，这番最陡。

(红云) 姐姐心儿闷呵，那里散心耍咱。(旦唱)

何处忘忧？看时节独上妆楼，手卷珠帘上玉钩[2]，空目断山明水秀。见苍烟迷树[3]，衰草连天，野渡横舟[4]。

(旦云) 红娘，我这衣裳，这些时都不似我穿的。(红云) 姐姐，正是"腰细不胜衣"[5]。(旦唱)

【挂金索】裙染榴花，睡损胭脂皱[6]；纽结丁香，掩过芙蓉扣[7]；线脱珍珠[8]，泪湿香罗袖；杨柳眉颦[9]，人比黄花瘦[10]。

(仆人上云) 奉相公言语，特将书来与小姐。恰才前厅上见了夫人，夫人好生欢喜，著入来见小姐，早至后堂。(咳嗽科) (红问云) 谁在外面？(见科) (红见仆人，红笑云) 你几时来？可知道昨夜灯花报，今朝喜鹊噪[11]。姐姐正烦恼哩。你自来？和哥哥来？(仆云) 哥哥得了官也，著我寄书来。(红云) 你则在这里等著，我对俺姐姐说了呵，

---

[1] 每遍犹闲：每次都还平常。

[2] "看时节"二句：出自李璟《摊破浣溪沙》词："手卷真珠上玉钩，依前春恨锁重楼。"

[3] 苍烟迷树：远处天色和树混成一片。苍烟：深青色的天空。

[4] 野渡横舟：出自韦应物《滁州西涧》："春潮带雨晚来急，野渡无人舟自横。"

[5] 腰细不胜衣：腰细得连衣服都撑不起。

[6] "裙染"二句：和衣而睡，把红裙子弄出皱来；
　　榴花：石榴花，色红如火。

[7] "纽结"二句：人瘦衣肥，穿的时候要掖起来。

[8] 线脱珍珠：断线的珍珠。

[9] 杨柳眉：形容妇女眉毛很美，如柳叶一般。

[10] 人比黄花瘦：出自李清照《醉花阴》："莫道不消魂，帘卷西风，人比黄花瘦。"

[11] 灯花报、喜鹊噪：都是喜事的征兆。

《元本出相北西厢记》插图，明刊本

相见时红雨纷纷点绿苔，
别离后黄叶萧萧凝暮霭。
今日见梅开，
　　别离半载。

你进来。(红见旦笑科)(旦云)这小妮子怎么？(红云)姐姐大喜，大喜！咱姐夫得了官也！(旦云)这妮子见我闷呵，特故哄我[1]。(红云)琴童在门首，见了夫人了，使他进来见姐姐，姐夫有书。(旦云)惭愧[2]，我也有盼著他的日头！唤他入来。(仆入见旦科)(旦云)琴童，你几时离京师？(仆云)离京一月多也。我来时，哥哥去吃游街棍子去了[3]。(旦云)这禽兽不省得，状元唤做夸官，游街三日。(仆云)夫人说的便是。有书在此。(旦做接书科)

【金菊香】早是我只因他去减了风流，不争你寄得书来又与我添些儿证候。说来的话儿不应口，无语低头，书在手，泪凝眸。(旦开书看科)

【醋葫芦】我这里开时和泪开，他那里修时和泪修，多管阁著笔尖儿未写早泪先流[4]，寄来的书泪点儿兀自有。我将这新痕把旧痕湮透[5]，正是一重愁翻做两重愁。

(旦念书科)"张珙百拜，奉启芳卿可人妆次：自暮秋拜违，倏尔半载。上赖祖宗之荫，下托贤妻之德，举中甲第[6]。即目于招贤馆寄迹[7]，以伺圣旨御笔除授[8]。惟恐夫人与贤妻忧念，特令琴童奉书驰

---

[1] 特故：故意，特意。

[2] 惭愧：这里作侥幸，谢天谢地讲。

[3] 吃游街棍子：即将犯人绑在马背上，一路游街示众，两边兵勇乱棍齐下。这是元代处置犯人的一种刑罚。

[4] 阁：同"搁"。搁置。

[5] 新痕把旧痕湮透：莺莺读信时眼泪落在张生写信时的泪痕上。

[6] 举中甲第：中了进士第一等。

[7] 即目：眼下；

寄迹：寄身。

[8] 伺(si)：等候。

报，庶几免虑。小生身虽遥而心常迩矣，恨不得鹣鹣比翼[1]，邛邛并躯[2]。重功名而薄恩爱者，诚有浅见贪饕之罪[3]。他日面会，自当请谢不备[4]。后成一绝，以奉清照[5]：玉京仙府探花郎[6]，寄语蒲东窈窕娘。指日拜恩衣昼锦[7]，定须休作倚门妆[8]。"

【幺篇】当日向西厢月底潜，今日向琼林宴上扬[9]。谁承望跳东墙脚步儿占了鳌头[10]？怎想道惜花心养成折桂手？脂粉丛里包藏著锦绣？从今后晚妆楼改做了至公楼[11]！

(旦云) 你吃饭不曾？(仆云) 上告夫人知道：早晨至今，空立厅前，那有饭吃？(旦云) 红娘，你快取饭与他吃。(仆云) 感蒙赏赐，我每就此吃饭。夫人写书，哥哥著小人索了夫人回书，至紧，至紧。(旦云) 红娘，将笔砚来。(红将来科) (旦云) 书却写了，无可表意。只有汗衫一领[12]，裹肚一条[13]，袜儿一双，瑶琴一张，玉簪一枚，斑管一枝。琴童，你收拾得好者。红娘，取银十两来，就与他盘缠。(红娘

---

[1] 鹣鹣（jiān）：比翼鸟。

[2] 邛（qióng）邛：传说中的兽名。

[3] 贪饕（tāo）：贪得无厌。

[4] 请谢：请罪。 不备：不尽。

[5] 清照：相当于明鉴、雅鉴之类。

[6] 玉京：京城；

　　探花郎：进士第三名。

[7] 衣昼锦：衣锦还乡。

[8] "定须"句：自己马上回家，不要过于思念。

[9] 琼林宴：皇帝为新科进士举办的宴席。

[10] 占鳌头：指中了状元。

[11] 至公楼：科举考试考场大堂。

[12] 汗衫：指穿在祭服和朝服中间的衣服。

[13] 裹肚：肚兜。

云）姐夫得了官，岂无这几件东西，寄与他有甚缘故？（旦云）你不

知道，这汗衫儿呵，

【梧叶儿】他若是和衣卧，便是和我一处宿；但粘著他皮肉，
不信不想我温柔。

（红云）这裹肚要怎么？（旦唱）

常则不要离了前后，守著他左右，紧紧的系在心头。

（红云）这袜儿如何？（旦唱）

拘管他胡行乱走。

（红云）这琴他那里自有，又将去怎么？（旦唱）

【后庭花】当日五言诗紧趁逐[1]，后来因七弦琴成配偶[2]。他怎
肯冷落了诗中意，我则怕生疏了弦上手[3]。

（红云）玉簪呵，有甚主意？（旦唱）

我须有个缘由，他如今功名成就，则怕他撇人在脑背后[4]。

（红云）斑管，要怎的？（旦唱）

湘江两岸秋，当日娥皇因虞舜愁[5]，今日莺莺为君瑞忧。这九
嶷山下竹，共香罗衫袖口——

【青哥儿】都一般啼痕湮透。似这等泪斑宛然依旧，万古情

---

[1] 趁逐：追逐，追随。

[2] 七弦琴：一种乐器。

[3] "他怎肯"二句：出自关汉卿《杜蕊娘智赏金线池》第二折："你不肯冷落了杯中
物，我怎肯生疏了弦上手。"

[4] 撇人在脑背后：把人撇在一边。

[5] 斑管：即斑竹做的毛笔；

斑竹：又名泪竹，湘妃竹，产自湖南省宁远县九嶷山中。

西厢记

缘一样愁[1]。涕泪交流，怨慕难收[2]。对学士叮咛说缘由，是必休忘旧。

（旦云）琴童，这东西收拾好者。（仆云）理会得。（旦唱）

【醋葫芦】你逐宵野店上宿，休将包袱做枕头，怕油脂腻展污了恐难酬[3]。倘或水浸雨湿休便扭，我则怕干时节熨不开褶皱。一桩桩一件件细收留。

【金菊花】书封雁足此时修，情系人心早晚休[4]？长安望来天际头，倚遍西楼，人不见，水空流[5]。

（仆云）小人拜辞，即便去也。（旦云）琴童，你见官人对他说。（仆云）说甚么？（旦唱）

【浪里来煞】他那里为我愁，我这里因他瘦。临行时啜赚人的巧舌头[6]：指归期约定九月九，不觉的过了小春时候[7]。到如今悔教夫婿觅封侯[8]。

（仆云）得了回书，星夜回俺哥哥话去。（下）

---

[1]"万古"句：千秋万代爱情都一样使人忧愁。

[2]怨慕：又怨恨又思慕。

[3]"怕油脂"句：王伯良曰："展污则难以酬赠人也。"

[4]"情系"句：这种牵肠挂肚的相思何时了？

[5]"人不见"二句：出自秦观《江城子》："犹记多情曾为系归舟，碧野朱桥当日事，人不见，水空流。"

[6]啜赚（chuò zuàn）：诓骗。

[7]小春：即小阳春，农历十月。

[8]悔教夫婿觅封侯：句本王昌龄《闺怨》："闺中少妇不知愁，春日凝妆上翠楼。忽见陌头杨柳色，悔教夫婿觅封侯。"

第二折

(末上云)画虎未成君莫笑，安排牙爪始惊人[1]。本是举过便除，奉圣旨，著翰林院编修国史。他每那知我的心，甚么文章做得成！使琴童递佳音，不见回来。这几日睡卧不宁，饮食少进，给假在驿亭中将息。早间太医院著人来看视，下药去了。我这病，卢扁也医不得[2]。自离了小姐，无一日心闲也呵！

【中吕】【粉蝶儿】从到京师，思量心旦夕如是，向心头横躺著俺那莺儿。请医师，看诊罢，一星星说是[3]。本意待推辞，则被他察虚实不须看视[4]。

【醉春风】他道是医杂证有方术[5]，治相思无药饵。莺莺，你若是知我害相思，我甘心儿死、死。四海无家，一身客寄，半年将至。

(仆上云)我则道哥哥除了，元来在驿亭中抱病。须索回书去咱。(见

---

[1] "画虎"句：比喻人未发达时不要取笑他，一旦功成名就便会惊人。

[2] 卢扁：春秋时神医扁鹊。

[3] 一星星说是：一件件都说的对头。

[4] 虚实：中医理论。

[5] 杂证：杂症；

  方术：治病的方法。

了科)（末云）你回来了也。

【迎仙客】疑怪这噪花枝灵鹊儿，垂帘幕喜蛛儿，正应著短檠上夜来灯爆时。若不是断肠词，决定是断肠诗。

（仆云）小夫人有书至此。（末接科）

写时管情泪如丝。既不呵，怎生泪点儿封皮上渍[1]？

（末读书科）"薄命妾崔氏拜覆，敬奉才郎君瑞文儿：自音容去后，不觉许时[2]，仰敬之心，未尝少怠[3]。纵云日近长安远，何故鳞鸿之杳矣？莫因花柳之心，弃妾恩情之意。正念间，琴童至，得见翰墨，始知中科，使妾喜之如狂。郎之才望，亦不辱相国之家谱也。今因琴童回，无以奉贡[4]，聊有瑶琴一张，玉簪一枚，斑管一枝，裹肚一条，汗衫一领，袜儿一双，权表妾之真诚。匆匆草字欠恭，伏乞情恕不备。谨依来韵，遂继一绝云：阑干倚遍盼才郎，莫恋宸京黄四娘[5]。病里得书知中甲，窗前览镜试新妆。"那风风流流的姐姐！似这等女子，张珙死也死得著了。

【上小楼】这的堪为字史[6]，当为款识[7]，有柳骨颜筋，张旭

---

[1] 渍：浸湿，沾染。

[2] 许时：许：估量词；这多时。

[3] 怠：懈怠。

[4] 奉贡：贡献。

[5] 宸京：京城。

[6] 堪为字史：可以做掌管字的官员。

[7] 款识（zhì）：本指古代钟鼎器物上刻的文字。这里是说莺莺字写得好，可以刻在器物上。

张芝，羲之献之[1]。此一时，彼一时，佳人才思，俺莺莺世间无二。

【幺篇】俺做经咒般持[2]，符篆般使。高似金章[3]，重似金帛，贵似金赀。这上面若佥个押字[4]，使个令史[5]，差个勾使[6]，则是一张忙不及印赴期的咨示[7]。

（末拿汗衫儿科）休说文章，则看他这针黹，人间少有。

【满庭芳】怎不教张生爱尔，堪针工出色，女教为师[8]。几千般用意针针是，可索寻思[9]。长共短又没个样子，窄和宽想象著腰肢，好共歹无人试。想当初做时，用煞那小心儿。

小姐寄来这几件东西，都有缘故，一件件我都猜著。

【白鹤子】这琴，他教我闭门学禁指[10]，留意谱声诗[11]。调养

---

[1] “有柳骨”三句：意思是莺莺字写得好，可以和著名书法家相比；

　柳：指唐代柳公权；

　骨：指字的结构；

　颜：指唐代颜真卿；

　筋：运笔的方法。

[2] 做经咒般持：把莺莺写的字当做经文、咒文一样对待。

[3] 金章：官员的金印。

[4] 佥个押字：签字画押。

[5] 令史：衙门中的文书。不在官职之列。

[6] 勾使：差役。

[7] “则是一张”句：一张来不及盖官印，通知人赴约会的告示。

[8] 女教为师：教育女子的师表。

[9] 可索寻思：可以推寻其用意。

[10] 闭门学禁指：闭门弹琴，学习禁淫邪、正心术的意旨。

[11] 留意谱声诗：在乐歌所表现的纯正思想上用心。

西厢记

圣贤心，洗荡巢由耳[1]。

【二】这玉簪，纤长如竹笋，细白似葱枝，温润有清香，莹洁无瑕玼[2]。

【三】这斑管，霜枝曾栖凤凰[3]，泪点渍胭脂。当时舜帝恸娥皇，今日淑女思君子[4]。

【四】这裹肚，手中一叶绵[5]，灯下几回丝[6]，表出腹中愁，果称心间事[7]。

【五】这鞋袜儿，针脚儿细似虮子，绢帛儿腻似鹅脂，既知礼不胡行，愿足下当如此。

琴童，你临行，小夫人对你说什么？(仆云) 著哥哥休别继良姻。(末云) 小姐，你尚然不知我的心哩！

【快活三】冷清清客店儿，风淅淅雨丝丝，雨儿零风儿细梦回时[8]，多少伤心事！

【朝天子】四肢不能动止，急切里盼不到蒲东寺[9]。小夫人须

---

[1] 洗荡巢由耳：意思是培养高洁情操。巢：指巢父；由：指许由。两者都是尧时隐居不仕的高士。

[2] 瑕玼（cǐ）：玉中的红斑。指不完美之处。

[3] 霜枝曾栖凤凰：出自《诗经》，凤凰非梧桐不栖，非竹食不吃。

[4] 淑女思君子：《诗经》中有诗文君子思淑女，这里反其意而用之。

[5] 一叶绵：谐音"一夜眠"，是说缝制时一夜未眠。

[6] 丝：谐音"思"，思念。

[7] 果称心间事："果"谐音"裹"，意思是裹在张生身上，能使他称心如意。

[8] 梦回：梦醒。

[9] 蒲东寺：即普救寺。

是你见时，别有甚闲传示[1]？我是个浪子官人，风流学士[2]，
怎肯带残花折旧枝[3]。自从、到此[4]，甚的是闲街市[5]。

【贺圣朝】少甚宰相人家，招婿的娇姿？其间或有个人儿似
尔，那里取那温柔，这般才思？想莺莺意儿，怎不教人梦想
眠思。

　　琴童来，将这衣裳东西收拾好者。

【耍孩儿】则在书房中倾倒个藤箱子，向箱子里面铺几张纸。
放时节须索用心思[6]，休教藤刺儿抓住绵丝。高抬在衣架上
怕吹了颜色[7]，乱穰在包袱中恐剉了褶儿[8]。当如此，切须爱
护，勿得因而。

【二煞】恰新婚才燕尔，为功名来到此。长安忆念蒲东寺。
昨宵爱春风桃李花开夜，今日愁秋雨梧桐叶落时[9]。愁如是，
身遥心迩，坐想行思。

【三煞】这天高地厚情，直到海枯石烂时[10]。此时作念何时

───────────

　　[1]“小夫人”二句：意思是一定是你见小夫人时，传了什么闲话。

　　[2] 风流学士：宋代人称翰林学士陶谷为“风流学士”。这里仅取其“风流”的意
思，与学士无关。

　　[3] 怎肯带残花折旧枝：意思是不肯去歌楼妓馆。残花、旧枝均是比喻妓女的。

　　[4] 自从、到此：自从到这里。

　　[5] 甚的是闲街市：意思是不曾胡乱行走。

　　[6]“须索用心思”：原作“用意取包袱”。

　　[7] 高抬：高挂。

　　[8] 穰：放在里边；

　　　　剉（cuò）：揉搓。

　　[9]“昨宵”二句：意思是新婚之夜秋天似春日，现在一个人春夜似寒秋。

　　[10] 海枯石烂：表示天长地久的誓言。

西厢记

止，直到烛灰眼下才无泪，蚕老心中罢却丝[1]。我不比游荡轻薄子，轻夫妇的琴瑟[2]，拆鸾凤的雄雌。

【四煞】不闻黄犬音，难传红叶诗[3]，驿长不遇梅花使[4]。孤身去国三千里[5]，一日归心十二时。凭栏视，听江声浩荡，看山色参差[6]。

【尾】忧则忧我在病中，喜则喜你来到此。投至得引人魂卓氏音书至，险将这害鬼病的相如盼望死[7]。（下）

---

[1]"直到烛灰"二句：意思是永远思念莺莺。

[2]琴瑟：两种乐器名，这两种乐器和奏，声音和谐动听。这里用以比喻夫妻感情和美。

[3]难传红叶诗：难通音信。

[4]驿长不遇梅花使：无人捎信。

[5]去国：离乡。

[6]山色参差：因山远近高低不同而显现出明暗不同的颜色。

[7]害鬼病的相如：《史记》记载，蔺相如害有消渴疾，即糖尿病。

第三折

（净扮郑恒上开云）自家姓郑，名恒，字伯常。先人拜礼部尚书，不
幸早丧。后数年，又丧母。先人在时，曾定下俺姑娘的女孩儿莺莺
为妻，不想姑夫亡化，莺莺孝服未满，不曾成亲。俺姑娘将著这灵
柩，引著莺莺，回博陵下葬。为因路阻，不能得去。数月前写书
来，唤我同扶柩去。因家中无人，来得迟了。我离京师，来到河中
府，打听得孙飞虎欲掳莺莺为妻，得一个张君瑞退了贼兵。俺姑娘
许了他。我如今到这里，没这个消息便好去见他；既有这个消息，
我便撞将去呵，没意思。这一件事，都在红娘身上。我著人去唤
他，则说："哥哥从京师来，不敢来见姑娘，著红娘来下处来[1]，有
话去对姑娘行说去。"去的人好一会了，不见来。见姑娘和他有话
说。（红上云）郑恒哥哥在下处，不来见夫人，却唤我说话。夫人著
我来，看他说甚么。（见净科）哥哥万福。夫人道："哥哥来到呵，怎
么不来家里来？"（净云）我有甚颜色见姑娘[2]？我唤你来的缘故是怎
生？当日姑夫在时，曾许下这门亲事。我今番到这里，姑夫孝已满

---

[1] 下处：住所、旅店
[2] 颜色：脸面，面子。

了，特地央及你去夫人行说知，拣一个吉日，了这件事，好和小姐一答里下葬去[1]。不争不成合，一答里路上难厮见。若说得肯呵，我重重的相谢你。(红云) 这一节话再也休题。莺莺已与了别人了也。

(净云) 道不得"一马不跨双鞍"[2]！可怎生父在时曾许了我，父丧之后母到悔亲？这个道理那里有！(红云) 却非如此说[3]。当日孙飞虎将半万贼兵来时，哥哥你在那里？若不是那生呵，那里得俺一家儿来？今日太平无事，却来争亲；倘被贼人掳去呵，哥哥如何去争？

(净云) 与了一个富家，也不枉了，却与了这个穷酸饿醋。偏我不如他？我仁者能仁、身里出身的根脚[4]，又是亲上做亲[5]，况兼他父命。(红云) 他到不如你？嗉声[6]！

【越调】【斗鹌鹑】 卖弄你仁者能仁，倚仗你身里出身；至如你官上加官，也不合亲上做亲。又不曾执羔雁邀媒[7]，献币帛问肯[8]。恰洗了尘[9]，便待要过门。枉腌了他金屋银屏[10]，枉污了他锦衾绣裀。

---

[1] 一答里：一起，一块儿。

[2] 一马不跨双鞍：比喻一女不嫁二夫。

[3] "却非"，"却"原作"即"。

[4] 仁者能仁：仁德之人才能行仁；

　　身里出身：能承继父业；

　　根脚：出身。

[5] 亲上做亲：中表亲结为婚姻。

[6] 嗉声：住口。

[7] "又不曾"句：意思是又没有请媒人行行聘之礼。

[8] 献币帛：出聘礼。

[9] 洗尘：接风。

[10] 腌：玷污，弄脏。

【紫花儿序】枉蠹了他梳云掠月，枉羞了他惜玉怜香[1]，枉村了他嬲雨尤云。当日三才始判[2]，两仪初分[3]；乾坤，清者为乾，浊者为坤，人在中间相混[4]。君瑞是君子清贤，郑恒是小人浊民。

(净云) 贼来，怎地他一个人退得？都是胡说！(红云) 我对你说。

【天净沙】把河桥飞虎将军，叛蒲东掳掠人民，半万贼屯合寺门[5]，手横著霜刃，高叫道要莺莺做压寨夫人。

(净云) 半万贼，他一个人济甚么事？(红云) 贼围之甚迫，夫人慌了，和长老商议，拍手高叫："两廊不问僧俗，如退得贼兵的，便将莺莺与他为妻。"忽有游客张生，应声而前曰："我有退兵之策，何不问我？"夫人大喜，就问其计何在。生云："我有一故人白马将军，见统十万之众，镇守蒲关。我修书一封，著人寄去，必来救我。"不想书至兵来，其困即解。

【小桃红】洛阳才子善属文[6]，火急修书信。白马将军到时分，灭了烟尘[7]。夫人小姐都心顺，则为他威而不猛[8]，言而

---

[1] 惜玉怜香：对女子怜爱、体贴。

[2] 三才：古以天、地、人为"三才"。

[3] 两仪：天、地。

[4] "清者为乾"三句：典出《艺文类聚》。

[5] 屯合：包围。

[6] 洛阳才子：本指汉代贾谊，这里指张生；

　　属文：作文章。

[7] 灭了烟尘：平定了叛乱。

[8] 威而不猛：《论语》中论孔子的话，意思是让人觉得威严而不勇猛。

有信[1]，因此上不敢慢于人[2]。

（净云）我自来未尝闻其名，知他会也不会！你这个小妮子，卖弄他

偌多[3]！（红云）便又骂我！

【金蕉叶】他凭著讲性理《齐论》《鲁论》[4]，作词赋韩文柳

文[5]，他识道理为人敬人，俺家里有信行知恩报恩。

【调笑令】你值一分，他值百十分，萤火焉能比月轮？高低

远近都休论，我拆白道字辩与你个清浑[6]。

（净云）这小妮子省得甚么拆白道字？你拆与我听。（红唱）

君瑞是个"肖"字这壁著个"立人"，你是个"木寸""马

户""尸巾"。

（净云）木寸、马户、尸巾，你道我是个"村驴（尸巾）"？我祖代是

相国之门，到不如你个白衣饿夫穷士？做官的则是做官！（红唱）

【秃厮儿】他凭师友君子务本[7]，你倚父兄仗势欺人。齑盐

日月不嫌贫[8]，治百姓新民、传闻[9]。

【圣药王】这厮乔议论[10]，有向顺。你道是官人则合做官人，

信口喷，不本分。你道穷民到老是穷民，却不道"将相出寒

---

[1] 言而有信：说话守信用。

[2] 不敢慢于人：指对张生不敢轻慢。

[3] 卖弄：夸耀。

[4] 性理：人情事理、知识学问。

[5] 韩文柳文：夸赞张生文章之好可以与唐代大文学家韩愈、柳宗元相比。

[6] 拆白道字：一种字谜游戏。

[7] 君子务本：君子致力于"孝悌"之德的修养。

[8] 齑（jī）盐日月：清贫的读书生活。齑：腌菜。

[9] "治百姓"句：意思是张生做官有政绩，受到百姓的传诵。

[10] 乔议论：胡说八道。

门"^[1]！

 （净云）这桩事，都是那长老秃驴弟子孩儿^[2]，我明日慢慢的和他说

 话。（红唱）

【麻郎儿】他出家儿慈悲为本^[3]，方便为门^[4]。横死眼不识好

人^[5]，招祸口不知分寸。

 （净云）这是姑夫的遗留^[6]，我拣日，牵羊担酒^[7]，上门去，看姑娘

 怎么发落我！（红唱）

【幺篇】讪筋^[8]，发村^[9]，使狠，甚的是软款温存^[10]。硬打捱

强为眷姻^[11]，不睹事强谐秦晋。

 （净云）姑娘若不肯，著二三十个伴僧^[12]，抬上轿子，到下处脱了衣

 裳，赶将来，还你一个婆娘！（红唱）

【络丝娘】你须是郑相国嫡亲的舍人^[13]，须不是孙飞虎家生的

---

 [1] 将相出寒门：意思是许多将相往往出身于贫寒之家。

 [2] 弟子孩儿：类似"婊子养的"之类的骂人的话。

 [3] 出家：离开家去道观或寺庙修行。

 [4] 方便为门：根据每个人不同的情况而采取不同的措施，使之信奉佛教，就是方
便。想方设法帮助众生信佛而脱离苦海就是方便为门。

 [5] 横死：不得好死。

 [6] 遗留：遗愿、遗嘱。

 [7] 牵羊担酒：带着订婚礼物。

 [8] 讪筋：因暴怒而头面上筋脉偾张。

 [9] 发村：撒野。

 [10] 软款：温柔怜爱。

 [11] 硬打捱：强行之意。

 [12] 伴僧：随从的仆人。

 [13] 舍人：宋元以来官宦人家的子弟称为"舍人"。可他称，也可自称。

西厢记

莽军[1]。乔嘴脸、腌躯老、死身分[2]，少不得有家难奔。

(净云) 兀的那小妮子，眼见得受了招安了也[3]。我也不对你说，明日我要娶，我要娶！(红云) 不嫁你，不嫁你！

【收尾】 佳人有意郎君俊，我待不喝采其实怎忍[4]。

(净云) 你喝一声我听。(红笑云) 你这般颓嘴脸，

则好偷韩寿下风头香，傅何郎左壁厢粉[5]。(下)

(净脱衣科云) 这妮子拟定都和那酸丁演撒！我明日自上门去见俺姑娘，则做不知。我则道："张生赘在卫尚书家[6]，做了女婿。"俺姑娘最听是非，他自小又爱我，必有话说。休说别个，则这一套衣服也冲动他。自小京师同住，惯会寻章摘句[7]。姑夫许我成亲，谁敢将言相拒？我若放起刁来，且看莺莺那去！且将压善欺良意，权作尤云殢雨心。(下) (夫人上云) 夜来郑恒至，不来见我，唤红娘去问亲事。据我的心，则是与孩儿是；况兼相国在时已许下了。我便是违了先夫的言语。做我一个主家的不著[8]，这厮每做下来。拟定则与郑恒，他有言语，怪他不得也。料持下酒者，今日他敢来见我也。(净上云) 来到也，不索报覆[9]，自入去见夫人。(拜夫人哭科) (夫

---

[1] 家生：卖给主家的奴仆所生之子仍须为仆，称为"家生"。

[2] 腌躯老：丑恶身躯。

[3] 招安：招降。

[4] "佳人"二句：这都是红娘嘲讽郑恒的话。

[5] "则好偷"二句：意思是郑恒与张生相比，只能甘拜下风。

[6] 赘：即入赘，是指倒插门女婿。

[7] 寻章摘句：本指搜寻、摘录文章的精辟语句，来研究文章的内容，这里是指只抓住只言片语不放。

[8] 做我一个主家的不著：意思是由我担当。

[9] 报覆：通报，禀报。

人云）孩儿，既来到这里，怎么不来见我？（净云）小孩儿有甚嘴脸来见姑娘！（夫人云）莺莺为孙飞虎一节，等你不来，无可解危，许张生也。（净云）那个张生？敢便是状元？我在京师看榜来，年纪有二十四五岁，洛阳张珙，夸官游街三日。第二日，头答正来到卫尚书家门首[1]，尚书的小姐十八岁也，结著彩楼，在那御街上，则一球正打著他[2]。我也骑著马看，险些打著我。他家粗使梅香十馀人，把那张生横拖倒拽入去。他口叫道："我自有妻，我是崔相国家女婿！"那尚书有权势气象，那里听？则管拖将入去了[3]。这个却才便是他本分，出于无奈。尚书说道："我女奉圣旨，结彩楼，你著崔小姐做次妻[4]。他是先奸后娶的，不应取他[5]。"闹动京师，因此认得他。（夫人怒云）我道这秀才不中抬举，今日果然负了俺家[6]。俺相国之家，世无与人做次妻之理。既然张生奉圣旨娶了妻，孩儿，你拣个吉日良辰，依著姑夫的言语，依旧入来做女婿者。（净云）倘或张生有言语，怎生？（夫人云）放著我哩。明日拣个吉日良辰，你便过门来。（下）[7]（净云）中了我的计策了。准备筵席茶礼花红，克日过门者。（下）[8]（洁上云）老僧昨日买登科记看来，张生头名状元，授著河中府尹。谁想夫人没主张，又许了郑恒亲事。老夫人不肯去

---

[1] 头答：官员出行时走在前面的仪仗。

[2] "结著彩楼"三句：古代择婿的一种方式。搭建彩楼，小姐站在楼上抛掷绣球，中者为婿。

[3] 则管拖将入去了：指富贵人家强抢女婿的一种做法。

[4] 次妻：即妾。

[5] 先奸后娶不应取他：郑恒此言，是说崔莺莺与张生的婚姻不合法。

[6] 负：忘恩负义。

[7] "（下）"，原无。

[8] "（下）"，原作"（同下）"。

西厢记

接，我将著肴馔，直至十里长亭，接官走一遭。(下) (杜将军上云) 奉圣旨，著小官主兵蒲关，提调河中府事[1]，上马管军，下马管民。谁想君瑞兄弟一举及第，正授河中府尹，不曾接得。眼见得在老夫人宅里下，拟定乘此机会成亲。小官牵羊担酒，直至老夫人宅上，一来庆贺状元，二来做主亲[2]，与兄弟成此大事。左右那里[3]？将马来，到河中府走一遭。(下)

---

[1] 提调：管理、指挥。

[2] 主张：主婚。

[3] 左右：身边随从。

第四折

（夫人上云）谁想张生负了俺家，去卫尚书家做女婿去[1]。今日不负老相公遗言[2]，还招郑恒为婿。今日好个日子，过门者。准备下筵席，郑恒敢待来也。（末上云）小官奉圣旨，正授河中府尹。今日衣锦还乡，小姐的金冠霞帔都将著[3]，若见呵，双手索送过去。谁想有今日也呵！文章旧冠乾坤内，姓字新闻日月边[4]。

【双调】【新水令】玉鞭骄马出皇都，畅风流玉堂人物。今朝三品职，昨日一寒儒。御笔亲除，将名姓翰林注。

【驻马听】张珙如愚[5]，酬志了三尺龙泉万卷书[6]；莺莺有福，稳请了五花官诰七香车[7]。身荣难忘借僧居，愁来犹记题诗处。从应举，梦魂儿不离了蒲东路。

---

[1] "卫尚书家"，原无"家"字，根据弘治本补。

[2] 不负老相公遗言：负，违背。

[3] 金冠霞帔（pèi）：古代皇帝给达官贵人家的妇女封号为命妇。命妇随品级不同有不同的服饰，这就是其中一种。

[4] 日月：这里比喻帝后。

[5] 如愚：意思是张生聪明内敛，不外露。

[6] "酬志"句：实现了博取功名的志向。

[7] 请：得到，接受；

　　五花官诰（gào）：官诰，即朝廷授官及册封命妇的文书。

西厢记

（末云）接了马者。（见夫人科）新状元河中府尹婿张珙参见。（夫人云）休拜，休拜！你是奉圣旨的女婿，我怎消受得你拜！（末唱）

【乔牌儿】我谨躬身问起居[1]，夫人这慈色为谁怒[2]？我则见丫鬟使数都厮觑[3]，莫不我身边有甚事故？

（末云）小生去时，夫人亲自饯行，喜不自胜。今日中选得官，夫人反行不悦，何也？（夫人云）你如今那里想著俺家？道不得个"靡不有初，鲜克有终"。我一个女孩儿，虽然妆残貌陋，他父为前朝相国，若非贼来，足下甚气力到得俺家？今日一旦置之度外，却于卫尚书家作婿，岂有是理！（末云）夫人听谁说？若有此事，天不盖，地不载，害老大小疔疮[4]！

【雁儿落】若说著丝鞭士女图[5]，端的是塞满章台路[6]。小生呵此间怀旧恩，怎肯别处寻亲去。

【得胜令】岂不闻"君子断其初"[7]，我怎肯忘得有恩处？那一个贼畜生行嫉妒，走将来老夫人行厮间阻？不能勾娇姝[8]，早共晚施心数；说来的无徒[9]，迟和疾上木驴[10]。

---

[1] 躬身：弯下身去表示尊敬；

　　起居：本指饮食坐卧的状况，请安问好称为"问起居"。

[2] 慈色：如慈颜，多指对母亲的尊称。

[3] 使数：仆人。

[4] 大小：偏义复词，这里只取大的意思；

　　老大：就是很大。

[5] 丝鞭：递接丝鞭是彩楼招亲形式中的一个程序。

[6] 章台路：本为汉代长安街道名，后成为风流之地，繁华娱乐场所的代称。

[7] 君子断其初：君子在当初一旦做了决定，便不能改变。

[8] 娇姝：美女。

[9] 说来的无徒：说起这个无赖来。

[10] 迟和疾上木驴：早晚要挨千刀万剐。

张君瑞庆团圞

我谨躬身问起居，
夫人这慈色为谁怒？
　　我则见丫鬟使数都厮觑，
莫不我身边有甚事故？

（夫人云）是郑恒说来，绣球儿打著马了，做女婿也。你不信呵，唤红娘来问。(红上云)我巴不得见他。元来得官回来，惭愧，这是非对著也。(末背问云)红娘，小姐好么？(红云)为你别做了女婿，俺小姐依旧嫁了郑恒也。(末云)有这般跷蹊的事！

【庆东原】那里有粪堆上长出连枝树，淤泥中生出比目鱼，不明白展污了姻缘簿[1]？莺莺呵，你嫁个油炸猢狲的丈夫[2]；红娘呵，你伏侍个烟薰猫儿的姐夫[3]；张生呵，你撞著个水浸老鼠的姨夫[4]。这厮坏了风俗，伤了时务[5]。(红唱)

【乔木查】妾前来拜覆，省可里心头怒[6]。间别来安乐否？你那新夫人何处居？比俺姐姐是何如？

（末云）和你也葫芦题了也。小生为小姐受过的苦，诸人不知，瞒不得你。不甫能成亲，焉有是理？

【搅筝琶】小生若求了媳妇，则目下便身殂。怎肯忘得待月回廊，难撇下吹箫伴侣。受了些活地狱，下了些死工夫。不甫能得做妻夫，见将著夫人诰敕[7]，县君名称[8]，怎生待欢天喜地，两只手儿分付与[9]，你划地到把人赃诬[10]。

---

[1] "不明白"句：这不是明明白白地玷污了姻缘簿吗？

[2] 油炸猢狲：比喻轻狂。

[3] 烟薰猫儿：比喻面貌污秽不堪。

[4] 水浸老鼠：比喻鄙俗猥琐之状。

[5] 时务：重大世事。

[6] 省可里：省得，休要。

[7] 诰敕（chì）：官诰。敕：皇帝的诏书。

[8] 县君：古代妇人的封号。

[9] 分付：交给。

[10] 划（chǎn）地：平白无故地。

西厢记

（红对夫人云）我道张生不是这般人，则唤小姐出来自问他。（叫旦科）姐姐，快来问张生。我不信他直恁般薄情。叫见他呵，怒气冲天，实有缘故。（旦见末科）（末云）小姐间别无恙？（旦云）先生万福。

（红云）姐姐有的言语，和他说破。（旦长吁云）待说甚么的是！

【沉醉东风】不见时准备著千言万语，得相逢都变做短叹长吁。他急攘攘却才来，我羞答答怎生觑。将腹中愁恰待伸诉，及至相逢一句也无。则道个"先生万福"。

（旦云）张生，俺家何负足下？足下见弃妾身，去卫尚书家为婿，此理安在？（末云）谁说来？（旦云）郑恒在夫人行说来。（末云）小姐如何听这厮？张珙之心，惟天可表！

【落梅风】从离了蒲东路，来到京兆府，见个佳人世不曾回顾。硬揣个卫尚书家女孩儿为了眷属[1]，曾见他影儿的也教灭门绝户！

（末云）这一桩事都在红娘身上，我则将言语傍著他，看他说甚么。红娘，我问人来，说道你与小姐将简帖儿去唤郑恒来。（红云）痴人！我不合与你作成，你便看得我一般了。

【甜水令】君瑞先生，不索踌躇，何须忧虑。那厮本意糊突；俺家世清白，祖宗贤良，相国名誉。我怎肯他根前寄简传书？

【折桂令】那吃敲才怕不口里嚼蛆[2]，那厮待数黑论黄[3]，恶

---

[1] 揣：加给，强加。

[2] 吃敲才：骂人的话，如该死的东西。敲：是死刑的一种。

[3] 数黑论黄：说长道短，搬弄是非。

紫夺朱[1]。俺姐姐更做道软弱囊揣[2]，怎嫁那不值钱人样豭驹[3]。你个东君索与莺莺做主[4]，怎肯将嫩枝柯折与樵夫。那厮本意嚣虚[5]，将足下亏图[6]，有口难言，气夯破胸脯。

（红云）张生，你若端的不曾做女婿呵，我去夫人跟前一力保你。等那厮来，你和他两个对证。（红见夫人云）张生并不曾人家做女婿，都是郑恒谎，等他两个对证。（夫人云）既然他不曾呵，等郑恒那厮来对证了呵，再做说话[7]。（洁上云）谁想张生一举成名，得了河中府尹。老僧一径到夫人那里庆贺。这门亲事，几时成就？当初也有老僧来，老夫人没主张，便待要与郑恒。若与了他，今日张生来，却怎生？（洁见末叙寒温科）（对夫人云）夫人今日却知老僧的是，张生决不是那一等没行止的秀才。他如何敢忘了夫人？况兼杜将军是证见，如何悔得他这亲事？（旦云）张生此一事，必得杜将军来方可。

【雁儿落】他曾笑孙庞真下愚，若是论贾马非英物[8]，正授著征

---

[1] 恶紫夺朱：邪恶的紫夺去了红的位置，是以邪压正之意。

[2] 囊揣：软弱，不中用。

[3] 人样豭（jiā）驹：猪一样的人。

[4] "你个东君"句：只不过是说张生应当为莺莺做主，因为莺莺谐音黄莺鸟名，所以这样说；

　　东君：春神。

[5] 嚣虚：虚伪不真实。

[6] 亏图：设圈套使人吃亏，图谋陷害。

[7] 说话：此为处置的意思。

[8] "他曾笑"二句：意为杜确本领高强，武压孙庞，讥笑孙庞真是愚蠢的人；文欺贾马，若论贾马，也不是出类拔萃的人物；

　　孙：孙膑；

　　庞：庞涓，都是战国时有名的军事家；

　　贾：贾谊；

　　马：司马相如，都是汉代大辞赋家。

西厢记

西元帅府，兼领著陕右河中路[1]。

【得胜令】是咱前者护身符[2]，今日有权术[3]。来时节定把先生助，决将贼子诛[4]。他不识亲疏[5]，啜赚良人妇[6]。你不辨贤愚，无毒不丈夫[7]。

（夫人云）著小姐去卧房里去者。（旦下）（杜将军上云）下官离了蒲关，到普救寺，第一来庆贺兄弟咱；第二来就与兄弟成就了这亲事。（末对将军云）小弟托兄长虎威，得中一举。今者回来，本待做亲。有夫人的侄儿郑恒，来夫人行说道，你兄弟在卫尚书家作赘了。夫人怒欲悔亲，依旧要将莺莺与郑恒，焉有此理？道不得个"烈女不更二夫"[8]。（将军云）此事夫人差矣。君瑞也是礼部尚书之子，况兼又得一举。夫人世不招白衣秀士[9]，今日反欲罢亲，莫非理上不顺？（夫人云）当初夫主在时，曾许下这厮，不想遇此一难。亏张生请将军来，杀退贼众。老身不负前言，欲招他为婿。不想郑恒说道，他在卫尚书家做了女婿也，因此上我怒他，依旧许了郑恒。（将军云）他是贼心，可知道诽谤他。老夫人如何便信得他？（净上云）打扮得整整齐齐的，则等做女婿。今日好日头，牵羊担酒，过门走一遭。（末云）郑恒，你来怎么？（净云）苦也！闻知状元回，

---

[1] "兼领"句：即前面说到的提调河中府的事。

[2] 护身符：驱邪避祟的符咒。

[3] 权术：权谋机智。

[4] 决：必定。

[5] 不识亲疏：说郑恒不顾表亲不能结婚的禁忌。

[6] 良人妇：有正当职业的良家妇女。

[7] 无毒不丈夫：当时的习惯用语。

[8] 烈女不更二夫：即一女不嫁二夫。

[9] "世不招白衣秀士"，"世"原作"一"，根据毛西河本改。

特来贺喜。(将军云) 你这厮，怎么要诳骗良人的妻子，行不仁之事，我根前有甚么话说？我闻奏朝廷，诛此贼子。(末唱)

【落梅风】你硬撞入桃源路，不言个谁是主，被东君把你个蜜蜂儿拦住。不信呵去那绿杨影里听杜宇，一声声道"不如归去"[1]。

(将军云) 那厮若不去呵，祗候拿下[2]。(净云) 不必拿，小人自退亲事与张生罢。(夫人云) 相公息怒，赶出去便罢。(净云) 罢，罢！要这性命怎么，不如触树身死。妻子空争不到头，风流自古恋风流。三寸气在千般用，一日无常万事休[3]。(净倒科) (夫人云) 俺不曾逼死他，我是他亲姑娘，他又无父母，我做主葬了者。著唤莺莺出来，今日做个庆喜的茶饭，著他两口儿成合者。(旦红上，末旦拜科) (末唱)

【沽美酒】门迎著驷马车[4]，户列著八椒图[5]，四德三从宰相女，平生愿足，托赖著众亲故。

【太平令】若不是大恩人拔刀相助[6]，怎能勾好夫妻似水如鱼。得意也当时题柱，正酬了今生夫妇。自古、相女、配夫[7]，

---

[1] 不如归去：这里是借杜鹃的叫声，劝郑恒归去。

[2] 祗（zhī）候：宋时为武官名，后指杂役。

[3] "三寸气"二句：活着就什么事都可以办，一旦死了，就什么都完了。

[4] "门迎"句：称颂其对家人有恩，使其子孙发达。

[5] 户列著八椒图：门上刻着各种花纹。椒图：本为龙的九子之一，好闭口，用于门上的装饰。只有官署的门上才绘有椒图；八椒图：指门饰上的各种螺形花饰。

[6] 拔刀相助：遇见不平的事挺身相助。

[7] 自古相女配夫：从古以来就是根据女儿的条件来择配相称的丈夫。

西厢记

新状元花生满路[1]。(使臣上科)[2] (末唱)

【锦上花】四海无虞，皆称臣庶[3]；诸国来朝，万岁山呼[4]；行迈羲轩[5]，德过舜禹；圣策神机，仁文义武[6]。朝中宰相贤，天下庶民富；万里河清[7]，五谷成熟；户户安居，处处乐土[8]；凤凰来仪[9]，麒麟屡出[10]。

【清江引】谢当今盛明唐圣主[11]，敕赐为夫妇。永老无别离，万古常完聚，愿普天下有情的都成了眷属[12]。

【随尾】则因月底联诗句，成就了怨女旷夫。显得有志的状元能，无情的郑恒苦。(下)

　　　　题目　　　小琴童传捷报　　　崔莺莺寄汗衫

　　　　正名　　　郑伯常干舍命　　　张君瑞庆团圞

总目[13]

　　　张君瑞要做东床婿

---

[1] 花生满路：心满意足的意思。

[2] 使臣上科：使臣上来。科：舞台提词。

[3] "四海"二句：天下太平，都称臣民；

　　无虞：没有纷乱，没有二心。

[4] 万岁山呼：即山呼万岁。

[5] 行迈羲轩：德行超过了伏羲和轩辕。羲、轩：都是传说中的古代圣君。

[6] 仁文义武：是说文治武功都符合儒家的仁义原则。

[7] 河清：河，黄河。河清比喻太平盛世。

[8] 乐土：典出《诗经·魏风·硕鼠》，是仁政爱民的地方。

[9] 凤凰来仪：凤凰飞来而有容仪。

[10] 麒麟屡出：麒麟是祥瑞的动物，屡出自然是天下祥端，太平的象征。

[11] "谢当今"句：为当时赞颂的习语。

[12] 眷属：家眷亲属。

[13] "总目"及以下四句，原无。据王伯良本补。

法本师住持南赡地[1]

老夫人开宴北堂春[2]

崔莺莺待月西厢记

西厢记五剧第五本终

---

[1] 南赡：即南赡部洲。佛教认为须弥山四方咸海之中有四洲：东胜神洲、南赡部洲、西牛贺洲、北俱卢洲。南赡部洲在须弥山之南，中国即在此洲。

[2] 北堂：主母所居之处。

附录一

莺莺传

唐·元 稹

唐贞元中，有张生者，性温茂，美风容，内秉坚孤，非礼不可入。或朋从游宴，扰杂其间，他人皆汹汹拳拳，若将不及，张生容顺而已，终不能乱。以是年二十三，未尝近女色。知者诘之，谢而言曰："登徒子非好色者，是有凶行。余真好色者，而适不我值。何以言之？大凡物之尤者，未尝不留连于心，是知其非忘情者也。"诘者识之。无几何，张生游于蒲。蒲之东十馀里，有僧舍曰普救寺，张生寓焉。适有崔氏孀妇，将归长安，路出于蒲，亦止兹寺。崔氏妇，郑女也。张出于郑，绪其亲，乃异派之从母。是岁，浑瑊薨于蒲。有中人丁文雅，不善于军，军人因丧而扰，大掠蒲人。崔氏之家，财产甚厚，多奴仆。旅寓惶骇，不知所托。先是，张与蒲将之党有善，请吏护之，遂不及于难。十馀日，廉使杜确将天子命以总戎节，令于军，军由是戢。郑厚张之德甚，因饰撰以命张，中堂宴之。复谓张曰："姨之孤嫠未亡，提携幼稚，不幸属师徒大溃，实不保其身。弱子幼女，犹君之生。岂可比常恩哉！今俾以仁兄礼奉见，冀所以报恩也。"命其子，曰欢郎，可十馀岁，容甚温美。次命女："出拜尔兄，尔兄活尔。"久之，辞疾。郑怒曰："张兄保尔之命，不然，尔且掳矣。能复远嫌乎？"久之，乃至。常服睟容，不加新饰，垂鬟接黛，双脸销红而已。颜色艳异，光辉动人。张惊，为之礼。因坐郑旁，以郑之抑而见也，凝睇怨绝，若不胜其体者。问其年纪，郑曰："今天子甲子岁之七月，终于贞元庚辰，生年十七矣。"张生稍以词导之，不对，终席而罢。张自是惑之，愿致其情，无由得也。崔之婢曰红娘，生私为之礼者数四，乘间遂道其衷。婢果惊沮，腆然而奔。张生悔之。翼日，婢复至。张生乃羞而谢之，不复云所求矣。婢因谓张曰："郎之言，所不敢言，亦不敢泄。然而崔之姻族，君所详也。何不因其德而求娶焉？"张曰："余始自孩提，性不苟合。或时纨绮闲居，曾莫流盼。不为当年，终有所蔽。昨日一席间，几不自持。数日来，行忘止，食忘饱，恐不能逾旦暮，若因媒氏而娶，纳采问名，则三数月间，索我于枯鱼之肆矣。尔其谓我何？"婢曰："崔之贞慎自保，虽所尊不可以非语犯之。下人之谋，固难入矣。然而善属文，往往沉吟章句，怨慕者久之。君试为喻情诗以乱之。不然，则无由也。"张大喜，立缀《春词》二首以授之。是夕，红娘复至，持彩笺以授张，曰："崔所命也。"题其篇曰《明月三五夜》，其词曰："待月西厢下，迎风户半开。拂墙花影动，疑是玉人来。"张亦微谕其旨。是夕，岁二月旬有四日矣。崔之东有杏花一株，攀援可逾。既望之夕，张因梯其树而逾焉。达于西厢，则户半开矣。红娘寝于床，生因惊之。红娘骇曰："郎何以至？"张因绐之曰："崔氏之笺召我也。尔为我告之。"无几，红娘复来，连曰："至矣！至矣！"张生且喜且骇，必谓获济。及崔至，则端服严容，大数张曰："兄之恩，

西厢记

活我之家，厚矣，是以慈母以弱子幼女见托。奈何因不令之婢，致淫逸之词。始以护人之乱为义，而终掠乱以求之：是以乱易乱，其去几何？诚欲寝其词，则保人之奸，不义；明之于母，则背人之惠，不祥；将寄于婢仆，又惧不得发其真诚。是用托短章，愿自陈启。犹惧兄之见难，是用鄙靡之词，以求其必至。非礼之动，能不愧心？特愿以礼自持，无及于乱。"言毕，翻然而逝。张自失者久之，复逾而出，于是绝望。数夕，张生临轩独寝，忽有人觉之，惊骇而起，则红娘敛衾携枕而至，抚张曰："至矣！至矣！睡何为哉！"并枕重衾而去。张生拭目危坐久之，犹疑梦寐，然而修谨以俟。俄而红娘捧崔氏而至。至则娇羞融冶，力不能运支体，曩时端庄，不复同矣。是夕，旬有八日也。斜月晶莹，幽辉半床，张生飘飘然，且疑神仙之徒，不谓从人间至矣。有顷，寺钟鸣，天将晓，红娘促去。崔氏娇啼宛转，红娘又捧之而去，终夕无一言。张生辨色而兴，自疑曰："岂其梦邪？"及明，睹妆在臂，香在衣，泪光荧荧然，犹莹于茵席而已。是后又十馀日，杳不复知。张生赋《会真诗》三十韵，未毕，而红娘适至，因授之，以贻崔氏。自是复容之，朝隐而出，暮隐而入，同安于曩所谓西厢者，几一月矣。张生常诘郑氏之情，则曰："我不可奈何矣。"因欲就成之。无何，张生将之长安，先以情谕之，崔氏宛无难词，然而愁怨之容动人矣。将行之再夕，不复可见，而张生遂西下。数月，复游于蒲，会于崔氏者又累月。崔氏甚工刀札，善属文，求索再三，终不可见。往往张生自以文挑，亦不甚睹览。大略崔之出人者，艺必穷极，而貌若不知；言则敏辩，而寡于酬对；待张之意甚厚，然未尝以词继之。时愁艳幽邃，恒若不识；喜愠之容，亦罕形见。异时独夜操琴，愁弄凄恻，张窃听之。求之，则终不复鼓矣。以是愈惑之。张生俄以文调及期，又当西去。当去之夕，不复自言其情，愁叹于崔氏之侧。崔已阴知将诀矣，恭貌怡声，徐谓张曰："始乱之，终弃

《西厢五剧》插图，明天启间（公元1621—1627年）吴兴凌氏朱墨套印本

千万珍重，珍重千万！

玉环一枚，是儿婴年所弄，

寄充君子下体所佩。

玉取其坚润不渝，

环取其终始不绝。

兼乱丝一绚，

文竹茶碾子一枚。

此数物不足见珍。

意者欲君子如玉之真，

弊志如环不解。

之，固其宜矣，愚不敢恨。必也君乱之，君终之，君之惠也；则没身之誓，其有终矣，又何必深感于此行？然而君既不怿，无以奉宁。君常谓我善鼓琴，向时羞颜，所不能及；今且往矣，既君此诚。"因命拂琴，鼓《霓裳羽衣》序，不数声，哀音怨乱，不复知其是曲也。左右皆歙歙，崔亦遽止之，投琴，泣下流连，趋归郑所，遂不复至。明旦而张行。明年，文战不胜，张遂止于京。因赠书于崔，以广其意。崔氏缄报之词，粗载于此。曰："捧览来问，抚爱过深，儿女之情，悲喜交集。兼惠花胜一合，口脂五寸，致耀首膏唇之饰。虽荷殊恩，谁复为容？睹物增怀，但积悲叹耳。伏承使于京中就业，进修之道，固在便安。但恨僻陋之人，永以遐弃，命也如此，知复何言！自去秋已来，常忽忽如有所失，于喧哗之下，或勉为语笑，闲宵自处，无不泪零。乃至梦寐之间，亦多感咽，离忧之思，绸缪缱绻，暂若寻常，幽会未终，惊魂已断。虽半衾如暖，而思之甚遥。一昨拜辞，倏逾旧岁。长安行乐之地，触绪牵情，何幸不忘幽微，眷念无歝。鄙薄之志，无以奉酬。至于终始之盟，则固不忒。鄙昔中表相因，或同宴处。婢仆见诱，遂致私诚。儿女之心，不能自固。君子有援琴之挑，鄙人无投梭之拒。及荐寝席，义盛意深，愚陋之情，永谓终托。岂期既见君子，而不能定情，致有自献之羞，不复明侍巾帻。没身永恨，含叹何言！倘仁人用心，俯遂幽眇，虽死之日，犹生之年。如或达士略情，舍小从大，以先配为丑行，以要盟为可欺。则当骨化形销，丹诚不泯，因风委露，犹托清尘。存没之诚，言尽于此。临纸呜咽，情不能申。千万珍重，珍重千万！玉环一枚，是儿婴年所弄，寄充君子下体所佩。玉取其坚润不渝，环取其终始不绝。兼乱丝一绚，文竹茶碾子一枚。此数物不足见珍。意者欲君子如玉之真，弊志如环不解。泪痕在竹，愁绪萦丝。因物达情，永以为好耳。心迩身遐，拜会无期。幽愤所锺，千里神合。千万珍重！春风多厉，强饭为嘉。

西厢记

慎言自保，无以鄙为深念。"张生发　其书于所知，由是时人多闻之。

所善杨巨源好属词，因为赋《崔娘诗》一绝云："清润潘郎玉不如，中庭蕙草雪销初。风流才子多春思，肠断萧娘一纸书。"河南元稹亦续生《会真诗》三十韵，诗曰："微月透帘栊，萤光度碧空。遥天初缥缈，低树渐葱茏。龙吹过庭竹，鸾歌拂井桐。罗绡垂薄雾，环珮响轻风。绛节随金母，云心捧玉童。更深人悄悄，晨会雨濛濛。珠莹光文履，花明隐绣龙。瑶钗行彩凤，罗帔掩丹虹。言自瑶华浦，将朝碧玉宫。因游洛城北，偶向宋家东。戏调初微拒，柔情已暗通。低鬟蝉影动，回步玉尘蒙。转面流花雪，登床抱绮丛。鸳鸯交颈舞，翡翠合欢笼。眉黛羞偏聚，唇朱暖更融。气清兰蕊馥，肤润玉肌丰。无力慵移腕，多娇爱敛躬。汗流珠点点，发乱绿葱葱。方喜千年会，俄闻五夜穷。留连时有恨，缱绻意难终。慢脸含愁态，芳词誓素衷。赠环明运合，留结表心同。啼粉流宵镜，残灯远暗虫。华光犹苒苒，旭日渐曈曈。乘鹜还归洛，吹箫亦上嵩。衣香犹染麝，枕腻尚残红。幂幂临塘草，飘飘思渚蓬。素琴鸣怨鹤，清汉望归鸿。海阔诚难渡，天高不易冲。行云无处所，萧史在楼中。"张之友闻之者，莫不耸异之，然而张志亦绝矣。稹特与张厚，因征其词。张曰："大凡天之所命尤物也，不妖其身，必妖于人。使崔氏子遇合富贵，乘宠娇，不为云为雨，则为蛟为螭，吾不知其变化矣。昔殷之辛，周之幽，据百万之国，其势甚厚。然而一女子败之。溃其众，屠其身，至今为天下僇笑。予之德不足以胜妖孽，是用忍情。"于时坐者皆为深叹。后岁馀，崔已委身于人，张亦有所娶。适经所居，乃因其夫言于崔，求以外兄见。夫语之，而崔终不为出。张怨念之诚，动于颜色，崔知之，潜赋一章，词曰："自从消瘦减容光，万转千回懒下床。不为旁人羞不起，为郎憔悴却羞郎。"竟不之见。后数日，张生将行，又赋一章以谢绝云："弃置今何道，当时且自亲。还将旧时意，怜取眼前人。"自是，绝不复知矣。时人多许张为善补过者。予尝于朋会之中，往往及此意者，夫使知者不为，为之者不惑。贞元岁九月，执事李公垂宿于予靖安里第，语及于是，公垂卓然称异，遂为《莺莺歌》以传之。崔氏小名莺莺，公垂以命篇。

（据《太平广记》卷四八八校录）

附录二

商调蝶恋花鼓子词

宋·赵令畤

夫传奇者，唐元微之所述也。以不载于本集而出于小说，或疑其非是。今观其词，自非大手笔孰能与于此。至今士大夫极谈幽玄，访奇述异，无不举此以为美话。至于娼优女子，皆能调说大略。惜乎不被之以音律，故不能播之声乐，形之管弦。好事君子极饮肆欢之际，愿欲一听其说，或举其末而忘其本，或纪其略而不及终其篇，此吾曹之所共恨者也。今于暇日，详观其文，略其烦亵，分之为十章。每章之下，属之以词。或全摭其文，或止取其意。又别为一曲，载之传前，先叙前篇之义。调曰商调，曲名蝶恋花。句句言情，篇篇见意。奉劳歌伴，先定格调，后听芜词。

丽质仙娥生月殿，谪向人间，未免凡情乱。宋玉墙东流美盼，乱花深处曾相见。　　密意浓欢方有便，不奈浮名，旋遣轻分散。最恨多才情太浅，等闲不念离人怨。

传曰："余所善张君，性温茂，美丰仪，寓于蒲之普救寺。适有崔氏
孀妇，将归长安，路出于蒲，亦止兹寺。崔氏妇，郑女也。张出于
郑，绪其亲，乃异派之从母。是岁，丁文雅不善于军，军人因丧而
扰，大掠蒲人。崔氏之家，财产甚厚，多奴仆。旅寓惶骇，不知所
措。先是，张与蒲将之党有善，请吏护之，遂不及于难。郑厚张之
德甚，因饰馔以命张，中堂宴之。复谓张曰：'姨之孤嫠未亡，提携
幼稚，不幸属师徒大溃，实不保其身。弱子幼女，犹君之所生也，
岂可比常恩哉！今俾以仁兄之礼奉见，冀所以报恩也。'乃命其子
曰欢郎，可十馀岁，容甚温美。次命女曰莺莺：'出拜尔兄，尔兄活
尔。'久之，辞疾。郑怒曰：'张兄保尔之命。不然，尔且虏矣，能复
远嫌乎？'又久之，乃至。常服睟容，不加新饰。垂鬟浅黛，双脸断
红而已。颜色艳异，光辉动人。张惊，为之礼。因坐郑旁，凝睇怨
绝，若不胜其体。张问其年几。郑曰：'十七岁矣。'张生稍以词导
之，不对，终席而罢。"奉劳歌伴，再和前声。

锦额重帘深几许，绣履弯弯，未省离朱户。强出娇羞都不
语，绛绡频掩酥胸素。　　黛浅愁红妆淡伫，怨绝情凝，不
肯聊回顾。媚脸未匀新泪污，梅英犹带春朝露。

"张生自是惑之，愿致其情，无由得也。崔之婢曰红娘，生私为之
礼者数四，乘间遂道其衷。翌日，复至，曰：'郎之言，所不敢言，
亦不敢泄。然而崔之族姻，君所详也，何不因其媒而求娶焉？'张
曰：'予始自孩提时，性不苟合。昨日一席间，几不自持。数日来，
行忘止，食忘饭，恐不能逾旦暮。若因媒氏而娶，纳采问名，则三
数月间，索我于枯鱼之肆矣。'婢曰：'崔之贞顺自保，虽所尊不可
以非语犯之。然而善属文，往往沉吟章句，怨慕者久之。君试为喻

199

情诗以乱之。不然，无由得也。'张大喜，立缀《春词》二首以授
之。"奉劳歌伴，再和前声。

懊恼娇痴情未惯，不道看看，役得人肠断。万语千言都不
管，兰房跬步如天远。　　废寝忘餐思想遍，赖有青鸾，不
必凭鱼雁。密写香笺论缱绻，春词一纸芳心乱。

"是夕，红娘复至，持彩笺以授张曰：'崔所命也。'题其篇云：《明
月三五夜》。其词曰：'待月西厢下，迎风户半开。拂墙花影动，疑
是玉人来。'"奉劳歌伴，再和前声。

庭院黄昏春雨霁，一缕深心，百种成牵系。青翼蓦然来报
喜，鱼笺微喻相容意。　　待月西厢人不寐，帘影摇光，朱
户犹慵闭。花动拂墙红萼坠，分明疑是情人至。

"张亦微谕其旨。是夕，岁二月旬又四日矣。崔之东墙有杏花一
树，攀援可逾。既望之夕，张因梯树而逾焉。达于西厢，则户半开
矣。无几，红娘复来，连曰：'至矣，至矣。'张生且喜且骇，谓必
获济。及女至，则端服俨容，大数张曰：'兄之恩，活我家厚矣，
由是慈母以弱子幼女见依。奈何因不令之婢，致淫泆之词。始以护
人之乱为义，而终掠乱而求之，是以乱易乱，其去几何？诚欲寝
其词，则保人之奸不义；明之母，则背人之惠不祥；将寄于婢妾，
又恐不得发其真诚。是用托于短章，愿自陈启。犹惧兄之见难，是
用鄙靡之词以求其必至。非礼之动，能不愧心？特愿以礼自持，毋
及于乱。'言毕，翻然而逝。张自失者久之，复逾而出，由是绝望
矣。"奉劳歌伴，再和前声。

屈指幽期惟恐误，恰到春宵，明月当三五。红影压墙花密
处，花阴便是桃源路。　　不谓兰诚金石固，敛袂怡声，恁
把多才数。惆怅空回谁共语，只应化作朝云去。

《北西厢记》插图，明万历四十四年（公元1616年）何壁校刊本

数夕孤眠如度岁，
　　将谓今生，会合终无计。
正是断肠凝望际，
　　云心捧得嫦娥至。
玉困花柔羞拭泪，
　　端丽妖娆，不与前时比。
人去月斜疑梦寐，
　　衣香犹在妆留臂。

"后数夕，张君临轩独寝，忽有人惊之。惊欸而起，则红娘敛衾携枕而至。抚张曰：'至矣，至矣，睡何为哉？'并枕重衾而去。张生拭目危坐久之，犹疑梦寐。俄而红娘捧崔而至，则娇羞融冶，力不能运支体。曩时之端庄，不复同矣。是夕，旬有八日，斜月晶莹，幽辉半床。张生飘飘然，且疑神仙之徒，不谓从人间至也。有顷，寺钟鸣晓，红娘促去。崔氏娇啼宛转，红娘又捧而去。终夕无一言。张生辨色而兴，自疑曰：'岂其梦耶？'所可明者，妆在臂，香在衣，泪光荧荧然，犹莹于茵席而已。"奉劳歌伴，再和前声。

数夕孤眠如度岁，将谓今生，会合终无计。正是断肠凝望际，云心捧得嫦娥至。　　玉困花柔羞拭泪，端丽妖娆，不与前时比。人去月斜疑梦寐，衣香犹在妆留臂。

"是后又十数日，杳不复知。张生赋《会真诗》三十韵，未毕，红娘适至，因授之以贻崔氏。自是复容之，朝隐而出，暮隐而入，同安于曩所谓西厢者，几一月矣。张生将之长安，先以情谕之。崔氏宛无难词，然愁怨之容动人矣。欲行之再夕，不复可见，而张生遂西。"奉劳歌伴，再和前声。

一梦行云还暂阻，尽把深诚，缀作新诗句。幸有青鸾堪密付，良宵从此无虚度。　　两意相欢朝又暮，争奈郎鞭，暂指长安路。最是动人愁怨处，离情盈抱终无语。

"不数月，张生复游于蒲，舍于崔氏者又累月。张雅知崔氏善属文，求索再三，终不可见。虽待张之意甚厚，然未尝以词继之。异时，独夜操琴，愁弄凄恻。张窃听之，求之，则不复鼓矣。以是愈惑之。张生俄以文调及期，又当西去。当去之夕，崔恭貌怡声，徐谓张曰：'始乱之，今弃之，固其宜矣，愚不敢恨。必也君始之，君终之，君之惠也。则没身之誓，其有终矣，又何必深憾于此行？

然而君既不怿，无以奉宁。君尝谓我善鼓琴，今且往矣，既达君此诚。'因命拂琴，鼓《霓裳羽衣》序，不数声，哀音怨乱，不复知其是曲也。左右皆欷歔，张亦遽止之。崔投琴拥面，泣下流涟，趣归郑所，遂不复至。"奉劳歌伴，再和前声。

碧沼鸳鸯交颈舞，正恁双栖，又遣分飞去。洒翰赠言终不许，援琴请尽奴衷素。　　曲未成声先怨慕，忍泪凝情，强作霓裳序。弹到离愁凄咽处，弦肠俱断梨花雨。

"诘旦，张生遂行。明年，文战不利，遂止于京。因贻书于崔，以广其意。崔氏缄报之词，粗载于此，曰：'捧览来问，抚爱过深，儿女之情，悲喜交集。兼惠花胜一合，口脂五寸，致耀首膏唇之饰。虽荷多惠，谁复为容？睹物增怀，但积悲叹耳。伏承便于京中就业，于进修之道，固在便安。但恨鄙陋之人，永以遐弃，命也如此，知复何言！自去秋以来，尝忽忽如有所失。于喧哗之下，或勉为笑语，闲宵自处，无不泪零。乃梦寐之间，亦多叙感咽离忧之思。绸缪缱绻，暂若寻常，幽会未终，惊魂已断。虽半衾如暖，而思之甚遥。一昨拜辞，倏逾旧岁。长安行乐之地，触绪牵情。何幸不忘幽微，眷念无斁。鄙薄之志，无以奉酬。至于终始之盟，则固不忒。鄙昔中表相因，或同宴处；婢仆见诱，遂致私诚。儿女之情，不能自固。君子有援琴之挑，鄙人无投梭之拒。及荐枕席，义盛恩深，愚幼之情，永谓终托。岂期既见君子，不能以礼定情，致有自献之羞，不复明侍巾栉。没身永恨，含叹何言！倘若仁人用心，俯遂幽劣，虽死之日，犹生之年。如或达士略情，舍小从大，以先配为丑行，谓要盟之可欺，则当骨化形销，丹忱不泯；因风委露，犹托清尘。存殁之诚，言尽于此。临纸呜咽，情不能申，千万珍重。'"奉劳歌伴，再和前声。

别后相思心目乱，不谓芳音，忽寄南来雁。却写花笺和泪卷，细书方寸教伊看。　　　独寐良宵无计遣，梦里依稀，暂若寻常见。幽会未终魂已断，半衾如暖人犹远。

> "'玉环一枚，是儿婴年所弄，寄充君子下体之佩。玉取其坚洁不渝，环取其终始不绝。兼致彩丝一绚，文竹茶合碾子一枚。此数物不足见珍，意者欲君子如玉之洁，鄙志如环不解。泪痕在竹，愁绪萦丝。因物达诚，永以为好耳。心迩身遐，拜会无期。幽愤所钟，千里神合。千万珍重。春风多厉，强饭为佳。慎言自保，毋以鄙为深念也。'"奉劳歌伴，再和前声。

尺素重重封锦字，未尽幽闺，别后心中事。佩玉彩丝文竹器，愿君一见知深意。　　　环玉长圆丝万系，竹上斓斑，总是相思泪。物会见郎人永弃，心驰魂去神千里。

> "张之友闻之，莫不耸异。而张之志固绝之矣。岁馀，崔已委身于人，张亦有所娶。适经其所居，乃因其夫言于崔，以外兄见。夫已诺之，而崔终不为出。张怨念之诚，动于颜色。崔知之，潜赋一诗寄张曰：'自从消瘦减容光，万转千回懒下床。不为旁人羞不起，为郎憔悴却羞郎。'竟不之见。后数日，张君将行，崔又赋一诗以谢绝之。词曰：'弃置今何道，当时且自亲。还将旧来意，怜取眼前人。'"奉劳歌伴，再和前声。

梦觉高唐云雨散，十二巫峰，隔断相思眼。不为旁人移步懒，为郎憔悴羞郎见。　　　青翼不来孤凤怨，路失桃源，再会终无便。旧恨新愁无计遣，情深何似情俱浅。

> 逍遥子曰：乐天谓微之能道人意中语。仆于是益知乐天之言为当也。何者？夫崔之才华婉美，词彩艳丽，则于所载缄书诗章尽之矣。如其都愉淫冶之态，则不可得而见。及观其文，飘飘然仿佛出

西廂記

于人目前。虽丹青摹写其形状，未知能如是工且至否？仆尝采摭其意，撰成鼓子词十一章，示余友何东白先生。先生曰："文则美矣，意犹有不尽者，胡不复为一章于其后，具道张之于崔，既不能以理定其情，又不能合之于义。始相遇也，如是之笃；终相失也，如是之遽。必及于此，则完矣。"余应之曰："先生真为文者也，言必欲有终始箴戒而后已。"大抵鄙靡之词，止歌其事之可歌，不必如是之备。若夫聚散离合，亦人之常情，古今所共惜也。又况崔之始相得而终至相失，岂得已哉！如崔已他适，而张诡计以求见；崔知张之意，而潜赋诗以谢之，其情盖有未能忘者矣。乐天曰："天长地久有时尽，此恨绵绵无尽期。"岂独在彼者耶？予因命此意，复成一曲，缀于传末云。

镜破人离何处问，路隔银河，岁会知犹近。只道新来消瘦损，玉容不见空传信。　　弃掷前欢俱未忍，岂料盟言，陡顿无凭准。地久天长终有尽，绵绵不似无穷恨。

（据《侯鲭录》卷五校录）

附录三

董解元西厢记

金·董解元

卷 一

【仙吕调】【醉落魄缠令】 (引辞) 吾皇德化，喜遇太平多暇，干戈倒载闲兵甲。这世为人，白甚不欢洽？ 秦楼谢馆鸳鸯幄，风流稍是有声价，教惺惺浪儿每都伏咱。不曾胡来，俏倬是生涯。

【整乾坤】携一壶儿酒，戴一枝儿花，醉时歌，狂时舞，醒时罢，每日价疏散不曾著家。放二四不拘束，尽人团剥。

【风吹荷叶】打拍不知个高下，谁曾惯对人唱他说他？好弱

西厢记

高低且按捺。话儿不是扑刀捍棒，长枪大马。

【尾】曲儿甜，腔儿雅，裁剪就雪月风花，唱一本儿倚翠偷期话。

【般涉调】【哨遍】（断送引辞）太皞司春，春工著意，和气生旸谷。十里芳菲，尽东风丝丝柳搓金缕。渐次第，桃红杏浅，水绿山青，春涨生烟渚。九十日光阴能几？早鸣鸠呼妇，乳燕携雏。乱红满地任风吹，飞絮蒙空有谁主？春色三分，半入池塘，半随尘土。　　满地榆钱，算来难买春光住。初夏永，薰风池馆，有藤床、冰簟、纱幮。日转午，脱巾散发，沉李浮瓜，宝扇摇纨素。著甚消磨永日？有扫愁竹叶，侍寝青奴。霎时微雨送新凉，些少金风退残暑。韶华早暗中归去。

【耍孩儿】萧萧败叶辞芳树，切切寒蝉会絮。淅零零疏雨滴梧桐，听哑哑雁归南浦。澄澄水印千江月，淅淅风筛一岸蒲。穷秋尽，千林如削，万木皆枯。　　朔风飘雪江天暮，似水墨工夫画图。浩然何处冻骑驴？多应在霸陵西路。寒侵安道读书舍，冷浸文君沽酒垆。黄昏后，风清月淡，竹瘦梅疏。

【太平赚】四季相续，光阴暗把流年度。休慕古，人生百岁如朝露。莫区区，莫区区，好天良夜且追游，清风明月休辜负。但落魄，一笑人间今古，圣朝难遇。　　俺平生情性好疏狂，疏狂的情性难拘束。一回家想么，诗魔多爱选多情曲。比前贤乐府不中听，在诸宫调里却著数。一个个，旖旎风流济楚，不比其馀。

【柘枝令】也不是崔韬逢雌虎，也不是郑子遇妖狐，也不是

208

井底引银瓶，也不是双女夺夫。　　　也不是离魂倩女，也不是谒浆崔护，也不是双渐豫章城，也不是柳毅传书。

【墙头花】这些儿古迹，见在河中府，即目仍存旧寺宇。这书生是西洛名儒，这佳丽是博陵幼女。　　　而今想得，冷落了迎风户，唯有旧题句。空存著待月回廊，不见了吹箫伴侣。　　　聪明的试相度，惺惺的试窨付。不同热闹话，冷淡清虚最难做。三停来是闺怨相思，折半来是尤云殢雨。

【尾】穷缀作，腌对付，怕曲儿捻到风流处，教普天下颠不剌的浪儿每许。

　　此本话说，唐时这个书生，姓张名珙，字君瑞，西洛人也。从父宦游于长安，因而家焉。父拜礼部尚书，薨。五七载间，家业零替，缘尚书生前守官清廉，无他蓄积之所致也。珙有大志，二十三不娶。

【仙吕调】【赏花时】西洛张生多俊雅，不在古人之下。苦爱诗书，素闲琴画；德行文章没包弹，绰有赋名诗价。选甚嘲风咏月，擘阮分茶。　　　平日春闱较才艺，策名屡获科甲。家业凋零，倦客京华。收拾琴书访先觉，区区四海游学，一年多半，身在天涯。

【尾】爱寂寥，耽潇洒，身到处他便为家，似当年未遇的狂司马。

　　贞元十七年二月中旬间，生至蒲州，乃今之河中府是也。有诗为证。诗曰："涛涛金汁出天涯，滚滚银波通海洼。九曲湾瀳冲孟邑，三门汹涌返中华。瞿塘激滟人虚说，夏口喧轰旅谩夸。傍有江湖竞相接，上连霄汉泛浮槎。"这八句诗，题著黄河。黄河那里最雄？无过河中府。

西厢记

【仙吕调】【赏花时】芳草茸茸去路遥，八百里地秦川春色早，花木秀芳郊。蒲州近也，景物尽堪描。　　西有黄河东华岳，乳口敌楼没与高，仿佛来到云霄。黄流滚滚，时复起风涛。

【尾】东风两岸绿杨摇，马头西接著长安道。正是黄河津要，用寸金竹索，缆著浮桥。

　　入得蒲州，见景物繁盛，君瑞甚喜，寻旅舍安止。

【仙吕调】【醉落魄】通冲四达，景物最堪图画。茏葱瑞云迷鸳瓦，接屋连薨，五七万人家。　　六街三市通车马，风流人物类京华。张生未及游州学，策马携仆，寻得个店儿下。

　　有宋玉十分美貌，怀子建七步才能，如潘岳掷果之容，似封骘心刚独正。时间尚在白衣，目下风云未遂。张生寻得一座清幽店舍下了。住经数日，心中似有闷倦。

【黄钟调】【侍香金童】清河君瑞，邸店权时住，又没个亲知为伴侣，欲待散心没处去。正疑惑之际，二哥推户。　　张生急问，道："都知听说：不问贤家别事故，闻说贵州天下没，有甚希奇景物？你须知处。"

【尾】二哥不合尽说与，开口道不够十句，把张君瑞送得来腌受苦。

　　被几句杂说闲言，送一段风流烦恼。道甚的来？道甚的来？道："蒲州东十馀里，有寺曰普救。自则天崇浮屠教，出内府财敕建，僧蓝无丽于此。请先生一观。"

【高平调】【木兰花】店都知，说一和，道"国家修造了数载馀过，其间盖造的非小可。想天宫上光景，赛他不过。
说谎后，小人图甚么？普天之下，更没两座。"张生当时听说破，道："譬如闲走，与你看去则个。"

生出蒲州，随喜普救寺。离城十馀里，须臾早到。

【仙吕调】【醉落魄】绿杨影里，君瑞正行之次，仆人顺手
直东指，道："兀底一座山门！"君瑞定睛视。　　见琉璃碧瓦
浮金紫，若非普救怎如此？张生心下犹疑贰，道"普天之下
行来，不曾见这区寺。"

【尾】到根前，方知是，觑牌额分明是敕赐。写著簸箕来大六
个浑金字。

> 祥云笼经阁，瑞霭罩钟楼。三身殿，琉璃吻，高接青虚；舍利塔，
> 金相轮，直侵碧汉。出墙有千竿君子竹，绕寺长百株大夫松。绿杨
> 映一所山门，上明书金字牌额，簸箕来大，颜柳真书，写"敕赐普
> 救之寺"。秀才看了寺外景，早喜。入寺来谒，知客令一行童引随
> 喜，陡然顿豁尘俗之性。

【商调】【玉抱肚】普天下佛寺，无过普救，有三檐经阁，
七层宝塔，百尺钟楼。正堂里幡盖悬在画栋，回廊下帘幕金
钩。一片地是琉璃瓦，瑞烟浮，千梁万斗。宝阶数尺是琉璃
甃，重檐相对，一谜地是宝妆就。　　佛前的供床金间玉，
香烟袅袅喷瑞兽。中心的悬壁，周回的画像，是吴生亲手。
金刚揭帝骨相雄，善神菩萨相移走。张生觑了，失声的道：
"果然好！"频频地稽首。欲待问是何年建，见梁文上明写著
"垂拱二年修"。

【尾】都知说得果无谬，若非今日随喜后，著丹青画出来不
信道有。

> 此寺盖造真是富贵：捣椒泥红壁，雕花间玉梁；沉檀金四柱，玟瑁
> 压阶矼。松桧交加，花竹间列。观此异景奢华，果为人间天上。若

西厢记

非国力，怎生盖得！

【双调】【文如锦】景清幽，看罢绝尽尘俗意。普救光阴，出尘离世。明晃晃，辉金碧，修完济楚，栽接奇异。有长松矮柏，名葩异卉。时潺潺流水，凑著千竿翠竹，几块湖石。瑞烟微，浮屠千丈，高接云霄。　　行者道："先生本待观景致，把似这里闲行，随喜塔位。"转过回廊，见个竹帘儿挂起。到经藏北，法堂西，厨房南面，钟楼东里。向松亭那畔，花溪这壁，粉墙掩映，几间寮舍，半亚朱扉。正惊疑，张生觑了，魂不逐体。

【尾】瞥然一见如风的，有甚心情更待随喜，立挣了浑身森地。

　　当时张生却是见甚的来？见甚的来？与那五百年前疾憎的冤家，正打个照面儿！一天烦恼，当初指引为都知；满腹离愁，到此发迷因行者。一场旖旎风流事，今日相逢在此中。

【仙吕调】【点绛唇缠】楼阁参差，瑞云缥缈香风暖。法堂前殿，数处都行遍。　　花木阴阴，偶过垂杨院。香风散，半开朱户，瞥见如花面。

【风吹荷叶】生得于中堪羡，露著庞儿一半，宫样眉儿山势远。十分可喜，二停似菩萨，多半是神仙。

【醉奚婆】尽人顾盼，手把花枝捻。琼酥皓腕，微露黄金钏。

【尾】这一双，鹘鸰眼，须看了可憎底千万，兀底般媚脸儿不曾见。

　　手捻粉香春睡足，倚门立地怨东风。髻绾双鬟，钗簪金凤；眉弯远山不翠，眼横秋水无光；体若凝酥，腰如弱柳；指犹春笋纤长，脚似金莲稳小。正传道："张生二十三岁，未尝近于女色。"其心虽正，见此女子，颇动其情。

【中吕调】【香风合缠令】转过荼蘼，正相逢著，宿世那冤家。一时间见了他，十分地慕想他。不道措大连心要退身，却把个门儿亚。唤别人不见咿，不见咿！　朱樱一点衬腮霞，斜分著个庞儿鬓似鸦。那多情媚脸儿，那鹘鸰渌老儿，难道不清雅？见人不住偷睛抹，被你风魔了人也嗓，风魔了人也嗓！

【墙头花】也没首饰铅华，自然没包弹，淡净的衣服儿扮得如法。天生更一段儿红白，便周昉的丹青怎画？　手托著腮儿，见人羞又怕。觑举止行处，管未出嫁。不知他姓甚名谁，怎得个人来问咱？　不曾旧相识，不曾共说话。何须更买卦，已见十分掉不下。兀的般标格精神，管相思人去也妈妈！

【尾】你道是可憎么？被你直羞落庭前无数花。

门前纵有闲桃李，羞对桃源洞里人。佳人见生，羞婉而入。

【大石调】【伊州衮】张生见了，五魂俏无主，道："不曾见恁好女，普天之下，更选两个应无！"胆狂心醉，使作得不顾危亡，便胡做。一向痴迷，不道其间是谁住处！　忒昏沉，忒粗鲁，没掂三，没思虑，可来慕古。少年做事，大抵多失心粗。手撩衣袂，大踏步走至根前，欲推户。脑背后个人来，你试寻思怎照顾？

【尾】凛凛地身材七尺五，一双手把秀才捽住，吃搭搭地拖将柳阴里去。

真所谓："贪趁眼前人，不防身后患。"捽住张生的，是谁？是谁？

乃寺僧法聪也。生惊问其故。僧曰："此处公不可往，请诣他所。"生曰："本来随喜，何往不可？"僧曰："故相崔夫人宅眷，权寓于此。"

【仙吕调】【惜黄花】张生心乱，法聪频劝："这里面狼藉，又无看玩。不是厮遮拦，解元听分辩：这一位也非是佛殿。

旧来是僧院，新来做了客馆。崔相国家属，见寄居里面。"君瑞道："莫胡来，便死也须索看！这里管塑盖得希罕。

【尾】"莫推辞，休解劝，你道是有人家宅眷，我甚恰才见水月观音现？"

僧笑曰："子言谬矣。何观音之有？此乃崔相幼女也。"生曰："家有闺女，容艳非常，何不居驿而寄居寺中？"应曰："夫人，郑相女也。闺门有法，至于童仆侍婢，各有所役。间有呼召，得至帘下者，亦不敢侧目。家道肃然。恶传舍冗杂，故寓此寺。"生曰："几日见归？"僧曰："近日将作水陆大会，及今岁有忌而不得葬，权置相公柩于客亭，率幼女孤子，严祭祀之礼。待来岁通，方诣都营葬。今于此守服看灵而已。"怎见得当时有如此事来？有唐李绅公垂作《莺莺本传歌》为证。歌曰："伯劳飞迟燕飞疾，垂杨绽金花笑日。绿窗娇女字莺莺，金雀鸦鬟年十七。黄姑上天阿母在，寂寞霜姿素莲质。门掩重关萧寺中，芳草花时不曾出。"

【大石调】【蓦山溪】法聪频劝，道："先辈休胡想。一一话行藏，不是贫僧说谎。适来佳丽，是崔相国女孩儿，十六七，小字唤莺莺，白甚观音像？"张生闻语转转心劳攘。使作得似风魔，说了依前又问当，颠来倒去，全不害心烦。贪说话，到日斋时，听珰珰钟响。

语话之间，行者至，请生会饭。生不免从行者参堂头和尚至德大师法本。法本见生服儒服，骨秀过群，离禅榻以释礼敬待。

【仙吕调】【恋香衾】法本慌忙离禅榻，连披法锦袈裟。君瑞敬身，大师忙答，各序尊卑对榻坐，须臾饮食如法。一般般滋味，肉食难压。　　君瑞虽然腹中馁，奈胸中郁闷如麻，待强吃些儿，咽他不下。饭罢须臾却卓儿，急令行者添茶。银瓶汤注，雪浪浮花。

【尾】纸窗儿明，僧房儿雅，一碗松风啜罢，两个倾心地便说知心话。

> 气合道和，如宿昔交。法本请其从来，生对以："儒学进身，将赴诏选，游学连郡，访诸先觉。偶至贵寺，喜贵寺清净，愿假一室，温阅旧书。"

【般涉调】【夜游宫】君瑞从头尽诉："小生是西洛贫儒，四海游学历州府，至蒲州，因而到梵宇。　　一到绝了尘虑，欲假一室看书，每月房钱并纳与，问吾师，心下许不许？"

> 生曰："月终聊备钱二千，充房宿之资。未知吾师允否？"

【大石调】【吴音子】张生因僧好见许，以他辞说，道："比及归去，暂时权住两三月，欲把从前诗书温阅。"若不与后，而今没这本话说。

> 法本曰："空门何计此利？寮舍稍多，但随堂一斋一粥，欲得三个月道话，何必留房缗，俗之甚也。"

【吴音子后】大师曰："先生错，咱儒释何分别？若言著钱物，自家斋舍却难借。况敝寺其间，多有寮舍，容一儒生又何碍也？"

> 生曰："和尚虽然有此心，奈容朝夕则可矣；岁寒过有搔扰，愚意不留房缗，更不敢议。有白金五十星，聊充讲下一茶之费。"本不受，生坚纳而起；本邀之，竟去。由是，僧徒知生疏于财而重于义，过

215

善之。乃呼知事僧引于塔位一舍后，有一轩，清肃可爱，生令仆取行装而至。

【中吕调】【碧牡丹】小斋闲闭户，没一个外人知处。一间儿半，擗掠得几般来清楚。一到其间，绝去尘俗虑。纸窗儿明，湘簟儿细，竹帘儿疏。　　晚来过雨，有多少燕喧莺语。太湖石畔，有两三竿儿修竹。好寄闲身，眼底无俗物。有几扇儿纸屏风，有几轴儿水墨画，有一枚儿瓦香炉。

【尾】其馀有与谁为伴侣？有吟砚紫毫笺数幅，壁上瑶琴几上书。

> 闲寻丈室高僧语，闷对西厢皓月吟。是夜月色如昼，生至莺庭侧近，口占二十字小诗一绝，其诗曰："月色溶溶夜，花阴寂寂春。如何临皓魄，不见月中人？"诗罢，绕庭徐步。

【中吕调】【鹊打兔】对碧天晴，清夜月，如悬镜。张生徐步，渐至莺庭。僧院悄，回廊静；花阴乱，东风冷。对景伤怀，微吟步月，陶写深情。诗罢踌躇，不胜情，添悲哽。一天月色，满身花影。心绪恶，说不尽，疑惑际，俄然听。听得哑地门开，袭袭香至，瞥见莺莺。

【尾】脸儿稔色百媚生，出得门儿来慢慢地行，便是月殿里嫦娥也没恁地撑。

> 青天莹洁，瑞云都向鬓边来；碧落澄晖，秀色并翚眉上长。料想春娇厌拘束，等闲飞出广寒宫。容分一捻，体露半襟。弹罗袖以无言，垂湘裙而不语。似湘陵妃子，斜偎舜殿朱扉；如月殿姮娥，微现蟾宫玉户。

【仙吕调】【整花冠】整整齐齐忒稔色，姿姿媚媚红白。小颗颗的朱唇，翠弯弯的眉黛。滴滴春娇可人意，慢腾腾地行

出门来。舒玉纤纤的春笋，把颤巍巍的花摘。　　低矮矮的冠
儿偏宜戴，笑吟吟地喜满香腮。解舞的腰肢，瘦嵒嵒的一搦。
籁籁的裙儿前刀儿短，被你风韵韵煞人也猜。穿对儿曲弯弯的
半折来大弓鞋。

【尾】遮遮掩掩衫儿窄，那些袅袅婷婷体态，觑著剔团圆的明
月伽伽地拜。

> 不知心事在谁边，整顿衣裳拜明月。佳人对月，依君瑞韵，亦口占
> 一绝。其诗曰："兰闺久寂寞，无事度芳春。料得行吟者，应怜长叹
> 人。"生闻之惊喜。

【仙吕调】【绣带儿】映花阴，靠小栏，照人无奈，月色十
分满。眼睛儿不转，仔细把莺莺偷看。早教措大心撩乱，怎
禁那百媚的冤家，多时也长叹。把张生新诗答和，语若流莺
哢。樱桃小口娇声颤，不防花下，有人肠断。　　张生闻语
意如狂，相抛著大地苦不远，没些儿惧惮，便发狂言。手撩
著衣袂，大踏步走至根前。早见女孩儿家心肠软，諕得颤著一
团，几般儿害羞赧。思量那清河君瑞，也是个风魔汉。不防更
被别人见，高声喝道："怎敢戏弄人家宅眷！"

【尾】气扑扑走得掇肩的喘，胜到莺莺前面，把一天来好事
都惊散。

> 真所谓佳期难得，好事多磨。来的是谁？来的是谁？张生觑，乃莺
> 之婢红娘也。莺莺问所以。

【仙吕调】【赏花时】百媚莺莺正惊讶，道："这妮子慌忙则
甚那？管是妈妈使来哆！"红娘低报："教姐姐睡来呵。"促莺同
归。　　引调得张生没乱煞，把似当初休见他。越添我闷愁
加，非关今世，管宿世冤家。

217

西厢记

【尾】东风惊落满庭花，玉人不见朱扉亚。"孩儿，莫不是俺无分共伊嘛？"

生怏怏归于寝舍，通宵无寐。

【大石调】【梅梢月】划地相逢，引调得人来眼狂心热。见了又休，把似当初，不见是他时节。恼人的一对多情眼，强睡些何曾交睫！更堪听窗儿外面，子规啼月。　　此恨教人怎说？待挤了依前又难割舍。一片狂心，九曲柔肠，划地闷如昨夜。此愁今后知滋味，是一段风流冤业，下梢管折倒了性命去也！

自兹厥后，不以进取为荣，不以干禄为用，不以廉耻为心，不以是非为戒。夜则废寝，昼则忘餐，颠倒衣裳，不知所措。盖慕莺莺如此。

【大石调】【玉翼蝉】前时听和尚说，空把愁眉敛，道："相国夫人从来性气刚，深有治家风范。"怎敢犯？寻思了空闷乱。难睹莺莺面，更有甚身心，书帏里做功课？百般悄如风汉。　　水干了吟砚，积渐里尘蒙了书卷。千方百计，无由得见。小庭那畔，不见佳人门昼掩。列翅著脚儿，走到千遍。数幅花笺，相思字写满，无人敢暂传。正是：咫尺是冤家，浑如天样远。

客窗错种疏疏竹，细雨斜风故恼人。

【双调】【豆叶黄】薄薄春阴，酿花天气，雨儿霏霏，风儿淅沥。药栏儿边，钩窗儿外，妆点新晴，花染深红，柳拖轻翠。　　采蕊的游蜂，两两相携；弄巧的黄鹂，双双作对。对景伤怀恨自己，病里逢春，四海无家，一身客寄。

【搅筝琶】穷愁泪，穷愁泪，掩了又还滴。多病的情怀，孤眠况味，说不得苦恹恹。一个少年身己，多因为那薄幸种，折倒得不戏。　　千般风韵，一捻儿年纪，多宜！多宜！不惟道生得个庞儿美，那堪更小字儿得惬人意，虫蚁儿里多情的，莺儿第一，偏称缕金衣。你试寻思：自家又没天来大福，如何消得？

【庆宣和】有甚心情取富贵？一日瘦如一日。闷答孩地倚著个枕头儿，悄一似害的。　　写个帖儿倩人寄，写得不成个伦理。欲待飞去欠双翼，甚时见你？

【尾】心头怀著待不思忆，口中强道不憔悴，怎瞒得青铜镜儿里？

　　千方百计，无由得见意中人；丧尽身心，终是难逢忔戏种。

【正宫】【虞美人缠】霎时雨过琴丝润，银叶龙香烬。此时风物正愁人，怕到黄昏，忽地又黄昏。　　花憔月悴罗衣褪，生怕旁人问。寂寥书舍掩重门，手卷珠帘，双目送行云。

【应天长】两眉无计解愁颦，旧愁新恨，这一番愁又新。淹不断眼中泪，揾不退脸上啼痕，处置不下闲烦恼，磨灭了旧精神。　　几番修简问寒温，又无人传信，想著后先断魂。书写了数幅纸，更不算织锦回文。我几曾梦见人传示，我亏你，你亏人。

【万金台】比及相逢奈何时下窘，你寻思闷那不闷？这些病何时可？待医来却又无个方本。　　饮食每日餐三顿，不曾饱吃了一顿。一日十二个时辰，没一刻暂离方寸。

【尾】待登临又不快，闲行又闷，坐地又昏沉。睡不稳，只倚著个鲛鮹枕头儿盹。

　　生从见了如花，烦恼处治不下。本待欲睡，忽听得椳门儿低哑，见

219

西厢记

个行者道：“俺师父请吃碗淡茶。”生摄衣而起，勉就方丈，与法本闲话。

【正宫调】【应天长】僧斋擗掠得好清虚，有蒲团、禅几、经案、瓦香炉。窗间修竹影扶疏。围屏低矮，都画山水图。银瓶点嫩茶，啜罢烦渴涤除。有行者、法师、张君瑞，一个外人也无。　　许了林下做为侣，说得言语真个不入俗。高谈阔论晓今古，一个是一方长老，一个是一代名儒，俗谈没半句，那一和者也之乎。信道：若说一夕话，胜读十年书。

【尾】倾心地正说到投机处，听哑的门开瞬目觑，见个女孩儿深深地道万福。

桃源咫尺无缘到，不意仙姬出洞来。生再觑久之，乃向者促莺之人也。

【般涉调】【墙头花】虽为个侍婢，举止皆奇妙。那些儿鹘鸰那些儿掉。曲弯弯的宫样眉儿，慢松松地合欢髻小。　　裙儿窄地，一搦腰肢袅。百媚的庞儿，好那不好？小颗颗的一点朱唇，溜汹汹一双渌老。　　不苦诈打扮，不甚艳梳掠。衣服尽素缟，稔色行为定有孝。见张生欲语低头，见和尚佯看又笑。

【尾】道了个“万福”传示了，姿姿媚媚地低声道：“明日相国夫人待做清醮。”

法本令执事准备。红娘辞去，生止之曰：“敢问娘子：宅中未尝见婢仆出入，何故？”红娘曰：“非先生所知也。”生曰：“愿闻所以。”红娘曰：“夫人治家严肃，朝野知名。夫人幼女莺莺，数日前夜乘月色潜出，夫人窃知，令妾召归，失子母之情。立莺庭下，责曰：‘尔为女子，容艳不常。更夜出庭，月色如昼，使小僧、游客得见其面，岂不自耻？'莺莺泣谢曰：'今当改过自新，不必娘自苦苦。'然夫人怒色，莺不敢正视。况姨奶敢乱出入耶？"言讫而去。生谓法本曰："小生备钱五千，为先父尚书作分功德。"师曰："诺。"

【中吕调】【牧羊关】适来因把红娘问，说夫人恁般情性：作事威严，治家廉谨。无处通佳耗，无计传芳信。欲要成秦晋，天，天，除会圣！　　闷答孩地倚著窗台儿盹，你寻思大小大郁闷？处治不下，擘画不定。得后是自家采，不得后是自家命。更打著黄昏也，兀的不愁杀人！

【尾】倘或明日见他时分，把可憎的媚脸儿饱看了一顿，便做受了这恓惶也正本。

生曰："来日向道场里，须见得你。"越睡不著，只是想著莺莺。

【中吕调】【碧牡丹】小春寒尚浅，前岭早梅应绽，玉壶一夜，积渐里冰渐生满。业重身心，把往事思量遍。闷如丝，愁如织，夜如年。　　自从人个别，何曾考五经三传？怎消遣？除告得纸和笔砚，待不寻思，怎奈心肠软。告天，天，天不应，奈何天！

【尾】没一个日头儿心放闲，没一个时辰儿不挂念，没一个夜儿不梦见。

张生捱得天晓，来看做醮，已早安排了毕。

【越调】【上平西缠令】月儿沉，鸡儿叫，现东方，日光渐拥出扶桑。诸方檀越，不论城郭与村坊，一齐齐随喜道场来，罢铺收行。　　登经阁，游塔位，穿佛殿，立回廊，绕著圣位，随喜十王。供坛高垒，宝花香火间金幢。救拔亡过相公灵，灭罪消殃。

【斗鹌鹑】法聪收拾，鼓鸣钟响。众僧云集，尽临坛上：有

221

西廂記

法悟、法空、慧明、慧朗。甚严洁，甚磊浪，法堂里摆列著诸天圣像。 整整齐齐，自然成行。只少个圆光，便似圣僧模样。法本临坛，众人瞻仰。尽稽首，尽合掌，至心先把诸佛供养。

【青山口】众髻鬟簇捧著个老婆娘，头白浑一似霜。体穿一套孝衣裳，年纪到六旬以上。临坛揖了众僧，叩头礼下当阳。左壁头个老青衣拖著欢郎。 右壁个佳人举止轻盈，脸儿说不得的抢。把盖头儿揭起，不甚梳妆，自然异常。松松云鬓偏，弯弯眉黛长；首饰又没，著一套儿白衣裳，直许多韵相。

【雪里梅】诸僧与看人惊晃，瞥见一齐都望。住了念经，罢了随喜，忘了上香。 选甚士农工商，一地里闹闹攘攘。折莫老的、小的，俏的、村的，满坛里热荒！ 老和尚也眼狂心痒，小和尚每按头缩项。立挣了法堂，九伯了法宝，软瘫了智广。

【尾】添香侍者似风狂，执磬的头陀呆了半晌，作法的阇黎神魂荡飏。不顾那本师和尚，眬起那法堂，怎遮当！贪看莺莺，闹了道场。

禅僧既见，十年苦行此时休；行者先忧，二月桃花今夜破。馀者尚然，张生何似？

【大石调】【吴音子】张生心迷，著色事破了八关戒。佛名也不执，旧时敦厚性都改，抖搜风狂，摆弄九伯，作怪！作怪！ 骋无赖，旁人劝他又谁俅睬。大师遥见，坐地不定害涩奈，觑著莺莺，眼去眉来。被那女孩儿，不睬，不睬。

【尾】短命冤家薄情煞，兀的不枉教人害，少负你前生眼儿债。

抵暮，暮食毕，大作佛事。

【般涉调】【哨遍缠令】是夜道场，同业大众，众僧都来到。宝兽炉中瑞烟飘，珰珰地把金磬初敲。众僧早躬身合掌，稽首皈依，佛、法、僧三宝。相国夫人煞年老，虔心岂避辞劳！莺莺虽是个女孩儿，孝顺别人卒难学，礼拜无休，追荐亡灵，救拔先考。　　那作怪的书生，坐间悄一似风魔颠倒。大来没寻思，所为没些儿斟酌，到来一地的乱道。几曾惧惮相国夫人，不怕旁人笑。盛说法，打匹似闲唵诨，正念佛作偈，把美令儿胡嘌。秀才家那个不风魔，大抵这个酸丁忒劣角，风魔中占得个招讨。

【急曲子】比及结绝了道场，恼得诸人烦恼。智深著言苦劝："解元休心头怒恶，譬如这里闹镂铎，把似书房里睡取一觉。"

【尾】道著睬也不睬，焦也不焦，眼睉目奚地伴呆著，一夜胡芦提闹到晓。

日欲出，道场罢，众僧请夫人烧疏。

【商调】【定风波】烧罢功德疏，百媚地莺莺，不胜悲哭，似梨花带春雨。老夫人哀声不住。那君瑞醮台儿旁立地不定，瞑子里归去。　　法本众僧徒，别了莺莺、夫人子母，佛堂里自监觑，觑著收拾铺陈来的什物。见个小僧入得角门来，大踏步走得来荒速。

【尾】口茄目瞪面如土，諕杀那诸僧和寺主，气喘不迭叫苦！

天晓众僧恰斋罢，忽走一小僧，荒急来称祸事。

卷 二

【仙吕调】【剔银灯】阶下小僧报覆："观了三魂无主！尘蔽了青天，旗遮了红日，满空纷纷土雨。鸣金击鼓，摆棨抢刀，把寺围住。　　为首强人英武，见了早森森地怯惧。裹一顶红巾，珍珠如糁饭，甲挂唐夷两副，靴穿抹绿，骑匹如龙，卷毛赤兔。

【尾】"弯一枝窃镫黄华弩，担柄簸箕来大开山板斧，是把桥将士孙飞虎！"

　　　唐蒲关乃屯军之处。是岁浑太师薨，被丁文雅不善御军，其将孙飞虎半万兵叛，劫掠蒲中。如何见得？《莺莺本传歌》为证。歌曰：

　　　"河桥上将亡官军，虎旗长戟交垒门。凤凰诏书犹未到，满城戈甲如云屯。家家玉帛弃泥土，少女娇妻愁被掳。出门走马皆健儿，红粉潜藏欲何处？呜呜阿母啼向天，窗中抱女投金钿。铅华不顾欲藏艳，玉颜转莹如神仙。"

【正宫】【文序子缠】诸师长，权且住，略听开解。不幸死了蒲州浑瑊元帅，把河桥将文雅，荒淫素无良策。乱军失统，劫掠蒲州，把城池损坏。　　劫财物，夺妻女，不能挣揣。岂辨个是和非？不分个皂白。南邻北里成灰，劫掠了民财。蒲城里岂辨个后巷前街？变做尸山血海。

【甘草子】骋无赖，骋无赖，于中个首将罪过迷天大。是则是英雄临阵披重铠，倚仗著他家有手策，欲反唐朝世界。不来后是咱家众僧采，来后怎当待？

《朱订西厢记》插图，明天启间（公元1621—1627年）朱墨套印本

骋无赖，骋无赖，
于中个首将罪过迷天大。
　　是则是英雄临阵披重铠，
倚仗著他家有手策，
　　欲反唐朝世界。
不来后是咱家众僧采，
　　来后怎当待？

【脱布衫】来后怎生当待？思量恁怪那不怪，由然甚矮也不矮，仿佛近此中境界。

【尾】那里到一个时辰外，埠埠腾腾地尘头蔽日色，半万贼兵胜到来！

寺僧不及措手，惟掩户以拒军。贼以剑扣门，飞镞入寺，大呼曰："我无他取，惟望一饭。"典寺者与僧众议："欲开门迎贼，法堂廊宇，足以屯众，悉与会食；聊赠财贿，以悦众心，庶恶人不生凶意。若不然，恐斩关而入，不问老幼善恶，皆被残灭。大众可否？"执事僧智深启大师曰："开门迎贼，于我何害？今寺有崔夫人幼女莺莺，年少貌丽，乱军既入，若不准备，必被掳掠而去。崔相姻亲交朋，蒙恩被德，职司权路，不利后事。虽被贼掠，皆我开门迎贼所致。执作同情，何辞以辩？"

【大石调】【伊州衮】佛堂里诸僧尽商议，开门欲迎贼。于中监寺道"不可"，对众说及仔细："乱军贼党，倘或掳了莺莺，怎的备？朝野所知，满寺里僧人索归逝水。" 大师言道："如何是？诸乱军屯门首，不能战敌。"众中个和尚，厉声高叫如雷，道："大师休怕。众僧三百馀人，只管絮聒聒地，空有身材，枉吃了馒头没见识。"

【尾】把破设设地偏衫揭将起，手提著戒刀三尺，道："我待与群贼做头抵！"

这和尚是谁？乃是法聪也。聪本陕右蕃部之后，少好弓剑，喜游猎，常潜入蕃国，盗掠为事，武而有勇。一旦父母沦亡，悟世路浮薄，出家于此寺。"大丈夫之志决矣！既遇今之乱，安忍坐视？非仁者之用心也。愿得寺僧有勇敢，共力破贼，易如振稿自断。众止一二作乱，馀必胁从，见目前之利，忘返掌之灾。我若敷陈利害，必使逆徒不能奋武作威，自令奔溃。"

【仙吕调】【绣带儿】不会看经，不会礼忏，不清不净，只有天来大胆。一双乖眼，果是杀人不斩。自受了佛家戒，手中铁棒，经年不磨被尘暗；腰间戒刀，是旧时斩虎诛龙剑，一从杀害的众生厌，挂于壁上，久不曾拈。 顽羊角靶尽尘缄，生涩了雪刃霜尖。高呼僧行："有谁随俺？但请无虑，管不有分毫失赚。"心口自思念：戒刀举今日开斋，铁棒有打鏊。立于廊下，其时遂把诸僧点："挡搜好汉每兀谁敢？待要斩贼降众，大喊故是不险。

【尾】"开门但助我一声喊，戒刀举把群贼来斩，送斋时做一顿馒头馅！"

　　杀人肝胆，翻为济众之心；落草英雄，反作破贼之勇。聪大呼曰："上为教门，下为僧众，当此之时，各当勉力。有敢助我退贼者，出于堂右。"须臾，堂下近三百人，各持白棒戒刀，相应曰："愿从和尚决死！"

【双调】【文如锦】细端详，见法聪生得挡搜相：刁厥精神，跷蹊模样；牛月邦阔，虎腰长。带三尺戒刀，提一条铁棒。一匹战马，似敲了牙的活象。偏能软缠，只不披著介胄，八尺堂堂，好雄强，似出家的子路，削了发的金刚。

　　从者诸人二百馀，一个个器械不类寻常。生得眼脑瓯抠，人材猛浪。或拿著切菜刀，擀面杖。把法鼓擂得鸣，打得斋钟响。著绫幡做甲，把钵盂做头盔，戴著顶上。几个髯头的行者，著铁褐直裰，走离僧房，骋无量，道："俺咱情愿，苦战沙场！"

【尾】这每取经后不肯随三藏，肩担著扫帚藤杖，簇捧著个杀人和尚。

> 执事者不及嘱谕小心，聪已率众至门。见贼势大，不可立退，下马
> 登楼，敷陈利害，以骇众心。

【般涉调】【沁园春】铁戟侵空，绣旗映日，遍满四郊。捧一
员骁将，阵前立马，披乌油铠甲，红锦征袍。鼻偃唇轩，眉
粗眼大，担一柄截头古定刀，如神道。更胸高脚阔，胯大臀
腰。　　雄豪，举止轻骁，马上斜刀把宝镫挑。觑来手下，
诸多军校，英雄怎画，偶傥难描。或短或长，或肥或瘦，一
个个精神没弹包。掂详了，纵六千来不到，半万来其高。

【墙头花】寺方五里，众军都围绕。整整齐齐尽摆擞，三停
来系青布行缠，折半著黄绸絮袄。　　鼙鼙的鼓响，画角声
缭绕，猎猎征旗似火飘。催军的聒地轰声，纳喊的揭天唱
叫。　　一时间怎堵当？从来固济得牢。墙坚若石垒，铁裹
山门破后砭。待蹉踏怎地蹉踏？待奔吊如何奔吊？

【柘枝令】板钢斧劈群刀砍，一地里热闹和铎。那法聪和尚
对将军下情陪告："念本寺里别无宝贝，敝院又没粮草。将军
手下有许多兵，怎地停泊？

【长寿仙衮】"朝廷咫尺不晓？定知道！多应遣军，定把贤
每征讨。不当稳便，恁时悔也应迟，贤家试自心量度。"

那贼将闻斯语，心生怒恶："打脊的髡囚，怎敢把爷违拗！
俺又本无心，把你僧家混耗。甚花唇儿故来相恼？"

【急曲子】"又不待夺贤寺宇，又不待要贤金宝。众军饥困
权停待，甚坚把山门闭著？众僧其间只有你做虎豹，叨叨地把
爷凌虐。

【尾】"你要截了手打破脑，双割了耳朵牢缚了脚，倒吊著

山门上瞷到老。"

聪曰:"公等息怒,愿一一从命。且公等几千人,与将军安置饮食,敢告公等少退百步,使众徐行,不至喧争,幸甚。"将军曰:"尔既许我,吾不从命,非也。"于是军退百步。聪已下楼上马。

【黄钟调】【喜迁莺缠令】贼军闻语,约退三二百步。下了长关,彻了大镢。两扇门开处,那法聪呼从者:"你但随吾!"喊得一声,扑碌碌地离了寺门,不曾见恁地跷蹊队伍。　　尽是没意头抢搜男女,觑贼军,约半万,如无物。那法聪横著铁棒,厉声高呼:"叛国贼!请个出马决胜负,不消得埋竿竖柱。"

【四门子】"国家又不曾把贤每亏负,试自心窖腹:衣粮俸禄是吾皇物,恁咱有福。好干、好羞,方今太平征战又无;好干、好羞,你做得无功受禄!　　不幸蒲州太守浑瑊卒,你便欺民叛国,劫人财产行粗鲁,更蹂躏人寺宇。好干、好羞,馒头待要俺不与;好干、好羞,待留著喂驴。

【柳叶儿】"譬如蹂躏俺寺家门户,不如守著你娘坟墓。俺也不是厮虎,孩儿每早早地伏输。

【尾】"好也好教你回去,弱也弱教你回去。待不回去只消我这六十斤铁棒苦!"

聪跃马大呼:"军中掌领相见!"一将出谓聪曰:"汝为佛弟子,当念经持戒,如何出粗恶?"聪曰:"公等身充卒伍,忝预军官。且国家养尔,本欲安边,是以月终给粟,岁季支衣。四时无冻馁之忧,数口享福安之庆。岂以一时失统,忘国重恩,大掠良民,敢残上郡!朝廷咫尺,旦夕必知。命将统兵,片时可至。汝等作沙场之血,汝族为叛国之囚。族灭身亡,有财何益?公等宜熟计之。"贼将突马出曰："尔不为我备食，何说我众？"

【大石调】【玉翼蝉】贼头领，闻此语，佛也应烦恼。嚼碎狼牙，睁察大小："众孩儿曹听我教著：只助我，一声喊，只一合，活把髡徒捉。"众军闻言，鼕鼕擂战鼓，滴溜溜地杂彩旗摇。　　连天地叫杀，不住齐吹画角，愁云闭日，杀气连霄。遂呼"和尚！休要狂獐等待著！紧搭著铁棒，牢坐著鞍鞒，想著西方极乐，见得十分是命夭。略等我仁事，与贤家一万刀。"

【尾】掩耳不及如飞到，马蹄践碎霞一道，见和尚鼻凹上大刀落。

　　只听得咭叮地一声，和尚性命如何？

【大石调】【伊州衮缠令】阴风恶，戈甲遍荒郊，杀气黯青霄。六军发喊，旗前二马相交。法聪和尚，手中铁棒眉齐，快赌当，咭叮地一声，架过截头古定刀。　　马如龙，人如虎，铁棒轮，钢刀举，各按《六韬》。这一回，须定个谁强谁弱。三合以上，贼徒气力难逃。怎赌当？办得个架格遮截，欲胜那僧人�上�。

【红罗袄】苦苦的与他当，强强地与他熬，似狡兔逢鹰鼠见猫。待伊揣几合，赢些方便，便宜厮号。欲待望本阵里逃生，见一骑马悄如飞到。捻一柄丈二长枪，骋粗豪，妆就十分恶。

　　和尚果雄骁，兵法瞅曾学。搣过钢枪，刀又早落。不紧不慌，不惊不怕，不忙不暴。不惟眼辨与身轻，那更马疾手妙。盘得两个气一似揎掾，欲遁逃，又恐怕诸军笑。

【尾】把不定心中拘拘地跳，眼睁得七角八角，两个将军近不得其脚。

西厢记

六条臂膊，于中使铁棒的偏强；三个英雄，闹里戴头盔的先歇。使刀的对垒，使枪的好斗。

【正宫】【文序子】才歇罢，重披挂，何曾打话？不问个是和非，觑僧人便扎。轻闪过揪住狮蛮，狠心不舍。用平生勇力，抱入怀来，鞍鞴上一纳。　　听得叫一声苦，连衣甲，头撺得掉下。奈何使刀的人困马乏，欲待挣揣些英雄不如赸撒。何曾敢与他和尚争锋，望著直南下便迤。

【甘草子】怎拿挈？怎拿挈？法聪觑了，勃腾腾地无明发。仿佛赶相近，叫声如雷炸。和尚何曾动著，子喝一声那时諕煞。贼阵里儿郎懑眼不扎，道："这秃厮好交加！"

【尾】怎禁那和尚高声骂："打脊贼徒每怎敢反国家！怕更有当风的快出马！"

绣旗开队，临风散几百里朝霞；战鼓助威，从地涌一千个霹雳。直恼得这个将军出马。是谁？是谁？

【仙吕调】【点绛唇】这个将军，英雄名姓非彼此。嫌小官不做，欲把山河取。　　状貌雄雄，人见森森地惧。法聪觑，恐这人脸上，常带著十分怒。

【哈哈令】生得邓虏沦敦著大肚，眼三角鼻大唇粗，额阔颏宽眉卓竖，一部赤髭须。也么哈哈。

【风吹荷叶】云雁征袍金缕，狼皮战靴抹绿，磊落身材宜结束，红彪彪地戴一顶纱巾，密砌著珍珠。

【醉奚婆】甲挂两副，雄烈超今古。力敌万夫，绰名唤孙飞虎。

【尾】带一枝铁胎弩，弧内插著百双钢箭，担一柄簸箕来大开山斧。

232

适来压路赢人，不意棋逢对手。

【般涉调】【麻婆子】飞虎是真英烈，法聪是大丈夫；飞虎又能征战，法聪甚是英武；飞虎专心取寺宇，法聪本意破贼徒；法聪有降贼策，飞虎有叛国图。　法聪使一条镔铁棒，飞虎使一柄开山斧。恨不得一斧砍了和尚，恨不得一棒待搠了飞虎。不道飞虎惯相持，思量法聪怎当赌？法聪寻赢便，飞虎觅走路。

【尾】法聪赢，飞虎输。法聪不合赶将去，飞虎扳番窃镫弩。

> 那法聪认做真实取胜，怎知是飞虎佯败。把夹钢斧擗在战鞍，伸靴入镫，扳番龙筋弩，安上一点油，摇番铜牙利，会百步风里穿杨，教七尺来僧人怎躲？

【正宫】【文序子】将军败，有机变，不合追赶。赶上落便宜，输他方便。斜挑金镫，那身十分得便。一声霹雳，弩箭离弦，浑如飞电。　法聪早当此际，遥遥地望见。果是会相持，能征惯战，不慌不紧不忙，果手疾眼辨。捽著宝勒，侧坐著鞍鞒，阣地勒住战骥。

【尾】剔团圞的睁察杀人眼，嗔忿忿地斜横著打将鞭，咭叮地拈折点钢箭。

> 铁鞭举大蟒腾空，钢箭折流星落地。贼众大骇，飞虎谓众曰："僧无甲，不可以短兵接战，可以长兵敌。如僧再追，汝必齐发弓弩，僧必溃矣。"聪自度贼有变，又马困不可久敌，因谓众曰："汝等退而保寺，我当冲阵而出，自有长策。"

【中吕调】【乔捉蛇】和尚定睛睃，见贼军兵众多，郊外列干戈。威风大，垓前马上一个将军坐，肩担著铁斧来也么。

233

西厢记

一个越添忿怒精神恶。　　征战瞵偻儸，把法聪来便砍，砍又砍不著。法聪出地过，谁人比得他骁果？禁持得飞虎心胆破，手亲眼便难擒捉。

【尾】贼军觑了频相度：打脊的髡徒怎怎么，措手不及早撺过我！

> 粗豪和尚，单身鏖战，勇如九里山混垓西楚王；独自征敌，猛似毛驼冈刺良美髯公。全然不顾残生，走在飞虎军内。

【仙吕调】【一斛叉】乱军虽然众，望见僧人忽地开。有若山中羊逢虎，恰似兽逢豺。弓弩如何近傍，铁棒浑如遮箭牌。马过处连天叫苦，血污溅尘埃。　　半个时辰突围透，和尚英雄果壮哉！上至顶门红彪彪，事急怎生捱？妆就个曜州和尚，撞著挡搜孟秀才。不合道浑如那话，初出产门来。

> 纵聪独力不加，走出阵去。贼兵把寺围了，孙飞虎隔门大叫："我第一待交兵卒吃顿饭食；第二知崔相夫人家眷在此，来取莺莺。与我，大兵便退；不与我，目下有灾。"人报崔氏子母，諕杀莺莺。

【大石调】【玉翼蝉】冲军阵，鞭骏马，一径地西南上迈。更不寻思，手下众僧行，身边又无衣甲，怎禁他诸贼党，著弓箭射，争敢停时霎？众僧三百馀人，比及叩寺门，十停儿死了七八。　　几个参头行者，著箭后即时坐化。头陀中剑，血污了袈裟。几个诵经五戒，是佛力扶持后马践杀。一个走不迭和尚，被小校活拿，諕得脸儿来浑如蜡滓，几般来害怕。绣旗底飞虎道："驱来询问咱！"

【尾】欲待揪摔没头发，扯住那半扇云衲，屹搭搭地直驱来马直下。

> 飞虎问曰："我求一饭，汝辈拒我？"僧曰："大师欲邀将军会食，执

234

事者论及前相国崔公灵枢在寺，公有女莺莺，艳绝一时，恐公等虏去。崔公之亲旧，权重朝野，致患在他时。"飞虎笑曰："适来法聪所言，真有莺莺。我想河桥将丁文雅，好色嗜酒之外，百事不能动其情。我若使莺莺靓妆艳服献之，文雅必大悦，可连师据蒲，虽朝廷兴兵，莫我御矣。"

【正宫】【甘草子缠令】听说破，听说破，把黄髯捻定，彻放眉间锁。遂唤几个小偻偻，传令教撺掇。　　隔著山门厉声叫："满寺里僧人听呵！随俺后抽兵便回去，不随后恁须识我。

【脱布衫】"得莺莺后便退干戈，不得后目前生祸。不共你摇嘴掉舌，不共你斗争斗合。

【尾】"寺墙儿便是纯钢裹，更一个时辰打不破，屯著山门便点火。"

僧众闻之大骇。法本领被伤行者来见夫人，说及贼事。夫人闻语，仆地諕倒。红娘与莺莺连救，多时稍苏。莺泣曰："且以相公灵枢为念，莺莺乞从乱军：一身被辱，上救夫人残年，下解寺灾，活众僧之命。愿不以女子一身见辱，而误众人。"

【道宫】【解红】蓦闻人道，森森地諕得魂离壳。全家眷爱，多应是四分五落。先人化去，不幸斯间遭贼盗。思量了，兄弟欢郎忒年纪小。隔门又听得贼徒叫，指呼著莺莺是他待要。心头悄如千刀搅，孤孀子母，没处投告。　　心下徘徊自筹度，只除会圣一命难逃。寻思到底，多应被他诛剿。我随强寇，年老婆婆有谁倚靠？添烦恼，地阔天空没处著，到此怎惜我贞共孝！多被贼人控持了，有些儿事体夫人表："若惜奴一个，有大祸三条：

【尾】"第一我母亲难再保，第二那诸僧都索命夭，第三把兜率般的伽蓝枉火内烧。"

夫人泣曰："母礼至爱，母情至亲。汝若从贼，我生何益？吾今六十，死不为夭。所痛莺莺幼年，未得从夫，孤亡萧寺！"言讫，放声大恸。

【大石调】【还京乐】是时莺莺孤孀母子，抱头哭泣号咷。放声不住，哭得他众僧心焦。思量这回，子母不能保，待觅个身亡命夭，又恐贼军，不知缕细，葫芦提把寺院焚烧。我还取次随贼寇，怕后人知道，这一场污名不小，做下千年耻笑，辱累煞我，相公先考。 我寻思，这事体，怎生是著？夫人与大师，议论评度烦恼。阶前僧行，一谜地向前哀告。擎拳合掌，要奴献与贼盗。指约不住，一地里闹镬铎。除死后一场足了。欲要乱军不生怒恶，怎献与妾身尸壳，尽教他阵前乱刀万斫，假如死也名全贞孝。

【尾】觑著阶址恰待褰衣跳，众人都諕得呆了。见阶下一人拍手笑。

"法聪施武，寺中难可退贼兵；不肖用谋，破尽许多强寇众。"莺莺褰衣望阶下欲跳，欲跳，被夫人与红娘扯住。忽听阶下一人大笑，众人皆觑，笑者是谁？

【黄钟宫】【快活尔缠令】子母正是愁，大众情无那。忽闻得一人语言，称将贼盗捉。一齐观瞻，见个书生，出离人丛，生得面颜相貌有谁过！ 年纪二十馀，身品五尺大，疏眉更目秀，鼻直齿能粗，唇若涂朱，脸似银盘，清秀的容仪，比得潘安、宋玉丑恶。

【出队子】却认得是张生，僧人把他衣扯著，低言悄语唤哥哥："比不得书房里闲吟课，你须见贼军排列著。　　贤不是九伯与风魔，出言了怎改抹？见法聪临阵恁比合，与飞虎冲军恶战讨，也独力难加他走却。

【柳叶儿】"你肌骨似美人般软弱，与刀后怎生抢摩？气力又无些个，与匹马看怎乘坐？　　春笋般指头儿十个，与张弓怎发金凿？觑你人品儿矬矢需，与副甲怎地披著？"

【尾】"你把笔尚犹力弱，伊言欲退干戈，有的计对俺先道破。"

笑者是谁？是谁？众再觑，乃张珙也。生言曰："妇人女子，别无远见，临危惟是悲泣而已；寺僧游客，何愚之甚也！不能止此乱军，坐定灭亡。倘用吾言，灭贼必矣。"法本大师仰知生间世之才，必有奇划，可遏乱众。法本就见生而嘱曰："僧众无脱祸之计，先生既有奇策，愿除众难。"生笑曰："师等佛家弟子，岂不悟此：生者死之原，死者生之路，生死乃人之常理。向者佛祖亦须入灭，况佛书分明自说因果。如师等前生行恶于贼，今生固当冤报，何能苟免耶？若前生与贼无因，今世不为冤对，又何惧也？"师曰："诚如是。但可惜寺门、佛殿、廊庑、钟鼓、经阁，计其营造，不啻百万，一旦火举，便为灰烬。愿以功德为念。"生愈笑曰："师坐讲《金刚经》，岂不知骨肉皮毛，亦非己有。性者，我也；身者，舍也。若当来限尽之后，一性既往，四大狼籍：妻子虽亲，不能从其去；金珠虽宝，不可挈而行。是何佛殿、钟楼，欲为己有哉！"师曰："我等说道，不计生死，不恤寺宇。所悲者，母子生离，故来上请。"生曰："夫人与我无恩，崔相与我无旧，素不往还，救之何益？"僧曰："子不救莺，即夫人必不使莺从贼，乱军必怒，大举兵来，先生奈何？"生曰："我自有脱身计，师当自画。"师又曰："子为儒者，行仁义之教。仁者爱人，恶所以害之者，固当除害；义者循理，恶所以乱之者，固当除乱。幼闺孀母，皆欲就死，子坐而笑之，岂仁者爱人之意欤？且乱军馀党，恣为暴虐，子视而弗诛，岂义者循理之意欤？古者叔段有不弟之恶，郑伯可制而不制；黎侯有狄人之患，卫伯可救而不救：《春秋》讥之。先生有安人退军之策，卷而怀之，责以《春秋》，未为得也。先生裁之。"生又笑曰："师知其一，不知其二。闻诸夫子曰：'君子有勇而无义为乱，小人有勇而无义为盗。'故君子恶其勇而无礼也。我虽负勇，他无所求，我何自举？又曰：'礼闻来学，未闻往教。'是以君子不屑就也。"

【般涉调】【麻婆子】大师频频劝："先生好性撒。众人都烦恼，偏你恁欢悦！"君瑞闻言，越越地笑："吾师情性好倸呆。又不是儒书载，分明是圣教说：'有生必有死，无生亦无灭。'生死人常理，何须恁怕怯？乱军都来半万馀，便做天蓬黑瞰般尽刁厥，但存得自家在，怎到得被虏劫？

【尾】"不须骑战马，不须持寸铁，不须对阵争优劣。觑一觑教半万贼兵化做青血！"

大师以生言语及夫人，夫人曰："诚如是？"夫人以礼见生，泣而告曰：

【小石调】【花心动】"乱军门外，要幼女莺莺，怎生结果？可怜自家，母子孤孀，投托解元子个！"张生闻语先陪笑，道："相国夫人且坐，但放心，何须怕怯子么！　　不是咱家口大，略使权术，立退干戈。除却乱军，存得伽蓝，免那众僧灾祸。您一行家眷须到三五十口，大小不教伤著一个。恁时节，便休却外人般待我！"

夫人曰："是何言也！不以见薄为辞，祸灭身安，继子为亲。"云

238

云。生谓僧曰："先令人传报乱军：莺非敌他，当辞母别灵，理妆治服，少顷即至。愿不见逼。"乱军稍缓。生曰："乱军不可以言说，人众不可以力争，但可威服。"师与夫人皆曰："孰为有威者？"生曰："吾一故人，以儒业进身，武勇治乱。内怀信义之心，外有威严之色。初典郡城，贼盗悉皆去境；再擢边任，塞马不敢嘶南。故知武备德修，人归军仰。临军常跨雪白马，人目之曰'白马将军'。姓杜，名确，今镇守蒲关，素得军心，人莫敢犯，与仆为死生交。我有书稿，上呈夫人。"其略曰："辱游张珙书上将军帅府：仓惶之下，不备文章；慷慨之前，直陈利害。不幸浑太师薨于蒲郡，丁文雅失制河桥。兵乱军叛，悉残郡邑。蒲州兵火，盈耳哀声。生灵有惧死之忧，黎庶有倒悬之急。伏启将军：天姿神策，人仰洪威。有爱民治乱之谋，奋斩将破敌之勇。忍居住守，安振军城？坐看乱军，肆凶暴恶？公如不起，孰拯斯危？稍缓师徒，恐成大乱。公至，则斩贼降众，守郡安民，百里无虞，一方苏泰。诏书将下，必推退乱之功；旌旆不行，自受怯敌之过。今日贼兵见围普救，陋儒何计逃生？但愿上扶郡国，下救寒生。垂死之馀，鹄观来耗；再生之赐，皆荷恩光。辱游张珙再拜良契将军帅府足下。"

卷　三

【中吕调】【碧牡丹缠令】"是须休怕怖，请夫人放心无虑。乱军虽众，张珙看来无物。俺有个亲知，只在蒲关住。与俺好相看、好相识、好相与。　　祖宗非佌佌，也非是庶民白屋，不袭门荫，应中贤良科举。是杜如晦的重孙，英烈超宗祖。开六钧弓，阅八阵法，读五车书。

【摸鱼儿】"初间典郡城，一方贼盗没。后临边地职，塞马胡儿不敢正觑。方今出镇蒲关，掌著军卒。普天下好汉果煞数著，有文有武有权术，熟娴枪槊快弓弩。遮莫贼军三万垓，便是天蓬黑煞，见他应也伏输。

【鹘打兔】"爱骑一匹白战马，如彪虎。使一柄大刀，冠绝今古。扶社稷，清寰宇，宰天下，安邦国。为主存忠，愿削平祸乱，开疆展土。 自古有的英雄，这将军，皆不许。压著一万个孟贲，五千个吕布。楚项籍，蜀关羽，秦白起，燕孙武：若比这个将军，兵书战策，索拜做师父。

【尾】"文章贾、马岂是大儒？智略孙、庞是真下愚，英武笑韩、彭不丈夫。"

> 夫人曰："杜将军诚一时名将，威令人伏。与君有旧，书至则必起雄师，立残诸恶。关城相去几数十里，若候修书，师定见迟留。"生曰："适于法聪出战之时，已持此书报杜将军矣。请夫人、大师待望于钟楼之上，兵必至矣。"

【大石调】【吴音子】相国夫人，怕伊不信自家说，"请宽尊抱，是须休把两眉结。"倚著栏杆，凝望时节，寺宇周回，贼军间列稍宁贴。 堪伤处，见杀气迷荒野。尘头起处，远观一道阵云斜，五百来儿郎，一个个刁厥，似初下云端，来的驱雷使者。

【尾】甲溜晴郊似银河泻，绣旗飐似彩霞招折，管是白马将军到来也！

> 夫人陡长欢容，大众便生喜色。

【越调】【斗鹌鹑缠令】天昏昏兮，阵云四合；埓腾腾地，

把梅玉露 琼枝 伊柳 拂 物 盈

《西厢记考》，明万历历年间刊本，钱谷绘，夏缘宗刻

爱骑一匹白战马，
　　如彪虎。
使一柄大刀，
　　冠绝今古。
扶社稷，
　　清寰宇，
宰天下，
　　安邦国。
为主存忠，
　　愿削平祸乱，
开疆展土。

尘头悄如枕簸。栲栲大队精兵，转过拽脚慢坡。六百来少，半千来多。一心待把，群贼立破。　　一字阵分开，尽都摆捌。一个个精神，悄没弹剥。三十的早年高，六尺的早最矬。把业龙擒捉，猛虎倒拖。乱军虽众，望他怕他。

【青山口】嘶风的骄马弄风珂，雄雄军势恶。步兵卒子小偻㑩，擂狼皮鼓，筛动金锣。森森排剑戟，密密列干戈。待破贼军解君忧，与民除祸。　　簇捧著个将军，状貌雄雄，古今没两个。把金镫笑踏，宝鞍斜坐。腕下铁鞭是水磨，脚背到恁来阔，身材恁来大。挟矢负弧，甲挂熟铜，袍披茜罗。

【雪里梅】行军计若通神，挥剑血成河。莫道是乱军，便是六丁黑煞，待子甚么！　　马上笑呵呵，把贼众欲平蹉。乱军觑了，道："这爷爷来也，咱怎生奈何？"

【尾】马颔系朱缨，栲栲来大一团火。肩上钢刀门扇来阔。人似金刚，马似骆驼。孙飞虎諕得来肩磨，魂魄离壳，自摧挫，只管为这一顿馒头送了我！

　　贼众没精神，飞虎挫锐气。

【般涉调】【墙头花】白马将军手下，五百来人衣铁，一布地平原尽摆列。觑一觑飞虎魂消，喝一声群贼脑裂。　　贼军厮见，道："咱性命合休也！"半万馀人看怎者，又不敢赌个输赢，又不敢争个优劣。　　贼军悄似儿，来兵悄似爷；来兵势若龙，害怕的贼军悄似鳖；来兵似五百个僧人，贼军似六千个行者。

【尾】把那弓箭解，刀斧撇，旌旗鞍马都不藉。回头来觑著白马将军，喝一声爆雷也似喏。

　　杜将军曰："尔等以浑太师薨后，无人统制，丁文雅恣其酒色，稍失训练，因为掠闹，想无叛心。汝等父母妻子，皆处旧营，一忘国恩，悉皆诛戮。我今拥强出兵，振英武，杀尔无主乱军，易如刈草。但恐其间有非叛者，吾实不忍。"又曰："军中不叛者，东向弃仗坐甲；叛者西向作队，以备死战。"言讫，军中皆弃仗向东坐甲。杜取孙飞虎斩之，馀众悉免。张生与大师出寺邀杜，杜与生兄弟礼毕，执手入寺，置酒于廊下，以道契阔。生曰："君今有功于国，有义于朋友，有恩于蒲民，只在朝夕，朝廷必当重有封拜，即容上贺。"

【仙吕调】【满江红】相邀入寺，满寺里僧人尽欢悦。"有义于知交，有恩于寺舍，即时呈表闻帝阙。功业见得凌烟阁上写，赏延后世，名传万劫。不是降了群贼后，蒲州百姓，几时宁贴？弟兄休作外，几盏儿淡酒，聊复致谢。"　　白马将军，饮了一杯，道："君瑞何须，恁般怊怅。"约退杂人，把知心话说。三巡酒外红日斜，白马将军离坐起，道："先生勿罪，小官索去也。"相送到山门外，临歧执手，彼此难舍。更了一杯酒，比及再回，哥哥且略别。

马离普救摇金勒，人望蒲关和凯歌。生次日见大师曰："昨日乱军至寺，夫人祷我退贼之策，愿我继亲。未审亲事若何？

【高平调】【于飞乐】"念自家，虽是个浅陋书生，于夫人反有深恩。是他家先许了、先许了免难后成亲。十分里九分，多应待聘与我莺莺。　　细寻思，此件事对面难陈。师兄略暂听闻：既为佛弟子，须方便为门。不合上烦，托付你作个媒人。"

师笑许之，曰："先生少待，小僧径往。"师诣夫人院，令人报，夫人出，请师坐，师乃劳问安慰，夫人陈谢而已。师徐曰："张生，义

人也。当时献退贼之策，夫人面许继亲。张生托贫僧敬问一耗，未审懿旨若何？"夫人曰："张生之恩，固不可忘。方备蔬食，当与生面议。"师喜而退，以夫人语报生。

【高平调】【木兰花】那法师，忙贺喜，道："那每殷勤的请你，待对面商议。"张生曰："今朝正是个成婚日，那家多应，管准备那就亲筵席。"又问道："吾师，那家里做甚底？买了几十瓶法酒？做了几十分茶食？"法师笑道："休打砌，我见舂了几升陈米，煮下半瓮黄虀。"

生喜不自胜，整衣而待。

【仙吕调】【恋香衾】梳裹箱儿里取明镜，把脸儿挣得光莹。拂拭了纱巾，要添风韵。窣地罗衫长打影，偏宜二色罗领。沈郎腰道，与绛绦儿厮称。铃口鞋儿样儿整，僧革幼袜儿恬净。扮了书闱里坐地不稳，镜儿里拈相了内心骋。窗儿外弄影儿行，恨日头儿不到正南时分。

【尾】痒如如把心不定，肚皮儿里骨辘辘地雷鸣，眼悬悬地专盼著人来请。

生更衣不作饭，专待来请。自早至晚，不蒙人至，生曰："法本和尚何相戏我至此！夫人亦待我薄矣！"

【高平调】【木兰花】从自斋时，等到日转过，没个人偢问，酪子里忍饿。侵晨等到合昏个，不曾汤个水米，便不饿损卑末？果是咱饥变做渴，咽喉干燥，肚儿里如火。开门见法本来参贺："怎那门亲事，议论的如何？"

生作色曰："我平日待师不薄，师何薄我如此！"师曰："不知我所以薄公者。"生曰："适来嘱师问亲，师报我以今日见请。自朝抵暮，殊不蒙召。非师薄我何？"师曰："山僧过矣。夫人言明日作排，非今日矣。"生笑曰："两句传示，尚自疏脱，怎背诵《华严经》呵？秃屌！"师笑而去。生通宵不寐。须臾，日色清晨，果见红娘敛衽，道："夫人有请。"

【仙吕调】【赏花时】恰正张生闷转加，蓦见红娘欢喜煞，又手奉迎他。连忙陪笑，道："姐坐来么！"红娘曰："夫人使来，怎敢。　相国夫人教邀足下，是必休教推避咱。多谢解元呵！"张生道："依命。我有分见那冤家！"

【尾】"不图酒食不图茶，夫人请我别无话，孩儿，管教俺两口儿就亲咂！"

红娘笑而去。

【双调】【惜奴娇】绝早侵晨，早与他忙梳裹，不寻思虚脾真个。你试寻思，秀才家，平生饿，无那，空倚著门儿咽唾。　去了红娘，会圣肯书闱里坐！坐不定一地里笃么。觑著日头儿，暂时间，斋时过。"杀剁，又不成红娘邓我？"

生正疑惑间，红娘再至，生与俱往见夫人。

【双调】【惜奴娇】再见红娘，五脏神儿都欢喜，请来后何曾推避。逐定红娘，见夫人，忙施礼。道："前日，想娘娘可来惊悸？"　相国夫人，谨陪奉张君瑞，道："辄敢便屈邀先辈。子母孤孀，又无个，别准备。可怜客寄，愿先生高情勿罪。"

命生坐，茶讫，生起致辞曰："前者凶人掩至，惊扰尊怀，且喜雅候无恙。"夫人称谢，邀生坐，命进酒来。

【仙吕调】【赏花时】体面都输富贵家，客馆先来摒掠得雅，铺设得更奢华：帘垂绣额，芸阁小窗纱。　尺半来厚花茵铺矮榻，百和奇香添宝鸭。饮膳味偏佳。一托头的侍婢，尽是十五六女孩儿家。

【尾】轻敲檀板送流霞，壁间簇吊儿是名人画如法，胆瓶儿里惟浸几枝花。

生自思之：莺莺必为我有！

【黄钟宫】【侍香金童】不须把定，不在通媒媾，百媚莺莺应入手。郑氏起来方劝酒，张生急起，避席祗候。　一门亲事，十分指望著九。不隄防夫人情性恼，捋下脸儿来不害羞，欺心丛里，做得个魁首。

【尾】把山海似深恩掉在脑后，转关儿便是舌头，许了的话儿都不应口。

道甚的来？夫人谓生曰："妾之孤孀未亡，提携幼稚。不幸属师徒大溃，实不保其身。弱子幼女，犹君之生也，岂可忘其恩哉！"乃命弱子欢郎出拜。

【大石调】【红罗袄】酒行到数巡外，君瑞将情试想，自家倒大采。百媚的冤家，风流的姐姐，有分同谐。红娘满捧金卮，夫人道个无休外。想当日厚义深恩若山海，怎敢是常人般待。　低语使红娘：叫"取我儿来！"须臾至，鬌角儿如鸦头绪儿白；穿一领绸衫，不长不短，不宽不窄；系一条水运绦儿，穿一对儿浅面铃口僧鞋。都不到怎大小身材，畅好台孩，举止没俗态。

【尾】怎不教夫人珍珠儿般爱？居中中地行近前来，依次第觑著张生大人般拜。

夫人指生曰："当以仁兄礼奉。"欢郎拜，生不受，夫人令婢邀坐受拜。生自念之：欢郎，莺之弟也。我不与莺继亲礼，而得兄事，何济？似有愠色。

西厢记

【仙吕调】【乐神令】君瑞心头怒发，忿得来七上八下。烦恼身心怎捺纳？诵笃笃地酩子里骂。　　夫人可来夹衩，刚强与张生说话，道："礼数不周休怪呵！教我女儿见哥哥咱。"

夫人令红娘命莺莺"出拜尔兄"。久之，莺辞以疾。夫人怒曰："张生保尔之命，不然，尔虏矣！不能报恩以礼，能复嫌疑乎？"又久之，方至。常服悴容，不加新饰，然而颜色动人。

【黄钟宫】【出队子】滴滴风流，做为娇更柔。见人无语但回眸，料得娘行不自由，眉上新愁压旧愁。　　天、天闷得人来毂，把深恩都变做仇。比及相面待追依，见了依前还又休，是背面相思对面羞。

【尾】怪得新来可唧口留，折倒得个脸儿清瘦，瘦即瘦，比旧时越模样儿好否？

当初救难报恩，望佳丽结丝萝；及至免危答贺，教玉容为姊妹。此时张生筵上无语，情怀似醉，偷目觑莺，妍态迥别。

【南吕宫】【瑶台月】冤家为何，近日精神，直恁的消磨？浑如睡起，尚古子不曾梳裹。杏腮浅淡羞匀，绿鬓珑璁斜弹。眉儿细，凝翠娥；眼儿媚，翦秋波。娇多，想天真不许胭脂点污。　　谩言天上有姮娥，算人间应没两个。朱唇一点，小颗颗似樱桃初破。庞儿宜笑宜嗔，身分儿宜行宜坐。腰儿细，偏袅娜；弓脚小，绣鞋儿是红罗。轻挪，伽伽地拜，百般的软和。

【三煞】等得夫人眼儿落，斜著渌老儿不住睃。是他家倖不俅人，都只被你个可憎姐姐，引得眼花心乱，悄似风魔。

酒入愁肠醉颜酡，料自家没分消他。想昨来枉了身心，初间唤做得为夫妇。谁知今日，却唤俺做哥哥。　　是俺失所算，谩摧挫，被这个积世的老虔婆瞒过我！

如何见得？有《莺莺本传歌》为证。歌曰："此时潘郎未相识，偶住莲馆对南北。潜叹恓惶阿母心，为求白马将军力。明明飞诏五云下，将选金门兵悉罢。阿母深居鸡犬安，八珍玉食邀郎餐。千言万语对生意，小女初笄为姊妹。"莺拜毕，因坐于郑旁，凝睇怨绝，若不胜情。生目之，不知所措。

【商调】【玉抱肚】没留没乱，不言不语，尽夫人问当，夫人说话，不应一句。酒来后满盏家没命饮，面磨罗地甚情绪！吃著下酒，没滋味，似泥土。自心窨腹：莺莺指望同鸳侣，谁知道打脊老妪许不与。　　可憎的脸儿堪捻塑，梅妆浅浅宜淡注。唱呵，好风风韵韵，捻捻腻腻，济济楚楚。鹘鸰的渌老儿说不尽的抢，尽人劳攘把我不觑。咫尺半，如天边，谩长吁，奈何夫人间阻！苦煞人也天不管，刚待挤了，争奈煞肠肚！

【尾】婆婆娘儿好心毒，把如休教请俺去。及至请得我这里来，却教我眼受苦！

生因问莺齿，夫人曰："十七岁矣。"生徐以辞道莺，宛不蒙对，生彷徨爱慕而已。欲结良姻，未获其便，因乘酒自媒，云："小生虽处穷途，祖父皆登仕版，两典大郡，再掌丝纶。某弟某兄，各司要职。惟珙未伸表荐，流落四方。自七岁从学，于今十七年矣。十三学《礼》，十五学《春秋》，十六学《诗》、《书》，前后五十馀万言，置于胸中。二九涉猎诸子，至于禅律之说，无不著于心矣。后拟古而作相材时务内策，仗此决巍科，取青紫，亦不后于人矣。不幸尚书捐馆，数年置功名于度外，乃躬祭祀于墓侧。生事死葬之礼，于今毕矣。今日蒙圣天子下诏，乃丈夫富贵之秋，姑待来年，

西廂記

必期中鹄。愿不以自陈见责者,东方朔求见武帝,尚自媒书,时异事同,吾不让矣。今日旅食萧寺,邂逅相遇,特叙亲礼者,不自序行藏,夫人焉知终始。今因酒便,浪发狂词,无罪,无罪。"夫人曰:"先生之言,信不诬矣。然尚困布衣,必关诸命。"生曰:"若承家荫,践仕途久矣。奈非本心。丈夫隐则傲世,起则冲天,况遇明时简阅!然莺莺方年十七,未结良姻,敢问夫人,愿闻所以。"

【仙吕调】【乐神令】张生因而下泪以跪,说道:"不合问个小娘子年纪。"相国夫人道:"十七岁。"张生道:"因甚没佳配?"夫人可来积世,瞧破张生深意,使些儿譬似闲腌见识,著衫子袖儿淹泪。

夫人泣下,徐而言曰:"先生之言,深会雅意。莺莺女子,容质粗陋,如若委身足下,其幸有三:一则谩塞重恩,二则身有所托,三则佳人得配才子。妾甚愿也。"言未已,生起谢曰:"无状竖子,敢继良姻。"夫人急起,谓生曰:"先相公秉政朝省,妾兄郑相幼子恒,年今二十,郑相以亲见属,故相不获已,以莺许之恒。莺方及嫁,相公逝去,故未得成亲。若非故相先许郑相,必以莺妻君,以应平生之举。"

【仙吕调】【醍醐香山会】那张生闻说罢,喏喏地告退。夫人请"是必终席"。张生不免放身坐地,便是醍醐甘露酒怎再吃?　不语不言,闻著酒只推磕睡,枉了降贼见识。歪著头避著,通红了面皮,筵席上软摊了半壁。

莺莺见生敷扬己志,窃慕于己,心虽匪石,不无一动。

【双调】【月上海棠】张生果有孤高节,许多心事向谁说?眼底送情来,争奈母亲严切。空没乱,愁把眉峰暗结。多情彼此难割舍,都缘只是自家孽。席上正喧哗,不觉玉人低趄。莺道："休劝酒，我张生哥哥醉也。"

> 莺谓夫人曰："兄似不任酒力。"生开目视莺微笑。夫人曰："本欲终席，先生似倦于酒。"令红娘扶生归馆，生亦不答而去。至舍，生取金钗一只，以馈红娘。红娘惊谓生曰："妾奉夫人懿旨，送先生归馆，是何以物见赐？窥先生有意于莺，不能通殷勤，欲因妾以叙意。不然，何赐之厚？"生曰："慧哉，红娘之问。吾实有是心。娘子侍莺左右，但欲假你一言，申余肺腑。如万一有成，不忘厚德。"
>
> 红娘笑曰："莺莺幼从慈母之教，贞顺自保，虽尊亲不可以非语犯，下人之谋，固难入矣。"

【仙吕调】【赏花时】"酒入愁肠闷转多，百计千方没奈何，都为那人呵！知他、你姐姐，知我此情么？ 眼底闲愁没处著，多谢红娘见察我，与你试评度：这一门亲事，全在你成合！

【尾】"些儿礼物莫嫌薄，待成亲后再有别酬贺。奴哥，托付你方便子个。"

> 红娘曰："先生醉矣！"竟不受金，忿然而去。生不胜怏怏。况是无聊，又闻夜雨。

【中吕调】【棹孤舟缠令】不以功名为念，五经三史何曾想？为莺娘，近来妆就个㧑浮浪。也罗！ 老夫人做事挏搜相，做个老人家说谎。白甚铺谋退群贼，到今日方知是枉。也罗！ 一陌儿来，直恁地难偍傍。死冤家无分同罗幌。也罗！ 待不思量又早隔著窗儿望，赢得眼狂心痒痒。百千般闷和愁，尽总撮在眉尖上。也罗！

【双声叠韵】烛荧煌，夜未央，转转添惆怅。枕又闲，衾又凉，睡不著，如翻掌。谩叹息，谩悒怏。谩道不想，怎不想？空赢得肚皮儿里劳攘。　　泪汪汪，昨夜甚短，今夜甚长，挨几时东方亮？情似痴，心似狂，这烦恼如何向？待漾下，又瞻仰；道忘了，是口强，难割舍我儿模样。

【迎仙客】宜淡玉，称梅妆，一个脸儿堪供养。做为挣，百事抢，只少天衣，便是捻塑来的观音像。　　除梦里，曾到他行，烧尽兽炉百合香。鼠窥灯，偎著矮床，一个孽相的蛾儿，绕定那灯儿来往。

【尾】淅零零的夜雨儿击破窗，窗儿破处风吹著忒飘飘的响，不许愁人不断肠。

> 早是梦魂成不得，湿风吹雨入疏棂。异日，红娘复至，曰："夫人致意先生，今夜文候清胜。昨日酒不终席，先生不罪，多幸。"生谢曰："不才小子，过蒙腆饷。然昨者凶贼叩门，夫人以亲见许。以酒食馈我，令莺娘以兄礼待，薄我何多？今当西归长安，与夫人绝矣。

【大石调】【洞仙歌】"当初遭难，与俺成亲事，及至如今放二四。把如合下，休许咱家——你怎地，我离了他家门便是。　　不如归去，却往京师。见你姐姐、夫人俱传示：你咱说谎，我著甚痴心没去就，白甚只管久淹萧寺？"道得一声"好将息"，早收拾琴囊，打叠文字。

【双调】【御街行】张生欲去心将碎，却往京师里，收拾琴剑背书囊，道："保重，红娘将息！"红娘觑了高声道："君瑞先生喜！　　思量此事非人力，也是关天地。这书房里往日瞅曾来，不曾见这般物事。只应此物，不须归去，你有分学连理。"

> 红娘曰："妾不忍先生凄怆，谩为言之：观人好恶，乃知人之本情。

顺之则合，逆之则离。将有所谋，必有所好。今有一策，可使莺启门就此。愿不以愚贱之言见弃。"生曰："我思面莺之计，智竭思穷，尚不可得。今娘子有屈莺就见之策，敢不听命！虽赴汤火，亦愿为之。乞赐一言，以慰愁苦。"红娘曰："莺莺稍习音律，酷好琴阮。今见先生囊琴一张，想留心积有日矣。如果能之，莺莺就见之策，尽在此矣。"生闻之，捧腹而笑。

【仙吕调】【恋香衾】是日张生正郁闷，闻言点头微哂，道："九百孩儿，休把人厮啐，你甚胡来我怎信？"红娘道："先辈停头，只因此物，有分成亲。　　妇女知音的从古少，知音的止有个文君；著一万个文君，怎比莺莺！多慧多娇性灵变，平生可喜秦筝。若论弹琴擘阮，前后绝伦。

【尾】"等闲要相见、见无门，著何意思得成秦晋？不须把定，这七弦琴便是大媒人。"

红娘曰："如先生深夜作两三弄，莺闻必至，妾当从行。如闻声咳，乃莺至矣。愿先生变雅操为和声，以辞挑之，事必谐矣。莺亦善赋者，恐因此而得成。先生裁之。但恐先生不能耳。"生曰："吾虽不才，深善于此。"

卷 四

【双调】【文如锦】"说恁心聪，算来有分咱家共。若论著这弹琴，不是小儿得宠，从幼小，抚丝桐，《啼乌》《怨鹤》，《离鸾别凤》。使了千百贯现钱，下了五七年坲功。曾师高士，向焚香窗下，煮茗轩中，对青松，弹得高山流水，积雪

西厢记

堆风。《三百篇》新声诗意尽通，一篇篇弹得，风赋雅颂。古操新声，循环无始终。述壮节，写幽愫，闲愁万斛，离情千种。教知音的暗许，感怀者自痛。今夜里弹他几操，博个相逢。若见花容，平生的学识，今夜个中用。

【尾】"红娘，我对你不是打哄，你且试听一弄，休道你姐姐，遮莫是石头人也心动。"

红娘归。

【仙吕调】【赏花时】去了红娘闷转加，比及到黄昏没乱煞。花影透窗纱，几时是黑，得见那死冤家？　先拂拭瑶琴宝鸭。只怕我今宵磕睡呵，先点建溪茶。猛吃了几碗，惭愧哑，僧院已闻鸦。

【尾】碧天涯，几缕儿残霞，渐听得珰珰地昏钟儿打。钟声才罢，又成楼寒角奏《梅花》。

是夜晴天澄澈，月色皓空，生横琴于膝。

【中吕调】【满庭霜】幽室灯清，疏帘风细，兽炉香爇龙涎。抱琴拂拭，清兴已飘然。此个阁儿虽小，其间趣不让林泉。初移轸，啼乌怨鹤，飞上七条弦。　循环成雅弄，纯音合正，古操通玄。渐移入新声，心事都传。一鼓松风琴瑟，再弹岩溜涓涓。空庭静，莺莺未寐寝，须到小窗前。

其琴操曰：琴琴，轸玉，徽金。其操雅，其趣深。玄鹤集洞，啼乌绕林。洗涤是非耳，调和道德心。漱松风于石壁，迸远水于孤岑。不是秦筝合众听，高山流水少知音。琅琅雅韵，宽游子之愁怀；落落正声，醒饮人之醉梦。红娘报莺曰："张兄鼓琴，其韵清雅，可听否？"莺曰："夫人寝未？"红娘曰："夫人已熟寐矣。"莺潜出户，与红俱出。

【中吕调】【粉蝶儿】何处调琴，惺惺地把醉魂呼醒？正僧庭夜凉人静。羽衣轻，罗袜薄，春寒犹嫩。夜阑时，徘徊月移花影。　　寻声审听，泠然出尘幽韵。过空庭渐穿花径，蹑金莲，即渐到中庭。待侧近，转踌躇，嚣嚣地把心不定。

【尾】牙儿抵著不敢子声，侧着耳朵儿窗外听，千古清风指下生。

> 红娘声咳于窗侧，生闻之，惊喜交集，曰："莺即至矣，看手段何似！"

【仙吕调】【惜黄花】清河君瑞，不胜其喜，宝兽添香，稽首顶礼。十个指头儿，自来不孤你，这一回看你把戏。孤眠了一世，不闲了一日。今夜里弹琴，不同恁地。还弹到断肠声，得姐姐学连理。指头儿，我也有福啰，你也须得替。

【仙吕调】【赏花时】宝兽沉烟袅碧丝，半折的梨花繁杏枝，妆一胆瓶儿。冰弦重理，声渐辨雄雌。　　说尽心间无限事，謦咳微闻莺已至，窗下立了多时。听沉了一晌，流泪湿却胭脂。

【尾】也不弹雅操与新声，流水高山多不是，何似一声声尽说相思。

> 张生操琴歌曰："有美人兮见之不忘，一日不见兮思之如狂。凤飞翱翔兮四海求凰，无奈佳人兮不在东墙。张弦代语兮聊写微茫，何时见许兮慰我彷徨？愿言配德兮携手相将，不得于飞兮使我沦亡。"其辞哀，其意切，凄凄然如别鹤唳天。莺闻之，不觉泣下。但闻香随气散，情逐声来。生知琴感其心，推琴而起。

【双调】【芰荷香】夜凉天，泠泠十指，心事都传。短歌才罢，满庭春恨寥然。莺莺感此，阁不定粉泪涟涟，吞声窨气埋冤。张生听此,不托冰弦。　　火急开门月下虧,见莺莺独自,明月窗前,走来根底,抱定款惜轻怜。"薄情业种,咱两个彼各当年。休休,定是前缘,今宵免得,两下里孤眠。"

【尾】女孩儿諕得来一团儿颤,低声道:"解元听分辩,你便做搂慌,敢不开眼?"

　　抱住的是谁?是谁?张生拜虧。

【中吕调】【鹘打兔】畅忒昏沉,忒慕古,忒猖狂。不问是谁,便待窝穰。说志诚,说衷肠,骋奸俏,骋浮浪。初唤做莺莺,孜孜地虧来,却是红娘!　　打惨了多时,痴呆了半晌。惟闻月下,环珮玎珰。莲步小,脚儿忙;柳腰细,裙儿荡。嚚嚚地心惊,微微地气喘,方过回廊。

【尾】朱扉半开哑地响,风过处惟闻兰麝香,云雨无缘空断肠。

　　生问红娘曰:"莺适有何言?"红娘曰:"无他言,惟凄怨泣涕而已。妾逆度之,似有所动。今夕察之,拂旦报公。"红娘别生归寝,莺已卧矣。烛光照夜,愁思搅眠。

【中吕调】【碧牡丹】夜深更漏悄,莺莺更闷愁不小。拥衾无寝,心下徘徊筹度:君瑞哥哥,为我吃担阁。你莫不枉相思,枉受苦,枉烦恼?　　适来琴内排唤着,即自家大段不晓,自心思忖,怕咱做夫妻后不好?奴正青春,你又方年少。怕你不聪明?怕你不稔色?怕没才调?

【鹘打兔】奈老夫人,情性恰,非草草,虽为个妇女,有丈夫节操。俺父亲,居廊庙,宰天下,存忠孝。妾守闺门,些儿怎地,便不辱累先考?　　所重者,奈俺哥哥,由未表。适来怎地,把人奚落。司马才,潘郎貌,不由我,难偕老。

怎得个人来，一星星说与，教他知道？

【双声叠韵】夜迢迢，睡不著，宝兽沉烟袅。枕又寒，衾又冷，画烛愁相照。甚日休？几时了？强合眼，睡一觉，怎禁梦魂颠倒，夜难熬。　　背画烛，魆魆地哭，泪滴了，知多少！哭得烛又灭，香又消，转转心情恶。自埋怨，自失笑，自解叹，自敦搋。眼悬悬地，盼明不到。

【尾】昏沉的侍者管贪睡著，业相的明月儿不疾落，慵懒的鸡儿甚不唱叫？

　　莺通宵无寐，抵晓方眠。红娘目之，不胜悲感。侵晓而起，以情告生。

【黄钟宫】【侍香金童缠令】红娘急起，心绪愁无那，忙穿了衣裳离绣阁。如与解元相见呵，一星星都待说与子个。急离门首，连忙开放锁，直奔书帏里来见他。天色儿又待明也，不知做甚么，书帏里兀自点著灯火。

【双声叠韵】把窗儿纸，微润破，见君瑞披衣坐。管是文字忙，诗赋多，做甚闲功课。见气出不迭，口不暂合，自埋怨，自摧挫，一会家自哭自歌。

【出队子】悄一似风魔，眉头儿厮系著。红娘不觉泪偷落。相国夫人端的左，酷毒害的心肠忒瞭过！

【尾】做个夫人做不过，做得个积世虔婆，教两下里受这般不快活。

　　红娘推开书斋，张生见了，且喜且惊。

【仙吕调】【胜葫芦】手取金钗把门打，君瑞问："是谁家？""是红娘啰，待与先生相见咱！"张生闻语，速开门连问："管是恁姐姐使来唦？　昨日因循误见他，咫尺抵天涯，一夜教人没乱煞。"红娘道："且住，把莺莺心事，说与解元喋！"

红谓生曰："公勿忧。"观姐姐之情，于公深矣，听诉衷肠：

【中吕调】【古轮台】"莫心忧，解元听妾话踪由。俺姐姐夜来个闻得琴中挑斗，审听了多时，独语独言搔首。手抵牙儿，唱然长叹：'奈何慈母性拇搜，应难欢偶。'料来他一种芳心，尽知琴意，非不多情，自僝自僽。争奈他家不自由。我团著情，取个从今后为伊瘦。"张生闻语，扑撒了满怀里愁。想料死冤家心中先有，琴感其心，见得十分能勾。教俺得来，痛惜轻怜，绣帏深处效绸缪，尽百年相守。据自家冠世文章，谪仙才调，胸卷江淮，肠撑星斗，脸儿又清秀，怎不教那稔色的人人挂心头？

【尾】他家肯方便觑个缘由，知自家果有相如才调，肯学文君随我走。

生曰："情已动矣，易为政耳。"因笔砚作诗一首。

【双调】【御街行】文房四宝都拈至，先把松烟试。墨池点得兔毫浓，拂拭锦笺一纸。笔头洒落相思泪，尽写心间事。

也不打草不勾思，先序几句俺传示，一挥挥就一篇诗。笔翰与羲之无二。须臾和泪一齐封了，上面颠倒写一对鸳鸯字。

张生谓红娘曰："敢烦持此，达莺左右。"红娘曰："莺素端雅，焉敢以淫词致于前？然恃先生脱祸之恩，因莺莺慕郎之意，试为呈之。"

持笺归，置于妆台一边。莺起理妆，见其简而视之。

【仙吕调】【赏花时】过雨樱桃血满枝，弄色奇花红间紫。清晓雨晴时，起来梳裹，脂粉末曾施。把简儿拈来抬目视，是一幅花笺，写著三五行儿字，是一首断肠诗。低头了一晌，读了又寻思。

【尾】觑著红娘道：“怎敢如此！打脊风魔虔妮子！”这妮子合死，脸儿上与一照台儿。

　　照台举绶带飞空，宝鉴响花砖粉碎。红娘急躲过，曰："死罪，死罪！"诗云："相思恨转深，谩托鸣琴弄。乐事又逢春，花心应已动。幽情不可违，虚誉何须奉。莫恶月华明，且怜花影重。"

【仙吕调】【绣带儿】纸窗儿前，照台儿后，一封儿小简，掉在纤纤手。拆开读罢，写著淫诗一首。自来心肠怯，更读著恁般言语，你寻思怎禁受？低头了一晌，把庞儿变了眉儿皱，道：“张兄淫滥如猪狗。若夫人知道，多大小出丑？　　不良的贱婢好难容，要砍了项上驴头。多应是你，厮迤厮逗。兀的般言语，怎敢著我咱左右？这回且担免，若还再犯后，孩儿多应没诉休。如今俺肯推穷到底胡追究？思量定不必闭合口，且看当日把子母每曾救。

【尾】“如还没事书房里走，更著闲言把我挑斗，我打折你大腿缝合你口！”

　　莺曰："非汝孰能持诗至此？我以兄有活命之恩，不欲明言。今后勿得！"红娘谢罪。莺曰："我不欲面折。"因笔左侧，书于笺尾，令红娘："持此报兄，庶知我意。"红娘精神失措，手足战栗，趋至生前。生惊问之。

【仙吕调】【点绛唇】惊见红娘，泪汪汪地眉儿皱。生曰：“可憎姐姐，休把人僝僽。　　百媚莺莺，管许我同欢偶，更深后与俺相约，欲学文君走。”

【尾】红娘闻语，道：“休针喇，放二四不识娘羞！待要打折我大腿缝合我口。”

　　红娘曰："几乎累我。"生曰："何故？"红娘尽诉莺莺意。生惊曰：

西厢记

"奈何？"红娘示笺。生视之，微笑曰："好事成矣！"红娘曰："莺适甚怒，却有何言？"生指诗，悉解其意："题其篇曰《明月三五夜》，其诗曰：'待月西厢下，迎风户半开。拂墙花影动，疑是玉人来。'今十五日，莺诗篇曰《明月三五夜》，则十五夜也，故有'待月西厢'之句；'迎风户半开'，私启而候我也；'拂墙花影动'者，令我因花而逾垣也；'疑是玉人来'者，谓我至矣。"红娘笑曰："此先生思慕之深，妄生穿凿，实无是也。"言讫而去。生专俟天晚。

【黄钟宫】【出队子】咫尺抵天涯，病成也都为他，几时到今晚见伊呵？业相的日头儿不转角，敢把愁人刁虐杀！　　假热脸儿常钦定，把人心不鉴察。邓将军你敢早行么？咱供养不曾亏了半恰，枉可惜了俺从前香共花。

【尾】一刻儿没巴避抵一夏，不当道你个日光菩萨，没转移好教贤圣打。

是夕一鼓才过，月华初上，生潜至东垣，悄无人迹。

【中吕调】【碧牡丹】夜深更漏悄，张生赴莺期约。落花薰砌，香满东风帘幕。手约青衫，转过栏杆角。见粉墙高，怎过去？自量度。　　又愁人撞著，又愁怕有人知道。见杏梢斜堕嫋，手触香残红惊落。欲待逾墙，把不定心儿跳。怕的是，月儿明，夫人劣，狗儿恶。

【尾】照人的月儿怎得云蔽却？看院的狗儿休唱叫，愿劣相夫人先睡著。

【黄钟宫】【黄莺儿】君瑞，君瑞，墙东里一跳，在墙西里扑地。听一人高叫道："兀谁？"生曰："天生会在这里！"　　闻语红娘道："踏实了地，兼能把戏，你还待要跳龙门，不到得恁的。"

《新刻魏仲雪先生批点西厢记》插图

宝兽沉烟袅碧丝，
半折的梨花繁杏枝，
　　妆一胆瓶儿。
冰弦重理，声渐辨雄雌。
　　说尽心间无限事，
謦咳微闻莺已至，
　　窗下立了多时。
听沉了一晌，
　　流泪湿却胭脂。

见其人，乃红娘也。红娘曰："更夜至此，得无嫌疑乎？"

【双调】【搅筝琶】红娘曰："君瑞好乖劣！半夜三更，来人家院舍。明日告州衙，教贤分别。官人每更做担饶你，须监收得你几夜！" 张生闻语，急忙应喏。"听说，听说，不须姐姐高声叫，怀儿里兀自有简帖。写著启户迎风，西厢待月。明道暗包笼，是恁姐姐。红娘，你好不分晓，甚把我拦截？

【尾】"今宵待许我同欢悦，快疾忙报与恁姐姐，道门外'玉人'来也！"

怎见得有简帖期生来？有《本传歌》为证。歌曰："丹诚寸心难自比，写在红笺方寸纸。寄与春风伴落花，仿佛随风绿杨里。窗中暗读人不知，剪破红绡裁作诗。还怕香风畏飘荡，自令青鸟口衔之。诗中报郎含隐语，郎知暗到花深处。三五月明当户时，与郎相见花间语。"生返复解诗中之意，红娘曰："先生少待，容妾报之，容妾报之。"倏忽，红娘奔至，连曰："至矣，至矣！"张生但欢心谓得矣。及乎至，则端服严容，大怒生曰："兄之恩，活我之家，厚矣。是以慈母以弱子幼女见托。奈何因不令之婢，致淫佚之词？始以护人之乱为义，而终以诲淫之语为谋。以谋易乱，夺彼取此，又何异矣？诚欲寝其词，则保人之奸，不贞；明之于母，则背人之惠，不祥；将寄词婢仆，又惧不得发其真诚。是用托谕短章，愿自陈启。犹惧兄之见难，因鄙靡之词，以求必至。非礼之动，能不愧心！愿兄怀廉耻之心，无及于乱，使妾保谨廉之节，不失于贞。"

【般涉调】【哨遍缠令】是夜莺莺，从头对著张生，一一都开解："当日全家遇非灾，夫人心下惊骇，与眷爱家属，尽没逃生之计，仿佛遭残害。谢当日先生奇谋远见，坐施了决胜良

263

策。谊深思重若山海，不似寻常庶人般待，认义做哥哥，厚礼相钦，未尝懈怠。　　念兄以淫词，适来侍婢遗奴侧，解开遂披读，兀然心下疑猜。故恰才，令人诈以新词相约，果是先生届。料当日须曾读先圣典教，五常中礼义偏大。弟兄七岁不同席，今日特然对兄白，岂不以是非为戒？

【急曲子】"思量可煞作怪，夜静也私离了书斋，走到寡妇人家里，是别人早做贼捉败。此言当记在心怀，知过后自今须改。

【尾】"莫怪我抢，休怪我责，我为个妹妹你作此态，便不枉了教人唤做秀才！"

　　张生去住无门，红娘精神失色。

【般涉调】【夜游宫】言罢莺莺便退，兀的不羞杀人也天地！怎禁受红娘厮调戏，道："成亲也，先生喜，喜。　　贱妾是凡庸辈，诗四句不知深意。只唤做先生解经理，解的文义差，争知快打诗谜。"

　　红娘曰："羞煞我也，羞煞我也！"张生自笑，徐谓红娘曰：

【仙吕调】【绣带儿】"你寻思，甚做处，不知就里，直恁冲冲怒？把人请到，是他做死地相抢，大小大没礼度。俺也须是你个哥哥，看人似无物。据恰才的做作，心肠料必如土木。刚夸贞烈，把人耻辱。这一场出丑，向谁伸诉？　　红娘姐姐，你便聪明，当初曾救他子母，谁知到今把恩不顾。恰才据俺对面不敢支吾，白受恁闲惊怖。细寻思，吾也乾白。俺捱拨那孟姜女，之乎者也，人前卖弄能言语，俺错口儿又不曾还一句。这些儿羞懒，怎能担负？

【尾】"如今待欲去又关了门户，不如咱两个权做妻夫。"红娘道："你莽时书房里去！"

生带惭色，久之方出。

【般涉调】【苏幕遮】那张生，心不悦，过得墙来，闷闷归书舍。壁上银钉半明灭，床上无眠，愁对如年夜。　寸心间，愁万叠，非是今生，尽是前生业。有眼何曾暂交睫！泪点儿不干，哭向西窗月。

【柘枝令】花唇儿恁地把人调揭，怎对外人分说？当初指望做夫妻，谁知变成吴越！　顿不开眉尖上的闷锁，解不开心头愁结。是前生宿世负偿伊，也须有还彻。

【墙头花】当初指望，风也不教泄，事到而今已不藉。莫不是张珙曾声扬？莫不是别人曾间谍？　群贼作警，早忘了当时节，及至如今卖弄贞烈。孤恩的毒害婆婆，负心的薄情姐姐。　亲曾和俺诗韵，分明寄著简帖，谁知是咭嗒，此恨教人怎割舍？情诗儿自今休吟，简帖儿从今莫写。

【尾】不走了，厮觑著，神天报应无虚设。休，休，休，负德孤恩的见去也！

张生勉强弃衣而卧。

【黄钟宫】【出队子】他每孤恩，适来到埋怨人。见人扶弱骋精神，幸自没嗔刚做嗔，浑不似那临危忙许亲。　花言巧语抢了俺一顿，俺耳边佯不闻。归来对这一盏恼人灯，明又不明，昏又不昏，你道教人怎不断魂？

【尾】早是愁人睡不稳，约来到二更将尽，隔窗儿暮听得人唤门。

卷 五

生启门观，喜不自胜。是谁？是谁？伴愁单枕，翻成并枕之欢；淹泪孤衾，变作同衾之乐。是谁？是谁？乃莺莺也。生惊问："适何遽拒我？"莺莺答曰："以杜谢侍婢之疑。"生拥莺至寝。

【仙吕调】【绣带儿】喜相逢，笑相拥。抱来怀里，埋怨薄情种："适来相见，不得著言相讽，今夜劳合重。你也有投奔人时，姐姐瞵起动。传言送简，分明许我效鸾凤，谁知一句儿不中用。甚厮迤厮逗，把人调弄？" 莺莺闻此，道谢相从，著笑把郎供奉。耳朵儿畔，尽诉苦恹。脸儿粉腻，口边朱麝香浓。锦被翻红浪，最美是玉臂相交，偎香恣怜宠。莺莺何曾改，怪娇痴似要人捆纵，丁香笑吐舌尖儿送——撒然惊觉，衾枕俱空。

【尾】珰珰的听一声萧寺击疏钟，玉人又不见方知是梦。愁浓，楚台云雨去无踪。

疏钟敲破合欢梦，晓角吹成无尽愁。

【中吕调】【踏莎行】辣浪相如，薄情卓氏，因循堕了题桥志。锦笺本传自吟诗，张张写遍莺莺字。 沈约一般，潘郎无二，算来都为相思事。莺莺，你还知道我相思，甘心为你相思死！

生自此行忘止，食忘饱，举措颠倒，不知所以，久之成疾。大师窃知，径来问病，曰："佳时难得，春物正妍。何事萦心，致损天和如此？"生曰："非师当问。

【仙吕调】【赏花时】"过雨樱桃血满枝，弄色的奇花红间紫，垂柳已成丝。对许多好景，触目是断肠诗。　稔色的庞儿憔悴死，欲写相思，除非天样纸，写不尽这相思。拍愁担恨，孤负了赏花时。"

【尾】"不明白担阁的如此。欲问自家心头事，愿听我说似，这心头横傥个海猴儿。"

> 大师笑曰："以一女子，弃其功名远业乎？"生曰："仆非不达。潘郎多病，宋玉多愁，触物感情，所不免矣。"师知其不可勉，但曰"子慎汤药"而去。自是废寝忘餐，气微嗜卧。夫人想生病，令红娘问候。张生声丝气噎，问红娘曰："莺莺知我病否？你来后，又有甚诗词简帖？"红娘道："又来也那？你又来也！"

【高平调】【糖多令】"光景迅如梭，怏怏愁闷多，思量都为奴哥。不顾深恩成间阔，大抵是那少年女奴。也啰！旧恨怎消磨？新愁没奈何！不防忧损天和。怎吃受夫人看冷破，云和雨怎成合？也啰！

【牧羊关】"白日且犹自可，黄昏后是甚活？对冷落书斋，青荧灯火。一回家和衣睡，一回家披衣坐。共谁闲相守？与影儿厮伴著。　心头病怎成恁么？几日来气微嗜卧，舌缩唇干，全无涕唾。针灸没灵验，医疗难痊可。见恁姐姐与夫人后，一星星说与呵！

【尾】"没亲熟病染沈疴。可怜我四海无家独自个，怕得工夫肯略来看觑我么？"

> 红娘亦为之沾洒，曰："妾必为郎伸意，但恐莺莺情分薄耳。"欲去，生止。

【南吕宫】【一枝花】红娘将出门，唤住低声问："孩儿，你到家道与莺莺，都为他家，害得人来病。咱家干志诚，不望他家，恁地孤恩短命！　我见得十分难做人，待死后通些灵圣。阎王问'你甚死'，与说实情。从始末根由，说得须教信。少后三二日，多不过十朝，须要您莺莺偿命。

【尾】"待阎王道俺无凭准，抵死谩生断不定，也不共他争，我专指著伊家做照证。"

红娘曰："休攀绊！"去无多时，红娘曰："夫人、姐姐至矣。"生亦不顾，但张目而已矣。

【大石调】【感皇恩】张君瑞，病恹恹担带不去。说不得凄凉，觑不得凄楚，骨消肉尽，只有那筋脉皮肤。又没个亲熟的人抬举。　有些儿闲气，都做了短叹长嘘。便吃了灵丹怎痊愈！尽夫人存问，半晌不能言语。目间泪汪汪，多情眼，把莺莺觑。

莺抚榻谓生曰："兄之病危矣，不识病甚？愿速言之。

【黄钟宫】【降黄龙衮缠令】"自与兄别来，仿佛十馀日。甚陡顿肌肤消瘦添憔悴？尽教人问当，不能应对，眼儿里空恁泪汪汪地。　尚未知伤著甚物，直恁不能起？愿对著夫人，一一说仔细。"料来想必定是些儿闲气，白瘦得个清秀脸儿不戏。

【双声叠韵】有甚愁，消沈围，潘鬓慵梳洗？眼又暝，头又低，子管里长出气。细觑了，这病体，好不忘，怎下得！多应是为我后恁地细思忆。　何处疼，那面痛，教俺没理会。管腹胀满，心闭塞，快请个人调理。便道破，莫隐讳！到这里，命将逝，莺莺有个药儿善治。

【刮地风】生曰："多谢伊来问当俺，纵来后何济！自家这一场腌臜病，病得来跷蹊。难服汤药，不停水米。不头沉，不脑热，脉儿又沉细。知他为个甚，吃药后难医？

【尾】"妹子、夫人记相识，多应管命归泉世。这病说不得闷恹恹一肚皮。"

　　莺曰："妾有小药，能治兄心间郁闷。少顷，令红娘专献药至。"

　　生勉劳谢，夫人曰："先生好服汤药，我且去矣。"生见夫人与莺欲

　　去，生勉强披衣而起。

【高平调】【木兰花】那张生，闻得道，把旋阑儿披定，起来陪告。东倾西侧的做些腌躯老，闻生没死的的陪笑。"相国夫人恁但去，把莺莺留下，胜如汤药。"红娘闻语把牙儿咬，怎得条白练，我敢绞煞这神脚！

　　夫人与莺俱去，生目送之。

【黄钟宫】【降黄龙衮】那相国夫人，探看了张君瑞，便假若铁石心肠应粉碎。子母每行不到窗儿西壁，只听得书舍里一声仆地。　　是时三口儿转身，却往书帏内，惊见张生，掉在床脚底，赤条条地，不能收拾身起，口鼻内悄然没气。

【尾】相国夫人道得"可惜，早是孩儿一身离乡客寄，死作个不著坟墓鬼。"

　　令红娘救，少顷稍苏。令一仆驰骑入蒲，请医人至，令看其脉。医

　　曰："外貌枯槁，其实无病。"

【黄钟宫】【黄莺儿】奇妙！奇妙！郎中诊罢，嘻嘻的冷笑，道："五脏六腑又调和，不须医疗。"又问生曰："先生无病，何瘦弱？如此为个甚肌肤浑如削？"张生低道："我心头横著这莺莺。"医人曰："我与服泻药。"

　　医留汤一贴，夫人赐钱二千。医退，夫人曰："宜以汤药治，不可

269

自苦如此。"夫人与莺既归，无一人至。生曰："所望不成，虽生何益！"强整衣巾，以绦悬栋。

【仙吕调】【六幺实催】情怀转转难存济，劳心如醉。也不吟诗课赋，只恁昏昏睡。恰恁待才合眼，忽闻人语，哑地门开，却见薄情种，与夫人来这里。　　著他方言语，把人调戏。不道俺也识你恁股圈圆。慢长呼气空垂泪，念向日春宵月夜，回廊下，恁时初见你。

【六幺遍】向花阴底潜身立，渐审听多时，方见伊端的：腰儿稔腻，裙衣翡翠，料来春困把湖山倚。偏疑：沉香亭北太真妃。　　好多娇媚诸馀美，遂对月微吟，各有相怜意。幽情未已，忽观侍婢，请伊归去朱门闭。堪悲，只怨阿母阻佳期。

【哈哈令】伊家只在香闺，小生独守书帏，纵写花笺无人寄。忍轻离也哈哈，敛愁眉也哈哈。

【瑞莲儿】咫尺浑如千万里。谁知后来遇群贼，子母无计皆受死，难闪避。恁时节，是俺咱可怜见你那里。

【哈哈令】蒲关巡检与我相知，捉贼兵免了灾危，恁时许我为亲戚。不望把心欺也哈哈，好昧神祇也哈哈！

【瑞莲儿】刁蹬得人来成病体，争如合下休相识。三五日来不汤个水米，教俺难恋世。到此际，兀谁可怜见我这里！

【尾】把一条皂绦梁间系，大丈夫死又何悲，到黄泉做个风流鬼！

【双调】【御街行】张生是日心将碎，猛把残生弃。手中把定套头儿，满满地两眼儿泪。思量人命也非小可，果是关天地。　　夫人去后门儿闭，又没甚东西，蓦一人走至猛推开，不觉胜来根底。舒开刺绣弹筝手，扯住张生君瑞。

虽云祸福无门，大抵死生由命。当日一场好事，顷刻不成；后来万
里前程，逡巡有失。拽住的是谁？是谁？红娘也。谓生曰："先生
惑之甚矣！妾若来迟，已成不救。"曰："莺自视郎疾归，泣谓妾曰：
'莺之罪也。因聊以诗戏兄，不意至此。如顾小行，守小节，误兄
之命，未为德也。'令妾持药见兄。"

【中吕调】【古轮台】那红娘，对生一一说行藏："俺姐姐探
君归，愁入兰房。独语独言，眼中雨泪千行。良久多时，喟
然长叹，低声切切唤红娘，都说衷肠。道：'张兄病体尫羸，
已成消瘦，不久将亡。都因我一个，而今也怎支当？我寻
思，顾甚清白救才郎！'当时闻语，和俺也恓惶。遣妾将汤
药来到伊行，却见先生，这里恰待悬梁。些儿来迟，已成不
救，定应一命见阎王。人好不会思量！试觑他此个帖儿，有
些汤药，教与伊服，依方修合，闻著喷鼻香。久服后，补益
丹田助衰阳。"

【尾】一天来好事里头藏，其间也没甚诸般丸散，写著个专治
相思的圣惠方。

乃一短简，外封曰："小诗奉呈才兄文几，莺莺谨封。"生取古鼎，令
添香，置诸笔几之上。谓红娘曰："往者以亵慢而见责，今日敢无礼
乎！"生遂拜之。

【木兰花】急添香，忙礼拜，躬身合掌，以手加额，香烟上
度过把封皮儿拆，明窗底下，款地舒开。　　不知写著甚来，
读罢稿几回喝采。十分来的鬼病，九分来痊瘥。红娘劝道：
"且宁耐，有何喜事，怎大惊小怪？"

张生遂展开，读了莺莺诗，喜不自胜，其病顿愈。诗曰："勿以闲思

想，摧残天赋才。岂防因妾幸，却变作君灾。报德难从礼，裁诗可
当媒。高唐休咏赋，今夜雨云来。"都来四十字，治病赛卢医。

【仙吕调】【满江红】清河君瑞，读了嘻嘻地笑不止。也不是
丸儿，也不是散子，写遍幽期书体字。叠了舒开千百次，念
得熟如本传，弄得软如故纸。也不是闲言语，是五言四韵，八
句新诗。若使颗硃砂印，便是偷期帖儿，私期会子。　　　尽
红娘问而不答。暮见红娘询问著，道："若泄漏天机，是那不
是？""是恁姐姐，今宵与我偷期的意思，说与你也不碍事。"
红娘闻语，吸地笑道："一言赖语都是二四！没性气闲男女，
不道是哑你，你唤做是实志。你好不分晓，是前来科段，今番
又再使。"

生曰："汝欲闻此妙语，吾能唱之，而无和者，奈何？"红娘曰："妾
和之，可乎？"张生曰："可。"

【仙吕调】【河传令缠】"不须乱猜这诗中意思，略听我款
款地开解。谁指望是他劣相的心肠先改，想咱家不枉了为他
害。　　　红娘姐姐且宁耐，是俺当初坚意，这好事终在。一
句句唱了，须管教伊喝采。"那红娘道："张先生，快道来。"

【乔合笙】"休将闲事苦萦怀，"和："哩哩啰，哩哩啰，
哩哩来也！""取次摧残天赋才。"和。"不意当初完妾命，"
和。"岂防今日作君灾。"和。"仰酬厚德难从礼，"和。"谨奉
新诗可当媒。"和。"寄语高唐休咏赋，"和。"今宵端的雨云
来。"和。

【尾】那红娘，言"休怪，我曾见风魔九伯，不曾见这般个
神狗乾郎在。"

生谓红娘曰："自向来饮食无味，今日稍饥。想夫人处必有佳馔，烦

汝敬谒，不拘多寡，以疗宿饥，可乎？"红娘诺而往。顷而至，持美馔一盘。生举箸而罄。红娘曰："吃得作得，信不诬矣。"

【中吕调】【碧牡丹】小诗便是得效药，读罢顿然痊较。入时衣袂，脱体别穿一套，煞懒懒做些觑躯老。问红娘道："韵那不韵？俏那不俏？" 镜儿里不住照，把须鬓掠了重掠。口儿里不住，只管吃地忽哨。九伯了多时，不觉的高声道："吣啰，日斋时；哑，日转角；哑，日西落！"

【尾】红娘觑了吃地笑，"俺骨子不曾移动脚，这急性的郎君三休饭饱！"

　　生赠金钗一只而嘱曰："今夕不来，愿相期于地下！"红娘谢生而
　　归。生送至阶下，再三叮嘱。

【仙吕调】【胜葫芦】送下阶来欲待别，又嘱付两三歇："待好事成合后别致谢。把目前已往，为他腌苦，都对著那人说。 生死存亡在今夜。不是我佯呆，待有一句儿虚脾天地折！是必你叮咛嘱付，你那可人的姐姐，教今夜早来些！"

【尾】去了红娘归书舍，坐不定何曾宁贴，倚门专待西厢月。

　　是夜玉宇无尘，银河泻露。月华铺地，愈增诗客之吟；花气薰人，
　　欲破禅僧之定。人间良夜静复静，天上美人来不来？生专待，鼓已
　　三交，莺无一耗。

【仙吕调】【赏花时】倚定门儿手托腮，闷答孩地愁满怀，不免入书斋。倘冤家负约，今夜好难捱！ 闷损多情的张秀才，忽听得枕门儿哑地开，急把眼儿揩，见红娘敛袂，传示解元咳！

【尾】"莫萦心且暂停宁耐，略时间且向书帏里待。教先生

休怪，等夫人烧罢夜香来。"

　　生隐几小眠，有人觉之，曰："织女降矣，尚耽春睡？"生惊视之，
　　红娘抱衾携枕而至，谓生曰："至矣，至矣！"生出户迎莺，但见欲
　　行欲止，半笑半娇。生就而抚之，翻然背面。

【大石调】【玉翼蝉】多娇女，映月来，结束得极如法：著
一套衣服，偏宜恁潇洒；乌云鬟，玉簪斜插，好娇姹！脚儿
小，罗袜薄，疑把金莲撒。更举止轻盈，诸馀里又稔腻，天
生万般温雅。　　甫能相见，撇著个庞儿那下。尽人问当，
佯羞不答；万般哀告，手摸著裙腰儿做势煞。恁不偢人，俺
怎敢嗔他？自来不曾，亏伊半恰。薄情的妈妈，被你刁鳘得
人来，实志地咱！

　　夜半红娘拥抱来，脉脉惊魂若春梦。

【大石调】【洞仙歌】青春年少，一对儿风流种，恰似娇鸾
配雏凤。把腰儿抱定，拥入书斋，道："我女儿，休恁人前庄
重。"　　哄他半晌，犹自疑春梦。灯下偎香恣怜宠，拍惜
了一顿，呜咂了多时，紧抱著噇，那孩儿不动。更有甚功夫
脱衣裳，便得个胸前，把奶儿摩弄。

　　羞颜慵怯，力不能运肢体。曩时之端庄，不复同矣。张生飘然，一
　　旦疑神仙中人，不谓从人间至矣。

【中吕调】【千秋节】良宵夜暖，高把银釭点，雏鸾娇凤乍
相见。窄弓弓罗袜儿翻，红馥馥地花心，我可曾惯？百般搊
就十分闪。　　忍痛处，修眉敛；意就人，娇声战；浥香
汗，流粉面。红妆皱也娇娇羞，腰肢困也微微喘。

　　月传银漏和更长，郎抱莺娘舌送香。一宵之事，张生如登霄汉，身
　　赴蓬宫。

【仙吕调】【临江仙】燕尔新婚方美满，愁闻萧寺疏钟。红娘催起笑芙蓉，巫姬云雨散，宋玉枕衾空。　　执手欲言容易别，新愁旧恨无穷。素娥已返水晶宫，半窗千里月，一枕五更风。

> 怎见得有如此事来？有唐元微之《莺莺传》为证："红娘捧莺而去，终夕无一言。张生辨色而兴，自疑于心，曰：'岂其梦耶？岂其梦耶？'所可明者：妆在臂，香在衣，泪光荧荧然，犹莹于衽席而已。"

【羽调】【混江龙】两情方美，断肠无奈晓楼钟。临时去幽情脉脉，别恨匆匆。洛浦人归天渐晓，楚台云断梦无踪。空回首，闲愁与闷，应满东风。　　起来搔首，数竿红日上帘栊。犹疑虑：实曾相见？是梦里相逢？却有印臂的残红香馥馥，偎人的粉汗尚融融。鸳衾底，尚有三点、两点儿红。

> 生取纸笔，遂写词二首。词毕，又赋《会真诗》三十韵。

【仙吕调】【朝天急】锦笺和泪痕，一齐封了，欲把莺莺今夜约，殷勤把红娘告："休推托，专专付与多娇。　姐姐便不可怜见不肖，更做于人情分薄。思量俺，日前恩非小，今夕是他不错。　　道与冤家休负约，莫忘了。如把浓欢容易抛，是咱无分消。你莫辞劳，若见如花貌，一星星但言我道。"

【尾】"我眼巴巴的盼今宵，还二更左右不来到，您且听著：提防墙上杏花摇。"

> 红娘归，以诗词授莺。莺看之，愈喜愈爱。词曰："司马伤春候，文君多病时。残红簌簌褪胭脂，恰恰流莺，催日上花枝。　释闷琴三弄，消愁酒一卮。此时无以说相思，彩笔传情，聊赋会真诗。"右调《南柯子》。　又词曰："云雨事，都向会真夸。麝墨轻磨声韵玉，兔

275

毫初点色翻鸦，书破锦笺花。　诗句丽，造化窟中拿。俊逸参军非足羡，清新开府未才华，寄与谢娘家。"　诗曰："微月透帘栊，萤光度碧空。遥天初缥缈，低树渐葱茏。龙吹过庭竹，鸾歌拂井桐。罗绡垂薄雾，环珮响轻风。绛节随金母，云心捧玉童。更深人悄悄，晨会雨濛濛。珠莹光文履，花明隐绣龙。宝钗行彩凤，罗帐掩丹虹。言自瑶华浦，将朝碧玉宫。因游洛城北，偶向宋家东。戏调初微拒，柔情已暗通。低鬟蝉影动，回步玉尘蒙。转面流花雪，登床抱绮丛。鸳鸯交颈舞，翡翠合欢笼。眉黛羞偏聚，唇朱暖更融。气清兰蕊馥，肤润玉肌丰。无力慵移腕，多娇爱敛躬。汗光朱点点，发乱绿松松。方喜千年会，俄闻五夜穷。留连时有限，缱绻意难终。慢脸含愁态，芳词誓素衷。赠环明运合，留结表心同。啼粉流清镜，残灯绕暗虫。华光犹冉冉，旭日渐曈曈。乘鹜还归洛，吹箫亦上嵩。衣香犹染麝，枕腻尚残红。幂幂临塘草，飘飘思渚蓬。素琴鸣怨鹤，晴汉望惊鸿。海阔诚难度，天高不易冲。行云无处所，萧史在楼中。"莺惊异之，索笺拟和；伫思久之，阁笔不下，掷笔自笑曰："才不逮于郎矣！"

【大石调】【吴音子】莺莺从头读罢，缩首顿称赏。此诗此韵，若非神助便休想。著甚才学，和恁文章？休强，休强！果非常，做得个诗阵令、骚坛将。收拾云雨，为郎今夜更相访。消得一人，因君狂荡，不枉，不枉！

【尾】岂止风流好模样，更一段儿恁锦绣心肠，道个甚教人看不上？

次夜，张生启门伺莺，莺多时方至。似姮娥离月殿，如王母下瑶台。

【正宫】【梁州缠令】玉漏迢迢二鼓过，月上庭柯，碧天空

《北西厢记》插图，明万历三十八年（公元1610年）起凤馆刊本

倚定门儿手托腮,
闷答孩地愁满怀,
　　不免入书斋。
倘冤家负约,
　　今夜好难捱!
闷损多情的张秀才,
　　忽听得梳门儿哑地开,
急把眼儿揩,
　　见红娘敛袂,
传示解元咳!

阔镜铜磨，哑地听枕门儿响，见巫娥。　　对郎羞懒无那，靠人先要偎摩。宝髻挽青螺，脸莲香傅，说不得媚多。

【应天长】欲言羞懒颤声讹，多时方语，低谓"粉郎呵，莺莺的祖宗你知么？家风清白，全不类其他。莺莺是闺内的女，服母训怎敢如何？不意哥哥因妾病，恹恹地染沉疴。思量都为我咱呵！肌肤消瘦，瘦得浑似削，百般医疗终难可。莺莺不忍，以此背婆婆。婆婆知道，除会圣，云雨怎得成合！异日休要相逢别的，更不管负人呵！"

【甘草子】听说破，听说破，张生低告道："姐姐言语错，休恁厮埋怨，休恁厮奚落。张琪殊无潘、沈才，辄把梅犀玷污。负心的神天放不过，休么奴哥！"

【梁州三台】莺莺色事，尚兀自不惯，罗衣向人羞脱。抱来怀里惜多时，贪欢处呜损脸窝；办得个噇著、摸著，偎著、抱著，轻怜痛惜一和。恣恣地觑了可喜冤家，忍不得恣情呜嗾。

【尾】莺莺色胆些来大，不惯与张生做快活，那孩儿怕子个，怯子个，闪子个。

【仙吕调】【点绛唇缠令】殢雨尤云，靠人紧把腰儿贴。颤声不彻，肯放郎教歇！　　檀口微微，笑吐丁香舌，喷龙麝，被郎轻咶，却更嗔人劣。

【风吹荷叶】只被你个多情姐，噇得人困也、怕也，痛怜呜损胭脂颊。香喷喷地，软揉揉地，酥胸如雪。

【醉奚婆】欢情未绝，愿永远如今夜。银台画烛，笑遣郎吹灭。

【尾】并头儿眠，低声儿说。夜静也无人窥窃，有幽窗花影

279

西楼月。

红娘至，促曰："天色曙矣！"

卷 六

【仙吕调】【恋香衾】一夕幽欢信无价，红娘万惊千怕。且恐夫人暗中知察。暂不多时云雨罢，红娘催定如花，把天般恩爱，变成潇洒。　　君瑞莺莺越偎的紧，红娘道："起来么，娘呵！"戴了冠儿把玉簪斜插。欲别张生临去也，偎人懒兜罗袜。"我而今且去，明夜来呵！"

【尾】懒别设的把金莲撒，行不到书窗直下，兜地回来又说些儿话。

> 自是朝隐而出，暮隐而入，几半年矣。夫人见莺容丽倍常，精神增媚，甚起疑心。夫人自思，必是张生私成暗约。

【双调】【倬倬戚】相国夫人自窨约：是则是这冤家没弹剥，陡恁地精神偏出跳，转添娇，浑不似旧时了？　　旧日做下的衣服件件小，眼慢眉低胸乳高，管有兀谁厮般著，我团著这妮子做破大手脚。

> 莺以情系心，恋恋不已。夫人察之，是夕私往。

【大石调】【红罗袄】君瑞与莺莺，来往半年过，夜夜偷期不相度。没些儿斟量，没些儿惧惮，做得过火。莺莺色事迷心，是夜又离香阁。方信乐极悲来，怎知觉，惹场天来大祸。　　那积世的老婆婆，其时暗猜破，高点著银钉堂上坐。问侍婢以来，兢兢战战，一地里笃么。问莺莺更夜如何

背游私地，有谁存活？诸侍婢莫敢形言，约多时，有口浑如
锁。

【尾】相国夫人高声喝："贱人每怎敢瞒我！唤取红娘来问
则个！"

> 一女奴奔告，莺莺急归。见夫人坐堂上，莺莺战慄。夫人问红娘
> 曰："汝与莺更夜何适？"红娘拜曰："不敢隐匿：张生猝病，与莺往
> 视疾。"夫人曰："何不告我？"答曰："夫人已睡，仓猝不敢觉夫人
> 寝。"夫人怒曰："犹敢妄对，必不舍汝！"

【南吕调】【牧羊关】夫人堂上高声问："为何私启闺门？你
试寻思，早晚时分，迤逗得莺莺去，推探张生病。恁般闲言
语，教人怎地信？　　思量也是天教败，算来必有私情。甚
不肯承当，抵死讳定，只管厮瞒昧，只管厮咭哔？好教我禁
不过，这不良的下贱人！

【尾】"思量又不当口儿稳。如还抵死的著言支对，教你手托
著东墙我直打到肯！"

> 红娘徐而言曰："夫人息怒，乞申一言。

【仙吕调】【六幺令】"夫人息怒，听妾话踪由。不须堂
上，高声挥喝骂无休。君瑞又多才多艺，咱姐姐又风流。彼
此无夫无妇，这时分相见，夫人何必苦追求？　　一对儿佳
人才子，年纪又敌头。经今半载，双双每夜书帏里宿。已恁
地出乖弄丑，泼水再难收。夫人休出口，怕旁人知道，到头
赢得自家羞。

【尾】"一双儿心意两相投，夫人白甚闲疙皱？休疙皱，常言
道'女大不中留'。"

> "当日乱军屯寺，夫人、小娘子皆欲就死。张生与先相无旧，非慕

莺之颜色，欲谋亲礼，岂肯区区陈退军之策，使夫人、小娘子得有今日？事定之后，夫人以兄妹继之，非生本心，以此成疾，几至不起。莺不守义而忘恩，每侍汤药，愿兄安慰。夫人聪明者，更夜幼女潜见鳏男，何必研问，自非礼也。夫人罪妾，夫人安得无咎？失治家之道。外不能报生之恩，内不能蔽莺之丑，取笑于亲戚，取谤于他人。愿夫人裁之。"夫人曰："奈何？"红娘曰："生本名家，声动天下。论才则屡被巍科，论策则立摧凶丑，论智则坐邀大将，论恩则活我全家。君子之道，尽于是矣。若因小过，俾结良姻，通男女之真情，蔽闺门之馀丑，治家报德，两尽美矣。

【般涉调】【麻婆子】"君瑞又好门地，姐姐又好祖宗；君瑞是尚书的子，姐姐是相国的女；姐姐为人是稔色，张生做事忒通疏；姐姐有三从德，张生读万卷书。　　姐姐稍亲文墨，张生博通今古；姐姐不枉做媳妇，张生不枉做丈夫；姐姐温柔胜文君，张生才调过相如；姐姐是倾城色，张生是冠世儒。

【尾】"著君瑞的才，著姐姐的福：咱姐姐消得个夫人做，张君瑞异日须乘驷马车。"

夫人曰："贤哉，红娘之论！虽如此，未知莺之心下何似。恐女子之性，因循失德，实无本心。"令红娘召之："我欲亲问所以。"莺莺羞愧而出，不敢正立。

【般涉调】【沁园春】是夜夫人，半晌无言，两眉暗锁。多时方唤得莺莺至，羞低著粉颈，愁敛著双蛾，桃脸儿通红，樱唇儿青紫，玉笋纤纤不住搓。不忍见，盈盈地粉泪，淹损钿窝。　　六十馀岁的婆婆，道："千万担饶我女呵！子母肠肚终须热。著言方便，抚恤求和。事到而今，已装不卸，泼水难收怎奈何？都闲事，这一场出丑，著甚达摩？

【尾】"便不辱你爷、便不羞见我？我还待送断你子个，却又子母情肠意不过。"

  夫人曰："事已如此，未审汝本意何似？愿则以汝妻生，不愿则从今绝断。"莺莺待道"不愿"来，是言与心违；待道"愿"来后，对娘怎出口？卒无词对。夫人又问：

【双调】【豆叶黄】"我孩儿安心，省可烦恼，这事体休声扬，著人看不好，怕你个冤家是厮落。你好好承当，咱好好的商量，我管不错。 有的言语，对面评度。凡百如何，老婆斟酌。"女孩儿家见问著，半晌无言，欲语还羞，把不定心跳。

【尾】可憎的媚脸儿通红了，对夫人不敢分明道，猛吐了舌尖儿背背地笑。

  愿郎不欲分明道，尽在回头一笑中。拂旦，令红娘召生小饮。生惧昨夜之败，辞之以疾。

【仙吕调】【相思会】君瑞怀羞惨，心只自思念：这些丑事，不道怎生遮掩。"红娘莫恁把人干厮咭！我到那里见夫人吵，有甚脸？ 寻思罪过，盖为自家险。算来今日，请我赴席后争敢？"红娘见道，道："君瑞真个欠！我道你，佯小心，妆大胆。"

  红娘曰："但可赴约，别有长话。"生惊曰："如何？"红娘以实告生，生谢曰："诚如是，何以报德？"曰："妾不敢望报。夫人与郑恒亲，虽然昨夜见许，未足取信。先生赴约，可以献物为定。比及莺莺终制以来，庶无反覆，以断前约。"生曰："善。然自春寓此，迄今囊橐已空矣，奈何？

【仙吕调】【喜新春】"草索儿上，都无一二百盘缠。一领白衫又不中穿；夜拥孤衾三幅布，昼敲单枕是一枚砖：只此是家缘。　　要酒后，厨前自汲新泉；要乐，当筵自理冰弦；要绢，有壁画两三幅；要诗后，却奉得百来篇——只不得道著钱。"

红娘曰："先生平昔与法聪有旧，法聪新当库司，先生归而贷之，何求不得？"生闻言而顿省，遂往见法聪。

【大石调】【蓦山溪】张生是日，叉手前来告："有事敢相烦，问库司兄不错。相公的娇女，许我作新郎。这事体，你寻思，定物终须要。　　小生客寄，没个人挨靠。刚准备些儿，其外多也不少，不合借索。总赖弟兄情，如借得，感深恩，是必休推托。"

【尾】法聪闻言先陪笑，道："咱弟兄面情非薄，子除了我耳朵儿爱的道。"

生曰："如有馀资，烦贷几索，甚幸。"聪曰："常住钱不敢私贷。贫僧积下几文起坐，尽数分付足下，勿以寡见阻"。取足五千索。聪曰："几日见还？"生指期拜纳。

【双调】【茨荷香】忒孤穷，要一文钱物，也擘划不动。法聪不忍，借与五千贯青铜。"几文起坐，被你个措大倒得囊空。三十、五十家撺来，比及儹到，是几个斋供。"君瑞闻言道："多谢。"起来叉手，著言陪奉："若非足下，定应难见花容。咱家命里，算来岁运亨通，多应鱼化为龙。恁时节奉还，一年请俸。"

【尾】法聪笑道："休打哄！不敢问利息轻重，这本钱几年得用。"

生以钱易金，赴夫人约，坐不安席。酒行，夫人起曰："咋不幸相公

殁，携稚幼留寺，群贼方兴，非先生矜悯，母子几为鱼肉矣。无以
报德。虽先相以莺许郑恒，而未受定约。今欲以莺妻君，聊以报，
可乎？"

【大石调】【玉翼蝉】夫人道"张解元"，美酒斟来满。道：
"不幸当时，群贼困普救，全家莫能逃难。赖先生，便画妙
策，以此登时免。今日以莺莺，酬贤救命恩，问足下愿那不
愿？"   夫人曰："如先生许，则满饮一盏。"张生闻语，急
把头来暗点。小生目下，身居贫贱，粗无德行，情性荒疏学
艺浅。相公的娇女，有何不恋？何必夫人苦劝？吃他一盏，
忽地推了心头一座山。"

生取金以奉夫人，曰："贫生旅食，姑此为礼，无以微见却。"夫人
不受，曰："何必乃耳！"红娘曰："物虽薄，礼不可废也。"夫人受
金，生拜堂下。夫人曰："然莺未服阕，未可成礼。"生曰："今蒙文
调，将赴选闱，姑待来年，不为晚矣。"夫人曰："愿郎远业功名为
念，此寺非可久留。"生曰："倒指试期，几一月矣。三两日定行。"
夫人以巨觥为寿，生饮讫，令红娘送生归。生谓红娘曰："不意有
今日！"答曰："适莺闻夫人语亲，欣喜之容见于面；闻郎赴文调，
愁怨之容动于色。"生曰："烦为我言之：功名，世所甚重，背而弃
之，贱丈夫也。我当发策决科，策名仕版，谢原宪之圭窦，衣买臣
之锦衣，待此取莺，惬余素愿。无惜一时孤闷，有防万里前程。"红
娘以此报莺，亦不见答。自是不复见矣。后数日，生行，夫人暨莺
送于道，法聪与焉。经于蒲西十里小亭置酒。悲欢离合一尊酒，南
北东西十里程。

【大石调】【玉翼蝉】蟾宫客，赴帝阙，相送临郊野。恰俺
与莺莺，鸳帏暂相守，被功名使人离缺。好缘业！空悒怏，

西厢记

频嗟叹，不忍轻离别。早是恓凄凄凉凉，受烦恼，那堪值暮秋时节！　　雨儿乍歇，向晚风如漂冽，那闻得衰柳蝉鸣凄切！未知今日别后，何时重见也。衫袖上盈盈，揾泪不绝。幽恨眉峰暗结，好难割舍，纵有千种风情，何处说？

【尾】莫道男儿心如铁，君不见满川红叶，尽是离人眼中血！

【越调】【上平西缠令】景萧萧，风淅淅，雨霏霏，对此景怎忍分离？仆人催促，雨停风息日平西。断肠何处唱《阳关》？执手临歧。　　蝉声切，蛩声细，角声韵，雁声悲，望去程依约天涯。且休上马，苦无多泪与君垂。此际情绪你争知，更说甚湘妃！

【斗鹌鹑】嘱付情郎："若到帝里，帝里酒酽花秾，万般景媚，休取次共别人，便学连理。少饮酒，省游戏，记取奴言语。必登高第。　　专听著伊家，好消好息；专等著伊家，宝冠霞帔。妾守空闺，把门儿紧闭；不拈丝管，罢了梳洗。你咱是必，把音书频寄。

【雪里梅】"莫烦恼，莫烦恼！放心地，放心地！是必是必，休恁做病做气！　　俺也不似别的，你情性俺都识。临去也，临去也，且休去，听俺劝伊。

【错煞】"我郎休怪强牵衣，问你西行几日归？著路里小心呵，且须在意。省可里晚眠早起，冷茶饭莫吃，好将息，我倚著门儿专望你！"

　　生与莺难别，夫人劝曰："送君千里，终有一别。"

【仙吕调】【恋香衾】莘莘征尘动行陌，杯盘取次安排。三口儿连法聪，外更无别客。鱼水似夫妻正美满，被功名等闲离拆。然终须相见，奈时下难捱。　　君瑞啼痕污了衫袖，莺莺粉泪盈腮。一个止不定长吁，一个顿不开眉黛。君瑞道"闺房里保重"，莺莺道"路途上宁耐"。两边的心绪，一样的愁怀。

【尾】仆人催促怕晚了天色，柳堤儿上把瘦马儿连忙解。夫人好毒害，道："孩儿每回取个坐车儿来。"

生辞，夫人及聪，皆曰："好行！"夫人登车，生与莺别。

【大石调】【蓦山溪】离筵已散，再留恋应无计。烦恼的是莺莺，受苦的是清河君瑞。头西下控著马，东向驭坐车儿。辞了法聪，别了夫人，把樽俎收拾起。　　临行上马，还把征鞍倚。低语使红娘："更告一盏以为别礼。"莺莺君瑞，彼此不胜愁，厮觑者，总无言，未饮心先醉。

【尾】满酌离杯长出口儿气，比及道得个"我儿将息"，一盏酒里，白泠泠的滴够半盏儿泪。

夫人道："教郎上路，日色晚矣！"莺啼哭，又赋诗一首赠郎。诗曰：

"弃置今何道，当时且自亲。还将旧来意，怜取眼前人。"

【黄钟宫】【出队子】最苦是离别，彼此心头难弃舍。莺莺哭得似痴呆，脸上啼痕都是血，有千种恩情何处说！　　夫人道："天晚教郎疾去。"怎奈红娘心似铁，把莺莺扶上七香车。君瑞攀鞍空自撅，道得个"冤家宁耐些"。

【尾】马儿登程，坐车儿归舍；马儿往西行，坐车儿往东拽：两口儿一步儿离得远如一步也！

【仙吕调】【点绛唇缠令】美满生离，据鞍尢尢离肠痛。旧欢新宠，变作高唐梦。　　回首孤城，依约青山拥。西风送，戍楼寒重，初品《梅花弄》。

287

西厢记

【瑞莲儿】衰草萋萋一径通，丹枫索索满林红。平生踪迹无定著，如断蓬。听塞鸿，哑哑的飞过暮云重。

【风吹荷叶】忆得枕鸳衾凤，今宵管半壁儿没用。触目凄凉千万种，见滴流流的红叶，淅零零的微雨，率剌剌的西风。

【尾】驴鞭半袅，吟肩双耸，休问离愁轻重，向个马儿上驼也驼不动。

  离蒲西行三十里，日色晚矣，野景堪画。

【仙吕调】【赏花时】落日平林噪晚鸦，风袖翩翩催瘦马，一径入天涯。荒凉古岸，衰草带霜滑。 瞥见个孤林端入画，篱落萧疏带浅沙。一个老大伯捕鱼虾，横桥流水，茅舍映荻花。

【尾】驼腰的柳树上有渔槎，一竿风旆茅檐上挂，淡烟潇洒，横锁著两三家。

  生投宿于村店。

【越调】【厅前柳缠令】萧索江天暮，投宿在数间茅舍，夜永愁无寐。谩咨嗟，床头上怎宁贴？ 倚定个枕头儿越越的哭，哭得悄似痴呆。画橹声摇拽，水声呜咽，蝉声助凄切。

【蛮牌儿】活得正美满，被功名使人离缺。知他是我命薄？你缘业？比似他时，再相逢也，这的般愁，兀的般闷，终做话儿说。 料得我儿今夜里，那一和烦恼阵嗟。不恨咱夫妻今日别，动是经年，少是半载，恰第一夜。

【山麻秸】淅零零地雨打芭蕉叶，急煎煎的促织儿声相接。做得个虫蚁儿天生的劣，特故把愁人做脾憋，更深后越切。恨我寸肠千结，不埋怨除你心如铁。泪点儿淹破人双颊，泪点儿怕揾不迭，是相思血。

【尾】兀的不烦恼煞人也！灯儿一点甫能吹灭，雨儿歇，闪出昏惨惨的半窗月。

西风怯雨难眠熟，残月窥人酒半醒。

【南吕宫】【应天长】无语闷答孩，漫漫两泪盈腮，清宵夜好难捱，一天愁闷怎安排？役损这情怀。睡不著万感，勉强的把旅舍门开，披衣独步在月明中，凝睛看天色。　　淡云遮笼素魄，野水连天天竟白。见衰杨折苇，隐约映渔台。新愁与旧恨，睹此景，分外增瞰白。柳阴里忽听得有人言，低声道："快行么娘咳！"

【尾】张生觑了失声道："怪！"见野水桥东岸南侧，两个画不就的佳人映月来。

鞋弓袜窄，行不动，步难移；语颤声娇，喘不迭，频道困。是人是鬼俱难辨，为福为灾两不知。生将取剑击之，而已至矣。因叱之曰："尔乃谁人諕秀才！"月影柳阴之下，定睛细认。云云。

【双调】【庆宣和】"是人后疾忙快分说，是鬼后应速灭！"入门来取剑取不迭，两个来的近也，近也！　　君瑞回头再觑些，半晌痴呆，回嗔作喜唱一声嗏，却是姐姐那姐姐！

熟视之，乃莺、红也。生惊问曰："尔何至此？"莺曰："适夫人酒多寐熟，妾与红娘计之曰：'郎西行，何日再回？'红曰：'郎行不远，同往可乎？'妾然其言，与红私渡河而至此。"生携莺手归寝。未及解衣，闻群犬吠门。生破窗视之，但见火把照空，喊声震地，闻一人大呼曰："渡河女子，必在是矣！"

【商调】【定风波】好事多妨碍，恰拈了冠儿，松开裙带，汪汪的狗儿吠，顺风听得喊声一派。不知为个甚，諕得张生变了面色，真个大惊小怪。　　火把临窗外，一片地叫"开

289

西廂記

门"，倒大惊骇。张生隔窗觑，见五千馀人，全副执戴；一个最大汉提著雁翎刀，厉声叫道："与我这里搜猜！"

【尾】柴门儿脚到处早蹉开，这君瑞有心挣揣，向卧榻上撒然觉来。

无端怪鹊高枝噪，一枕鸳鸯梦不成。坐以待旦，仆已治装。

【仙吕调】【醉落魄缠令】酒醒梦觉，君瑞闷愁不小。隔窗野鹊儿喳喳地叫，把梦惊觉人来，不当个嘴儿巧。 闷答孩似吃著没心草，越越的哭到月儿落；被头儿上泪点知多少，媚媚的不干，抑也抑得著。

【风吹荷叶】枕畔仆人低低道："起来么解元，天晓也！"把行李琴书收拾了。听得幽幽角奏，嗡嗡地钟响，忔忔地鸡叫。

【醉奚婆】把马儿控著，不管人烦恼。程程去也，相见何时却？

【尾】华山又高，秦川又杳，过了无限野水横桥，骑著瘦马儿圪登登的又上长安道。

行色一鞭催瘦马，羁愁万斛引新诗。长安道上，只知君瑞艰难；普救寺中，谁念莺娘烦恼？莺自郎西迈，憔悴不胜。乘间诣郎阅书之阁，开牖视之，非复曩日，莺转烦恼。

【黄钟宫】【侍香金童缠令】才郎自别，划地愁无那。袅袅炉烟萦绿琐，浓睡觉来心绪恶。衣裳羞整，雾鬓斜蝉。

香消玉瘦，天天都为他，眼底闲愁没处著。是即是下梢相见，咱大小身心，时下打叠不过。

【双声叠韵】吟砚干，黄卷堆，冷落了读书阁。金篆鼎，宝兽炉，谁蓺龙涎火？几册书，有谁垛？粉笺暗，被尘污，悄没人照觑子个。

【刮地风】薄幸的冤家好下得，甚把人抛趱？眉儿淡了教谁画？哭损秋波。琵琶尘暗，懒拈金扑。有新诗，有新词，共谁酬和？那堪对暮秋，你道如何？

【整金冠令】促织儿外面斗声相聒，小即小，天生的口不曾合。是世间虫蚁儿里的活撮，叨叨的絮得人怎过？

【赛儿令】愁么，愁么，此愁著甚消磨？把脚儿攧了、耳朵儿搓，没乱煞，也自摧挫。塞鸿来也那，塞鸿来也那！

【柳叶儿】淅冽冽的晓风帘幕，滴流流的落叶辞柯。年年的光景如梭，急煎煎的心绪如火。

【神仗儿】这对眼儿，这对眼儿，泪珠儿滴了万颗；止约不定，恰才淹了，扑簌簌的又还偷落，胜秋雨点儿多。

【四门子】些儿鬼病天来大，何时是可？罗衣宽褪肌如削，闷答孩地独自个。空恨他，空怨他，料他那里与谁做活？空恨他，空怨他，不道人图个什么？

【尾】把宝鉴儿拈来强梳裹，腮儿被泪痕儿浥破，甚全不似旧时节风韵我？

> 自季秋与郎相别，杳无一信。早是离恨，又值冬景。白日犹闲，清宵更苦。

【中吕调】【香风合缠令】烦恼知何限，闷答孩地独自泪涟涟。身心悄似颠，相思闷转添。守著灯儿坐，待收拾做些儿闲针线，奈身心不苦欢，不苦欢！　　一双春笋玉纤纤，贴儿里拈线，把绣针儿穿。行待絍针关，却便絍针尖。欲待裁领衫儿段，把系著的裙儿胡乱剪，胡乱剪！

【石榴花】觑著红娘，认做张郎唤。认了多时自失叹，不惟道鬼病相持，更有邪神缴缠。　　苦，苦！天，天！此愁何

西厢记

日免？镇日思量够万千遍。算无缘得欢喜存活，只有分与烦恼为冤。　　譬如对灯闷闷的坐，把似和衣强强的眠。心头暗发著愿，愿薄幸的冤家梦中见。争奈按不下九曲回肠，合不定一双业眼。

【尾】是前世里债，宿世的冤，被你担阁了人也张解元！

　　明年，张珙殿试，第三人及第。

卷　七

【正宫】【梁州令缠令】步入蟾宫折桂花，举手平拿。《长扬》赋罢日西斜，得意也，掀髯笑，喜容加。　　才优不让贾、马，金榜名标高甲。踪迹离尘沙，青云得路，凤沼步烟霞。

【甘草子】最堪嘉，最堪嘉，一声霹雳，果是鱼龙化。金殿拜皇恩，面对丹墀下。正是男儿得志秋，向晚琼林宴罢。沉醉东风里，控骄马，鞭袅芦花。

【脱布衫】追想那冤家，独自在天涯；怎知此间及第，修书索报与他。　　有多少女孩儿，卷珠帘骋娇奢；从头著眼看来，都尽总不如他。　　不敢住时霎，即便待离京华，官人如今是我，县君儿索与他。　　偏带儿是犀角，幞头儿是乌纱；绿袍儿当殿赐，待把白衫儿索脱与他。

【尾】得个除授先到家，引著几对儿头答，见俺那莺莺大小大诈。

　　珙赋诗一绝，令仆赴莺莺报喜。

【双调】【御街行】须臾唤得仆人至，"嘱付你些儿事：蒲州东畔十馀里，有敕赐普救之寺。法堂西壁，行廊背后，第三个门儿是。　　见妻儿、太君都传示，但道我擢高第。教他休更许别人，俺也则不曾聘妻。相烦你，且叮咛寄语，专等风流婿。"

> 生缄诗与仆，仆行。莺未知郎第，荏苒成疾。时季春十五夜，莺思之，去年待月西厢之夜也，感而泣下。红娘曰："姐姐今春多病，触时有感，恐伤和气。妾未知姐姐所染何患，当以药理之，恐至不起。"莺莺愈哭。

【道宫】【凭栏人缠令】忆多才，自别来约过一载，何日里却得同谐？萦损愁怀。怕黄昏愁倚朱门，到良宵独立空阶，趁落英遍苍苔。东风摇荡，一帘飞絮，满地香埃。　　欲问俺心头闷答孩，太平车儿难载。都是俺今年浮灾，烦恼煞人也猜。闷恹恹的心绪如麻，瘦岜岜的病体如柴，鬓云乱慵整琼钗。劳劳攘攘，身心一片，没处安排。

【赚】据俺当初，把你个冤家命般看待，谁知道到今赢得段相思债，相思债。是前生负偿他，还著后瞧。你试寻思怪那不怪？都是命乖，争奈心头那和不快，好难消解。　　近来，这病的形骸，镜儿里觑了后自涩耐。伤心处，故人与俺彼此天涯客，天涯客！我于伊志诚没倦怠，你于我坚心莫更改。且与他捱，下稍知他看怎奈，闷愁越大！

【美中美】困把栏杆倚，羞折花枝戴。这段闲烦恼，是自家买。劳劳攘攘，不是自家心窄。春色褪花梢，春恨侵眉黛。遥望著秦川道，云山隔。　　白日浑闲夜难熬，独自兀谁睬？闷对西厢月，添香拜。去年此夜，犹自月圆人在。不似

西厢记

去年人，猛把栏杆拍。有个长安信，教谁带？

【大圣乐】花憔月悴，兰消玉瘦，不似旧时标格，闲愁似海！况是暮春天色，落红万点，风儿细细，雨儿微筛。这些光景，与人妆点愁怀。　　闷抵著牙儿，空守定妆台。眼也倦开，泪漫漫地盈腮。似恁凄凉，何时是了？心头暗暗疑猜。纵芳年未老，应也头白。

【尾】红娘怪我缘何害，非关病酒，不是伤春，只为冤家不到来。

　　莺对春时感旧恨，为忆生渐成消瘦。

【高平调】【青玉案】寂寞空闺里，苦苦天天甚滋味！渐渐微微风儿细，薄薄怯怯半张鸳被，冷冷清清地睡。　　忧忧戚戚添憔悴，袅袅霏霏瑞烟碧，灭灭明明灯将煤，哀哀怨怨不敢放声哭，只管嗟嗟呀呀地。

　　覆旦，灵鹊喜晴，莺起。

【仙吕调】【满江红】残红委地，灵鹊翻风喜新晴。玉惨花愁，追思傅粉。巾袖与枕头儿都是泪痕，一夜家无眠白日盹。不存不济，香肌瘦损，教俺萦方寸。想他那里，也不安稳。恰正心头闷，见红娘通报，有人唤门。门人报曰："张先生仆至。"夫人与莺教召，须臾入。　　仆使阶前忙应喏，骨子气喘不迭，满面征尘。呼至帘前，夫人亲问，道："张郎在客可煞苦辛？想见彼中把名姓等？几日试来那几日唱名？得意那不得意？有何传示，有何书信？"那厮也不多言语，觑著夫人贺喜，唤莺莺做"县君"。

　　仆以书呈夫人，红娘取而奉莺，莺发书视之，止诗一绝。诗曰："玉京仙府探花郎，寄语蒲东窈窕娘。指日拜恩衣昼锦，是须休作倚门

《北西厢记》插图，明万历间（公元1573—1619年）玩虎轩刊本

才郎自别，
划地愁无那。
袅袅炉烟萦绿琐，
浓睡觉来心绪恶。
衣裳羞整，雾鬟斜軃。
香消玉瘦，天天都为他，
眼底闲愁没处著。
是即是下梢相见，
咱大小身心，
时下打叠不过。

妆。"莺解诗旨曰："'探花郎'，第三也；'指日拜恩衣昼锦'，待除授而归也。"夫人以下皆喜。自是至秋，杳无一耗。莺修书密遣使寄生，随书赠衣一袭，瑶琴一张，玉簪一枝，斑管一枚。

【越调】【水龙吟】露寒烟冷庭梧坠，又是深秋时序。空闺独坐，无人存问，愁肠万缕。怕到黄昏后，窗儿下甚般情绪！映湖山侧左，芭蕉几叶，空阶静听疏疏雨。　　一自才郎别后，尽自家凭栏凝伫。碧云黯淡，楚天空阔，征鸿南渡，飞过蒹葭浦。暮蝉噪烟迷古树，望野桥西畔，小旗沽酒，是长安路。

【看花回】想世上凄凉事，离情最苦，恨不得插翅飞将往他行去！地里又远关山阻，无计奈，谩登楼，空目断故人何许！

　　密召得，仆人至，将传肺腑。连几般衣服一一包将去。是必小心休迟滞，莫耽误。唤红娘，教拈与，再三嘱付。

【雪里梅】"白罗素裆袴，摺动的衩儿也无。一领汗衫与裹肚，非足取，取是俺咱自做。　　绵袜儿莫嫌薄，灯下曾用工夫。一针针刺了羡觑，恐虑破后，有谁重补？

【揭钵子】"蓝直系有工夫，做得依规矩。幽窗明净处，潜心下绣针，著意分丝缕。绣著合欢连理花，雉子儿交颈舞。绒绦儿细绛州出，宜把腰围束。青衫忒离俗，裁得畅可体，褾儿是吴绫，件件都受取。更与伊几件物。

【叠字三台】"簪虽小，是美玉。玉取其洁白纯素，微累纤瑕不能污。浑如俺为汝、俺为汝心坚固。你曾惜俺如珍，今日看如粪土。　　紫毫管，未尝有，是九嶷山下苍竹。当日湘妃别姚虞，眼儿里泪珠，泪珠儿如秋雨，点点都画成斑，比我别离来苦。　　瑶琴是你咱抚，夜间曾挑斗奴。你悄似相如献了《上林赋》，成名也在上都，在上都里贪欢趣，镇日家耽酒迷花，便把文君不顾。

【绪煞】"孩儿沿路里耐辛苦，若见薄情郎传示与，但道'自从别来，官人万福！'一件件对他分付，教他受取，看是阻那不阻？临了教读这一封儿堕泪书。"

生未至京，君瑞擢第后，以才授翰林学士。因病闲居，至秋未愈。

【仙吕调】【剔银灯】寂寞空斋，清秋院宇，潇洒闲庭幽户。槛内芳菲，黄花开遍，将近登高时序。无情绪，憔悴得身躯，有谁抬举？　　早是离情恁苦，病体儿不能痊愈。泪眼盈盈，眉头镇蹙，九曲回肠千缕。天遥地远，万水千山，故人何处？

【尾】许多时节分鸳侣，除梦里有时曾去，新来和梦也不曾做。

生喜来擢第，愁来病未愈。那逢秋夜，为忆莺莺，杳无一耗，愁肠万结。

【正宫】【梁州令断送】帘外萧萧下黄叶，正愁人时节，一声羌管怨离别。看时节，窗儿外雨些些。　　晚风儿渐溜淅冽，暮云外征鸿高贴，风紧断行斜，衡阳迢递，千里去程赊。

【应天长】经霜黄菊半开谢，折花羞戴，寸肠千万结。卷帘凝泪眼，碧天外乱峰千叠。望中不见蒲州道，空目断暮云遮。　　荒凉深院古台榭，恼人窗外，琅玕风欲折。早是离人心绪恶，阁不定泪啼清血。断肠何处砧声急？与愁人助凄切。

【赚】点上灯儿，闷答孩地守书舍。谩咨嗟，鸳枕大半成虚设，独对如年夜。守著窗儿闷闷地坐，把引睡的文书儿强披阅。检秦晋传检不著，翻寻著吴越，把耳朵搀。　收拾起，待刚睡些儿，奈这一双眼儿劣。好发业，泪漫漫地，会圣也难交睫。空自攧，似恁地凄凉，恁地愁绝，下场知他看怎者！待忘了，不觉声丝气噎，几时揩彻！

【甘草子】我伴呆，我伴呆，一向志诚，不道他心趄。短命的死冤家，甚不怕神天折？一自别来整一年，为个甚音书断绝？著意殷勤待撰个简牒，奈手颤难写！

【脱布衫】几番待撇了不藉，思量来当甚厮憋？孩儿我须有见伊时，咱对著惺惺人说。

【梁州三台】愁敲单枕，夜深无寐，袭袭静闻沉屑。隔窗促织儿泣新晴，小即小，叫得畅阵，辄向空阶那畔，叨叨地悄没休歇。做个虫蚁儿，没些儿慈悲，聒得人耳疼耳热。

【尾】越越的哭得灯儿灭，惭愧哑秋天甫能明夜，一枕清风半窗月。

生谒仰间，仆至。授衣发书，其大略曰："薄命妾莺莺，致书于才郎文几：自去秋已来，常忽忽如有所失。于喧哗之中，或勉为笑语；闲宵自处，无不泪零。至于梦寐之间，亦多叙感咽离忧之思。绸缪缱绻，暂若寻常；幽会未终，惊魂已断。虽半枕如暖，而思之甚遥。一昨拜辞，倏逾旧岁。长安行乐之地，触绪牵情；何幸不忘幽微，眷念无斁。鄙薄之志，无以奉酬。至于终始之盟，则固不忒。鄙昔中表相因，或同宴处；婢仆见诱，遂致私诚。儿女之心，不能自固。兄有援琴之挑，鄙人无投梭之拒。及荐枕席，义盛恩深，愚幼之情，永谓终托。岂其既见君子，而不能以礼定情，松柏留心，致有自献之羞，不复明侍巾帻，殁身永恨，含叹何言！倘若仁人用心，俯遂幽劣，虽死之日，犹生之年；如或达士略情，舍小从大，以先配为丑行，谓要盟之可欺，则当骨化形销，丹诚不泯，因风委露，犹托清尘。存殁之诚，言尽于此。临纸呜咽，情不能申。千万千万，珍重珍重。玉簪一枝，斑管一枚，瑶琴一张。假此数物，示妾真诚。玉取其坚润不渝，泪痕在竹，愁绪萦琴。因物达诚，永以为好。心迩身远，拜会何时！幽情所钟，千里神合。秋气方肃，强饭为佳，慎自保持，无以鄙为深念也。"生发书，不胜悲恸。

【大石调】【玉翼蝉】才读罢，仰面哭，泪把青衫污。料那人争知我，如今病未愈，只道把他孤负。好凄楚，空闷乱，长叹吁。此恨凭谁诉？似恁地埋怨，教人怎下得？索刚拖带与他前去。　　读了又读，一个好聪明妇女，其间言语，都成章句。寄来的物件，斑管、瑶琴、簪是玉，窍包儿里一套衣服，怎不教人痛苦！眉蹙眉攒，断肠肠断，这莺莺一纸书。

生友人杨巨源闻之，作诗以赠之。其诗曰："清润潘郎玉不如，中庭霜冷叶飞初。风流才子多春思，肠断萧娘一纸书。"巨源勉君瑞娶莺。君瑞治装未及行，郑相子恒至蒲州，诣普救寺，往见夫人。

夫人问曰："子何务而至于此？"恒曰："相公令恒，庆夫人终制，成故相所许亲事矣。"夫人曰："莺已许张珙。"恒曰："莫非新进张学士否？"夫人曰："珙新进，未知除授。"恒曰："珙以才授翰林学士，卫吏部以女妻之。"

【南吕宫】【一枝花缠】这畜生肠肚恶，全不合神道。著言厮间谍，忒奸狡，道："张珙新来，受了别人家捉。本萌著一片心，待解破这同心，子脚里他家做俏。"　　郑氏闻言道："怎地著？"攧损红娘脚。　莺莺向窗那畔也知道，九曲柔

肠，似万口尖刀搅。那红娘方便地劝道："远道的消息，姐姐
且休萦怀抱。

【傀儡儿】"妾想那张郎的做作，于姐姐的恩情不少。当初
不容易得来，便怎肯等闲撇掉？郑恒的言语无凭准，一向把
夫人说调。　　为姐姐受了张郎的定约，那畜生心头热燥。
对甫成这一段儿虚脾，望姐姐肯从前约。等寄书的若回路便知
端的，目下且休，秋后便了。"

【转青山】莺莺尽劝，全不领略，迷留闷乱没处著。上梢里
只唤做百年谐老，谁指望是他没下梢！负心的天地表，天地
表！　　待道是实，从前于俺无弱；待道是虚，甚音信杳？
为他受苦了多多少少，争知他恁地情薄。只是自家错了，自
家错了！

【尾】孤寒时节教俺且充个"张嫂"，甚富贵后教别人受郡号！
刚待不烦恼呵，呀的一声仆地气运倒。

　　谗言可畏，十分不信后须疑；人气好毒，一息不来时便死。左右侍
　　儿皆救，多时方苏。夫人泣曰："皆汝之不幸也！"密嘱红娘曰："姐
　　姐万一不快，必不赦汝！"恒潜见夫人曰："珙与恒孰亲？况珙有新
　　配，恒约在先，当以故相姑夫为念。"夫人不获已，阴许恒择日成
　　礼。议论间。

【双调】【文如锦】好心斜，见郑恒终是他亲热。嘱付红娘：
"你管取恁姐姐，是他命里十分拙。休教觅生觅死，自推自
撅。有些儿好弱，你根柢不舍！"郑恒又潜言，道："恁姐姐休
呆，我比张郎，是不好门地？不好家业？　　不是自家自卖
弄，我一般女婿，也要人选。外貌即不中，骨气较别；身分
即村，衣服儿试捻；头风即是有，头巾儿蔚帖；文章全不会后，

《玉篇》都记彻。张郎是及第，我承内祗，子是争得些些。他别求了妇，你只管里守志咿，当甚贞烈？"

【尾】言未讫，帘前忽听得人应喏，传道："郑衙内且休胡说，兀的门外张郎来也！"

> 郑恒手足无所措，珙已至帘下，拜毕夫人。夫人曰："喜学士别继良姻！"珙惊曰："谁言之？"曰："都下人来，稔闻是说。今莺已从前约。"郑恒以此言，使张君瑞添一段风流烦恼，增十般稔腻忧愁。夫人且将实言，谎君瑞面颜如土。夫人道甚来？

【仙吕调】【香山会】那君瑞闻道，扑然倒地，只鼻内似有游气。曲匝了半晌，收身强起，伤自家来得较迟。 "谁曾受捉？那说来的畜生在那里？唤取来夫人面前诘对！"旁边郑衙内，怎生坐地？忍不定连打唏。

> 夫人曰："学士息怒。其事已然，如之奈何？"生思之：郑公，贤相也，稍蒙见知。吾与其子争一妇人，似涉非礼。夫人令恒拜珙曰："此莺兄也。"珙视之，觑衙内结束模样，越添烦恼。

【中吕调】【牧羊关】张生早是心羞惨，那堪见女婿来参！不稔色，村沙段，鹘鸰干淡，向日头獾儿般眼，吃虱子猴狲儿般脸。皂绦拦胸系，罗巾脑后担。 鬓边虮虱浑如糁，你寻思大小大腌臜！口啜似猫坑，咽喉似泼忏。诈又不当个诈，谄又不当个谄。早是辘轴来粗细腰，穿领布袋来宽布衫。

【尾】莫难道诗骨瘦喦喦，掂详了这厮趋跄身分，便活脱下钟馗一二三！

> 生谓夫人曰："莺既适人，兄妹之礼，不可废也。"夫人召莺，久之方出。

【仙吕调】【点绛唇缠令】百媚莺莺，见人无语空低首。泪盈巾袖，两叶眉儿皱。　　　攧损金莲，搓损葱枝手。从别后，脸儿清秀，比是年时瘦。

【天下乐】拜了人前强问候，做为儿娇更柔。料来他家不自由，眉尖有无限愁。无状的匹夫怎消受？与做眷属，俺来得只争个先共后。是自家错也，已装不卸，泼水难收。

【尾】莺莺悄似章台柳，纵使柔条依旧，而今折在他人手！

　　莺莺坐夫人之侧，生问曰："别来无恙否？"莺莺不言而心会。

【越调】【上平西缠令】自年前，长安去，断行云，常记得分饮离樽。一声长唱，两行血痕落纷纷。耳畔叮咛，嘱付情人，肠断消魂。　　马儿上，骎骎地，眠樵馆，宿渔村。最怕的愁到黄昏，孤灯一点，被儿冷落又难温。眼前不见意中人，枕满啼痕。

【斗鹌鹑】把个淹溜庞儿，为他瘦损，减尽从来，稔腻风韵。自到长安，身心用尽。自及第，受皇恩，奈何病体，淹延在身。　　前者才初得封书信，告假驱驰，远来就亲。比及相逢，几多愁闷。雨儿又急，风儿又紧。为他不避，甘心受忍。

【青山口】甫能到此甚欢欣，见夫人先话论，道俺娶妻在侯门，把莺莺改婚姻。教人情惨切，对景转伤神。唤将到女婿，各叙寒温。　　觑了他家，举止行为，真个百种村！行一似揬老，坐一似猢狲，甚娘身分！驼腰与龟胸，包牙缺上边唇。这般物类，教我怎不阴晒——是阎王的爱民！

【雪里梅花】更口臭把人薰，想莺莺好缘分！暗思向日，共他鸳衾，效学秦晋。　　谁想有今辰，共别的待展纹裀。暗暗觑地，玉容如花，不施朱粉。　　然憔悴，尚天真，纤腰

细褪罗裙。下得下得，将人不僦不问。 佯把眉黛颦，金
钗髯坠乌云。恨他恨他，索甚言破？是他须自隐。

【尾】泪珠儿滴了又重揾，满腹相思难诉陈。吃喜的冤家，
怎生安稳？合著眼不辨个真情，岂思旧恩？我然是个官人，却
待教兀谁做"县君"？

君瑞与莺，各目视，而内心皆痛矣。

【中吕调】【古轮台】好心酸，寸肠千缕若刀剜。被那无徒
汉，把夫妻拆散。合下寻思，料他不违言。说尽虚牌，使尽
局段，把人赢勾厮欺谩，天须开眼！觑了俺学士哥哥，少年
登第，才貌过人，文章超世，于人更美满。却教我，与这匹
夫做缱绻？ 所为身分，举止得人嫌，事事不通疏，没些
灵变。旷脚、驼腰、秃鬓、黄牙、乌眼。不怕今宵，只愁明
夜，绣帏深处效鸳鸯——争似孤眠！最难甘眼底相逢，有情
夫婿，不得团圆。好迷留没乱，教人怎舍弃，孜孜地，觑著
却浑似天远！

【尾】如今"方验做人难"，尽他家问当，不能应对，正是
"新官对旧官"！

卷 八

张君瑞坐止不安，遽然而起。法聪邀珙于客舍，方便著言劝诱，
曰："学士何娶不可？无以一妇人为念。"珙曰："师言然善，奈处凡
浮，遭此屈辱，不能无恨！"聪与珙抵足。珙披衣，取莺莺书及所赐
之物，愈添潇洒矣！

【黄钟宫】【间花啄木儿第一】黄昏后，守僧舍，那堪暮秋时节。窗外琅玕弄翠影，见西风飘败叶。煎煎地耳畔蚤吟切，啾啾唧唧声相接。俺道了不恁恓惶，心肠除是铁！

【整乾坤】牵情惹恨，几时捱彻？听戍楼，角奏《梅花》，声呜咽。画壁间一盏恼人灯，碧荧荧半明不灭。

【第二】思量俺，好命劣，怎著恁恶缘恶业！幸自夫妻恁美满，被旁人厮间谍。两口儿合是成间别，天教受此恓惶苦，想旧日雨迹云踪，枉教做话说。

【双声叠韵】玉漏迟，鸳被冷，愁对如年夜。宝兽烟，萦断缕，袅袅喷龙麝。暂合眼，强睡些，便会圣，怎宁贴？床儿上自推自撼。

【第三】镇思向日，空教人气的微撇。小庭那畔，捻吟须，步廊月。朱扉半挜，蓦观伊向西厢下，渐渐至空阶侧畔，倚湖山，春困歇。

【刮地风】手把白团轻扇捻，有出尘容冶。腰肢袅娜纤如束，举止殊绝。柳眉星眼，杏腮桃颊，口儿小，脚儿弓，扮得蔚贴。一时间，暂相见，不能割舍。

【第四】两情暗许，著新诗意中写。正相眷恋，见红娘把绣帘揭，低声报道："夫人使妾来唤。"步促金莲归去，飘飘香暗惹。

【柳叶儿】教人半晌如呆，回来却入书舍。后来更不相逢，十分舍了休也！

【第五】不幸蒲州军乱，把良民尽虏劫。一部直临此寺，周围尽摆列。高声喝叫："得莺莺便把残生怯。若是些小迟然，都教化育血！"

【寨儿令】骋些英烈，被俺咱都尽除灭，满门家眷得宁贴。那老婆，把恩轻绝，是俺弄巧翻成拙。

【第六】后来暗约，向罗帏镇欢悦。夜来晓去，约未近数月。不因败漏，才时许我为姻眷。奈何名利拘人，夫妻容易别！

【神仗儿】得临帝阙，帝阙，蟾宫桂枝独折，名标金甲，俺咱恁时，准备了娶他来也，不幸病缠惹。

【第七】想太君，情性劣，往日夸㑇共撇。陡恁地不调贴，把恩不顾，信无徒汉子他方说，便把美满夫妻，恩情都断绝。

【四门子】这些儿事体难分别，如今也待怎者？莺莺情性，那里每也悄无了贞共烈！你好毒，你好呆，恰才那里相见些！你好羞，你好呆，亏杀人也姐姐！

【第八】从来呵，惯受磨灭。他家今日已心邪，尽人问当不应对，亏人不怕神天折！恼得人头百裂。　　便假饶天下雪，解不得我这腹热。一封小简，分明都是伊家写，只被你迤逗人来，一星星都碎扯百裂。

【尾】斑管虽圆被风裂，玉簪更坚也掂折，似琴上断弦难再接。

聪见珙不快，起而勉之，曰："足下聪明者也。以一妇人，惑至于此，吾与子不复友矣。"珙曰："男女佳配，不易得也。加以情思，积有日矣。一旦被谗，反为路人，所以痛余心也。"聪曰："足下倘得莺，痛可已乎？"珙曰："何计得之？"聪曰："吾为子谋之。"

【中吕调】【碧牡丹】"不须长叹息，便不失了咱丈夫的纲纪？惹人耻笑，怎共贫僧做相识？可惜了你才学，枉了你擢高第。莫忧煎，休埋怨，放心地。"猛然离坐起，壁中间取下戒刀三尺。"兀的二更方尽，不到三更已外，比及这蜡烛烧残，教你知消息。我去后必定有官防，君莫怕，我待做头抵。

【尾】"把忘恩的老婆枭了首级，把反间的畜生教尸粉碎，把百媚的莺莺分付与你！"

　　法聪言未已，隔窗间人笑曰："尔等行凶，岂不累我？"言者是谁？是谁？

【大石调】【玉翼蝉】把窗间纸，微润开，君瑞偷睛觑。半夜三更，不知是甚人，特来到于此处。移时节，方认得，是两个如花女：一个是莺莺骎骎步月来，红娘向后面相逐。开门相见，不问个东西便抱住。可憎问当："别来安否？"也无闲话，只办得灯前魆魆地哭。犹疑梦寐之间，频掐肌肤。泪点儿盈盈如雨，止约不住。料想当日别离，不愊的苦。

【尾】比及夫妻每重相遇，各自准备下万言千语，及至相逢却没一句。

　　多时，莺语郎曰："学士淹留京国，至有今日。奈何？奈何？"

【中吕调】【安公子赚】女孩儿低声道，道："别来安乐么，张学士？忆自伊家赴上都，日许多时，夜夜魂劳梦役。愁何似？似一川烟草黄梅雨。闷似长江，揽得个相思担儿。远别春三月，恁时方有音书至。火急开缄仔细读，元来是一首新诗。披味那其间意思，知你获青紫。满宅家眷喜不喜？以'县君'呼之，不枉了俺从前实志。

【赚】"谁知后来，更何曾梦见个人传示。时暮秋，令人特地传锦字，连衣袂，玉簪斑管与丝桐，一星星比喻著心间事。临去也，嘱付了千回万次：'早离京师！'　　谁知郑家

307

那厮，新来先自长安至。谁曾问著，从头说一段希奇事。道京师里卫尚书家女孩儿，新来招得个风流婿。道是及第官，雁序排连第三，年纪二十六七。

【渠神令】"道是洛京人氏，先来蒲州居止；见今编修国史，莫比洛阳才子。夫人一向信浮词，不问是那不是。

许了姑舅做亲，择下吉日良时。谁知今日见伊，尚兀子鳏居独自，又没个妇儿妻子。心上有如刀刺。假如活得又何为？枉惹万人嗤！"

莺解裙带，掷于梁。

【尾】"譬如往日害相思，争如今夜悬梁自尽，也胜他时憔悴死。"

琪曰："生不同偕，死当一处。"

【黄钟宫】【黄莺儿】懒噪懒噪，似此活得，也惹人耻笑。把皂绦儿搭在梁间，双双自吊。　　謔得红娘，忙扯著道："休厮合造，恁两个死后不争，怎结末这秃屌？"

红娘抱莺，聪止君瑞，曰："先生之惑愈甚矣！幸得续弦，死而何益？"琪曰："莺已适人，不死何待？"聪曰："吾有一策，使莺不适人，与子百年偕老。"琪曰："策将安出？"聪曰："吾不能矣。子谒一故人，事可济矣。"

【般涉调】【哨遍缠令】君瑞悬梁，莺莺觅死，法聪连忙救。"恁死后教人打官防，我寻思著甚来由？好出丑，夫妻大小大不会寻思，笑破贫僧口。人死后浑如悠悠地逝水，厌厌地不断东流。荣华富贵尽都休，精爽冥寞葬荒丘。一失人身，万劫不复，再难能勾。　　欲不分离，把似投托个知心友？不索打官防，教您夫妻尽百年欢偶。快准备，车乘鞍马，主

衣錦還鄉

洞房花燭夜西廂重愁舊風流

金榜掛名時比闕初歸榮畫錦

《西西廂記》插图，明万历间（公元1573—1619年）刘龙田乔山堂刊本

手把白团轻扇捻，
有出尘容冶。
　腰肢袅娜纤如束，
举止殊绝。
　柳眉星眼，杏腮桃颊，
口儿小，脚儿弓，
　扮得蔚贴。
一时间，暂相见，
　不能割舍。

仆行李，一发离门走。投托的亲知，不须远觅，而今只在蒲州。昔年也是一儒流，壮岁登科，不到数馀秋，方今是一路诸侯。

【长寿仙衮】"初典郡城，更牢狱无囚；后临边郡，灭尽草贼猖寇。坐筹帷幄，驷马临军挑斗，十场镇赢八九。　　天下有底英雄汉，闻名难措手。这个官人，不枉食君禄，匡扶社稷，安天下，兼文锐武，古今未尝曾有。

【急曲子】"也不爱耽花恋酒，也不爱打桃射柳，也不爱放马走狗，也不爱射生猎兽。去年曾斩逆臣头，腰间剑是帝王亲授。

【尾】"是百万军都领袖，天来大名姓传宇宙，便是斩砍自由的杜太守。"

生曰："杜太守谓谁？"聪复言之。

【高平调】【于飞乐】"告吾师：杜太守端的是何人，与自家是旧友关亲？"法聪闻得，道："君瑞休劳问，果贵人多忘，早不记得贼党临门。　　这官人，与足下，非戚非亲，恁两个旧友忘形，与夫人连大众，都有深恩。太守谓谁？是去年白马将军。"

生曰："杜将军骤拜太守也，以何故？"聪曰："以威摄贼军，乱清蒲右，蒙天子重知，数月前，特授镇西将军、蒲州太守，兼关右兵马处置使。"珙喜谢曰："非吾师指迷，实不悟此。"生携莺莺奔蒲州，时二更左右。

【大石调】【洞仙歌】收拾行李，一步地都行上，两口儿眉头暂开放。望秋天，即渐月淡星稀东方朗，隐隐城头鼓响。抵晓入城，直至衙门旁，不及殷勤展参榜。门人通报，太守出厅相见，未及把行藏问当。太守道："君瑞喜登科！"君瑞道："哥哥自别无恙？"

太守邀生入偏厅。生曰："门外拙妻，参拜兄嫂子个。"太守令夫人请莺。客礼毕，夫人请莺至后阁。珙与太守酌酒道旧，可谓：青山牵梦寐，白发喜交亲。

【越调】【上平西缠令】杜将军，张君瑞，话别离，至坐上各序尊卑。别来经岁，故人青眼喜重期。两情谈论正投机，一笑开眉。　　情相慕，心相得，重相见，旧相知，便畅饮彼此无疑。风流太守，为生满满劝金杯。"喜君仙府探花归，高步云梯！"

【斗鹌鹑】君瑞闻言，欠身避席，饮罢躬身，向前施礼，道："多谢哥哥，此般厚意。据自家，寡才艺，尽都是父母阴功所得。　　幸得今朝，弟兄面会，敢烦将军，万千休罪！小子特来，有些事体。记去年，离上国，访诸先觉，游学到这里。

【看花回】"普救院，权居止，诗书谙理。却不幸，蒲州元帅浑公逝。乱军起，无人统，残郡邑，害良民，蒲州里满城铁骑。　　神鬼哭，生灵死，哀声振地。至普救，诸多僧行难堤备，关闭得，山门著。怎当众军卒，群刀手砍，是铁门也粉碎！

【青山口】"众僧欲走又不及，须识前朝崔相国，那家女孩儿叫莺莺，当时未及笄岁。群贼门外逼，道：'得莺后便西归！'相国老夫人，听得悲泣。　　不奈之何，故谒微生，愿求脱命计。特仗法聪，曾把书寄。太守既到那里，飞虎諕来痴，群贼倒枪旗。退却乱军，免却生离，都是哥哥虎威。

【渤海令】"那夫人，感恩义，许莺莺与俺为妻。幸天子开贤路，因而赴帝里，也已高攀月中桂。不幸染沉疾，风散难医治，淹延近一岁。　　谁知个，郑衙内，与莺莺旧关亲戚，恐吓使为妻室，不念莺莺是妹妹。夫人不敢大喘气，连忙拣下吉日。只争一脚地，大分与那畜生效了连理。

【尾】"是他的亲姑舅要做夫妻，倚仗是宰臣家有势力，不辨个清浊没道理。托付你个慷慨的相识，别辨个是非，与俺做些儿主意。看那骨胀的哥哥近俺甚的！"

太守曰："吾弟放心。不争则已，争则吾必斩恒。少待，公退闲话。"

【大石调】【还京乐】蓦观仪门开处，两廊下悄不闻鸦。冬冬地鼓响，正厅上太守升衙。阶前军吏，谁敢闹嘈杂！大案前行本把。五日三朝家没纸儿文字，官清法正无差。大牢里虞候羊儿般善，是有大人弹压。有子有牢房地匣，有子有栏军夹画，有子有铁裹榆枷：更年没罪人戴他、犯他。狱门前草长，有谁曾蹉？　　有刑罚徒流绞斩，吊拷绷扒。设而不用，束杖理民宽雅。地方千里，威教有法，吏也不爱侵官弄法。善为政威而不猛，宽而有勇，一方人唤做"菩萨"。但曾坐处绝了群盗，纵有敢活拿。正不怕明廉暗察，信不让春秋里季札，治不让颍川黄霸。蒲州里大小六十万家，人人钦仰，悄如爹妈。

【尾】虎符金牌腰间挂，英雄镇著普天之下，諕得逆子贼臣望风的怕。

分符守郡，昔年杨震不清白；迪简在廷，曩日比干非骨鲠。太守公坐之次，郑恒鞭马叩门，遽然而下。

313

西厢记

【中吕调】【古轮台】郑衙内，当时休道不心嗔，祗候的每怎遮拦，大走入衙门，直上厅来，悄不顾白马将军。气莽声高，叫呼对人，骋尽百般村。都说元因，道："化了的相国姑夫，在时曾许聘与莺莺。不幸身死，因此上未就亲。如今服阕也，却序旧婚姻。　　许多财礼，一划是好金银；十万贯馀钱首饰皆新；百件衣服，更兼霞帔长裙。准备了筵席，造下食饭，杯盘水陆地铺裀，今日是良辰。去昨宵半夜已来，四更前后，不觉莺莺随人私走，教人怎不忿？我寻思，那张珙哥哥好没人情！

【尾】"莺莺那里怎安稳，觑著自家般丈夫，下得随人逃奔，短命的那孩儿没眼斤！"

太守怒曰："子欺我乎？公厅对官无礼，私下怎话！"

【双调】【文如锦】那将军，见郑恒分辩后冲冲地怒，道："打脊匹夫，怎敢詖吾！当日个，孙飞虎，因亡了元帅，夺人妻女。莺莺在普救，参差被虏。若非君瑞，以书求救，怎地支吾？怕贤不信，试问普救里僧行，我手下兵卒。　　因此上夫人把亲许，不望你中间说他方言语。今日他来，先曾告诉，君瑞待把莺莺娶。你甚倚强压弱，厮欺厮负，把官司诳诖，全无畏惧！你可三思：婚姻良贱，明存著法律，莫粗疏，姑舅做亲，便不败坏风俗？

【尾】"平白地混赖他人妇，若不看怹朝廷里的慈父，打一顿教牒将家去！"

郑恒对众官，但称："死罪！非君瑞之愆。"又曰："我之过矣！倘见亲知，有何面目！"

【大石调】【伊州衮】添烦恼，情怀似刀搅，都是自家错。

花枝般媳妇，又被别人将了。我还归去，若见乡里亲知，甚脸道？待别娶个人家，觑了我行为肯嫁的少。　怎禁当，衙门外，打牙打令，诨匹似闲喈哨！等著衙内，待替君瑞著言攒槊。郑恒打惨道："把如吃怎摧残，厮合燥，不出衙门，觅个身亡却是了。"

【尾】觑著一丈来高石阶级褰衣跳，衙内每又没半个人扯著，头扎番身吃一个大磚落。

　　浣纱节妇，昔年抱石身亡；好色穷人，今日投阶而死。太守令手下
　　拽尸于门外，退厅张宴。

【南吕宫】【瑶台月】从今至古，自是佳人，合配才子。莺莺已是县君，君瑞是玉堂学士。一个文章天下无双，一个稔色寰中无二。似合欢带，连理枝；题彩扇，写新诗。从此，趁了文君深愿，酬了相如素志。　将军满满劝金卮，道："今日极醉休辞！"欢喜教这两个也，干撞杀郑恒那村厮。牙关紧，气堵了咽喉；脑袋裂，血污了阶址。后门外，横著死尸。牌写著数行字出示："这厮一生爱女，今番入死。"

【尾】会见乾堆每强相思，从前已往有浮浪儿，谁似这厮般少年花下死！

　　君瑞莺莺，美满团圆，还都上任；郑恒衙内，自耻怀羞，投阶而
　　死：方表才子施恩，足见佳人报德。怎见得有此事来？蓬莱刘讷题
　　诗曰："蒲东佳遇古无多，镂板将令镜不磨。若使微之见新调，不教
　　专美《伯劳歌》。"

　　　　　　　　　　　　　　　　　　　（据闵遇五"六幻"本校录）

后 记

《西厢记》全名《崔莺莺待月西厢记》，是元代著名剧作家王实甫的代表作。它不仅是一部优美动人的戏剧，也是中国文学史上的一部不朽名著。

剧本讲述的是张生与崔莺莺这一对有情人冲破困阻终成眷属的故事。全剧共五本二十一折。故事内容生动，情节曲折，缠绵悱恻，跌宕起伏，读来令人荡气回肠，如同身临其境。

王叔晖，字郁芬，祖籍浙江绍兴，生于天津，是我国现代著名工笔重彩人物画家。其为《西厢记》连环画所作的配图为其赢得了广泛的声誉。著名画家潘兹曾这样评价："她的《西厢记》运用极其娴熟的传统的技法，细腻而生动地刻画了人物的形象，再现了这个千古传诵的爱情故事，称得起是一部划时代的杰作，是可以和王实甫的《西厢记》名剧百世并传的……中国连环画史将永远记载她的创辟之功和这部代表作品。"

因此，本社在为此书设计封面时，特别选用了王叔晖老师创作的经典画作，以期能够更加充分地展现王实甫的作品风格。在此特向王叔晖老师表示衷心的感谢。